新潮文庫

祇園白川 小堀商店

いのちのレシピ

柏井　壽著

JN172541

新潮社版

11359

目次

祇園白川　小堀商店

いのちのレシピ

本文イラスト・中川　学

第一話 うどんカレー

――嵐《あらし》の前の静けさ、てよう言いますけど、うちら花街《かがい》のあいだでは、花の前の静けさやなぁ、て言いますねん。

京都いうとこは、ほんまに冬はさぶぉすさかい、お人があんまり動かぁらしまへん。梅が咲いたくらいではまだまだ。桃やとか桜が咲くようになって、やっと、ていう感じどすねん。

お正月やとか節分のころは、いろんな行事が、ぎょうさんおすさかいに、なんとか賑《にぎ》おうてましたけど、今の時季のうちら芸妓《げいこ》はヒマの佃煮《つくだに》炊《た》いてます。もちろん売れっ子はんは別どっせ。ふく葉《は》姐《ねえ》さんなんか、年がら年中お座敷途切れたことないんと違うやろか。うらやましいような気の毒なような。

そんなヒマなときに限って、うちのもうひとつのお仕事、『小堀《こぼり》商店』のほうも、とんとお声が掛からしまへん。

『小堀商店』は、ボスとうちを入れて五人でやってますねんけど、『和食ZEN』の店長をしてる森下淳《もりしたじゅん》くんと、アシスタントの山下理恵《やましたりえ》ちゃんとは、三日にあげずお店で会《お》うてますし、そこへお客はんとして来はる小堀の善《ぜん》さまともよう会いますねんけど、お役所勤めの木原《きはら》の裕《ゆう》さんとは長いこと会うてしまへん。

飲みにも出られへんほど、忙しいしてはるんやろか。ちょっと気になってますねん。

――

1.『くうやうどん』

京都市役所は現在改築中である。それに伴い〈京都市なんでも相談室〉も本庁舎の二階に移ったばかり。いわば仮営業所だ。

副室長の肩書を持つ木原裕二《ゆうじ》は、春の日差しが射《さ》しこむ窓際《まどぎわ》のデスクで、朝刊を広げたままコーヒーの香りを愉《たの》しんでいる。

「そうか、もうすぐ雛祭《ひなまつ》りなんだ」

記事の写真を見てひとりごちた木原は、眠気を振り払うように、脱いだスーツの上着を椅子《いす》の背に掛けた。

〈なんでも相談室〉に寄せられる相談ごとは、大きくふたつに分けられる。ひとつは相談者が直接面談に訪れるケース。もうひとつは、手紙やハガキ、メールなどでの相談だ。後者はその要点をつかみ辛《づら》いことが多く、ただの苦情や、悩みごとを打ち明けるだけに過ぎないものがほとんどだ。

木原はそのすべてに目を通すことになっている。手紙とメールのプリントアウトは、デスクの館内電話の横で処理済と未処理に分類され、レターケースに納められている。

木原は未処理のシールが貼《は》られたレターケースから一枚のハガキを取りだした。表裏にびっしりと書き込まれているが、何度読み返しても、その趣旨がよく分からない。世情を嘆いているかと思えば、達観したような記述もあり、特段、解決法を求めているようには思えないという一番厄介なケースだ。

相談室に寄せられる相談ごとの何割かは、『小堀商店』と関連するのだが、今回はどうやらそこには結び付きそうにない。

扱いに困って、暫《しばら》く返信をためらっていたのだが、どうにも気になる内容だ。観光都市京都にあって、外国人排斥を切望するような考えは容認できない。ハガキを手に取って表裏の文字を何度も読み返した。

「そんなに気になられるのでしたら、一度お訪ねになったらいかがです?」

最古参の相談室員である吉本悦子《よしもとえつこ》が、向かい合うデスクから木原に声を掛けた。

「電話番号も書いてないから、たしかにここに行くしかないんだけどね。ただ、この内容にどう答えていいものか。よく分からないんだよ」

ハガキを両手で持ったまま、木原が首を左右に振った。

「わたしも拝見しましたが、副室長がおっしゃるとおり、お答えしようのないご相談ですね」

吉本は眼鏡の赤いフレームに指を添えた。

感情を交えることなく、相談ごとを淡々と事務的に処理する吉本には、木原が一枚のハガキ相談をそれほど気に掛けるのが、理解できないようだ。

京都市中京区六角油小路町《なかぎょうくろっかくあぶらのこうじ》三十八。差出人の住所を地図と照らし合わせてみると、地下鉄烏丸《からすま》線の四条駅からそう遠くない。ランチを兼ねて、昼休みに訪ねてみようと決めた。

「念のためにコピーを取っておいてくれるかな。このハガキを持ってお昼に行ってみるよ」

「承知しました。ご在宅だといいですね」

即座に立ちあがった吉本は、ハガキをコピー機にセットした。

四条駅から地下道を歩き、二十四番出口から地上に出た木原は速足で西へ向かった。四条油小路を北に上り、ふた筋目の蛸薬師通《たこやくしどおり》を越えたところで、地図アプリの番地をたしかめると、目の前の古い民家が目指す家のようだ。表札は掛かっておらず、郵便受けの横に和紙製の名刺が貼ってある。

大久保宗一郎《おおくぼそういちろう》と独特の筆文字で書かれているが、風雨にさらされてか、かなり傷《いた》んでいる。インターフォンではなく、昔ながらの呼び鈴方式だ。赤い小さなボタンを押すと家のなかで、ブザーが鳴っているのが聞こえてきた。

「どちらさん？」

即座に応答があった。

「突然お邪魔して申しわけありません。〈京都市なんでも相談室〉の木原と申しますが」

近所を気遣いながらも、木原は少しばかり大きな声で告げた。

「ほんまに市役所の人でっか？」

ガラガラと引き戸が開いて、やせ細った小柄な老人が鋭い眼光を向けてきた。

春だというのに毛玉が付いたグレーのタートルネックのセーターを着こみ、その上から厚手の黒いカーディガンを重ねている。

「はい。副室長の木原です」

そう言って名刺を差し出す。

「わざわざ来てくれはったんですか。狭い家で申しわけありまへん。ま、お座りになっとくれやす」

大久保の家は玄関を入ると一畳ほどの土間があり、その奥が二畳敷の玄関間になっているという、京都によくある昔ふうの造りだ。土間に足を置いたまま木原は畳に尻《しり》を落とし、大久保はその横にあぐらをかいた。

「ほんで、どないでした？　解決してくれはりますのんか？」

せっかちな性格なのか、大久保はいきなりせっついてきた。

「そのことなのですが、このおハガキを読ませていただいても、大久保さんが何を望んでおられるのか、正直よく分からないのです」

バッグから取り出したハガキを畳の上に置く。

「何を望むか、て書いてるとおりですがな。外国人の観光客がようけ来すぎて困るさかい、なんとかしてくれ、て言うてますんやがな」

大久保はもどかしげに顔をゆがめた。

「その、なんとかしてくれ、がよく分からないんですよ」

「簡単に言うたら追い払《はろ》うてくれ、ということですわ。ほんまに迷惑してまんにゃ。近所のスーパーへ行くときも帰ってくるときも、たいてい外国人に道を訊《き》かれます。外国語で訊いてきよったら手を横に振って逃げますねんけど、日本語やったら相手したりますやろ。時間掛かるわ、面倒くさいわ。それだけやおへんで。民泊っちゅうのが、ここらにようけできたんですわ。朝から晩までゴロゴロ大きい音立ててカバンを引きずっとるわ、大きい声だして騒いどるわ。どないかしてもらわんと、落ち着いて暮らせしまへん」

腕組みをした大久保は口をへの字に曲げた。

「お気持ちは分かりますが、昭和三十一年五月三日に制定された、京都市市民憲章でも――わたくしたち京都市民は、旅行者をあたたかくむかえましょう。――と謳《うた》っておりますように、京都市では、外国人に限らず観光客の方々をあたたかくお迎えしようと考えているのですよ」

近年は外国人観光客と市民とのトラブルが急増しており、相談室に寄せられる相談ごとの二割ほどまでに達している。悪質なケースは個々に対応し、時には管轄《かんかつ》の警察署に届け出ることもある。だが、今回のようなケースでは、市民憲章を持ち出して納得してもらうしかないのだ。

「お言葉を返すようでっけどな、その市民憲章の前文に書いてあることと矛盾しまへんか」

前文を引き合いに出してくるとは、大久保は思ったよりも手ごわい相手だ。

「——この憲章は、わたくしたち市民が、他人に迷惑をかけないという自覚に立って、お互いに反省し、自分の行動を規律しようとするものです。——このような文章でしたね」

「ご存じやったんなら話は早い。わしかて、頭から排除しようとは思うてまへん。けど、他人に迷惑をかけん、ちゅうのが大前提なんと違いまっか？」

「おっしゃるとおりです。ただ、どこからを迷惑というふうにとらえるかは、人によって違いますから難しいんです。たいていの人は、道を訊《たず》ねられるのを迷惑とは思わないでしょうから」

「ほう。ほなわしが変人やて言わはるんですか？」

しまった、と思ったがもう遅い。こうして相手を言い負かすことに生《い》き甲斐《がい》を感じている人間には、正面からぶつかってはいけない。デパート勤めのときに、さんざん学習したはずなのだが。

「分かりました。相談室に持ち帰りまして、解決法を探ることにします。具体的な事例を二、三あげていただけますか。日付と場所をご記憶でしたらお願いいたします」

この種のことに慣れているのか、大久保は大学ノートに日付と場所、状況をしっかり書き込んでいて、それを持ち帰ってコピーすればいい、と提案してきた。

「それではお預かりして、コピーさせていただいたら郵送でお返しいたします。預かり証代わりに、名刺の裏にサインしておきます」

サインした名刺を大久保に手渡して、木原は大学ノートをバッグに仕舞った。

「よろしゅうたのんまっせ」

してやったりとばかり、大久保はほくそえんだ。


敗北感を色濃くにじませながら、うつむき加減で歩くうち、急に空腹を覚えた木原は、近くに馴染《なじ》みのうどん屋があることを思いだした。

こだわりの、という言葉がふさわしいうどん屋には、しばらくご無沙汰《ぶさた》しているが、営業時間や定休日などは変わっていないだろうか。いくらか不安を感じながら、四条通を東に向かって歩いていた木原は、西洞院通《にしのとういんどおり》の信号を南にわたり、〈膏薬辻子《こうやくのずし》〉に入りこんだ。

辻子とは通り抜けできる路地状の細い道を表す京都独特の言葉で、愛称の付いているところも少なくなく、途中で鉤形《かぎがた》に曲がるこの〈膏薬辻子〉もそのひとつだ。かつてここに空也上人《くうやしょうにん》供養《くよう》の道場があったことから、空也供養が訛《なま》って、膏薬の名になったと伝わっている。

その空也上人が平将門《たいらのまさかど》の首級を祀《まつ》り、祟《たた》りを鎮《しず》めたことに由来する『京都神田明神』という小さな社《やしろ》があり、近隣住民のみならず、多くの信仰を集めている。

その社の前からのぞき込むと、青地に白い字で『くうやうどん』と染め抜かれた暖《の》簾《れん》が掛かっていた。ホッとした顔つきで木原は暖簾をくぐった。

「えらいご無沙汰でしたな。一年ぶりぐらいと違いますか」

主人の垣山時雄《かきやまときお》にカウンターのなかから声を掛けられた。

「そんなになりますかね。つい最近もオヤジさんの顔を見たような気がしたのですが」

『くうやうどん』はカウンター十席だけのうどん屋で、いわゆる知る人ぞ知る店だ。主人の垣山が遍屈――関西弁でいうヘンコな性格だからか、相性の合う客しか来店しない。昼どきだというのに、木原以外に客はたったの三人だけだ。

「いつものでよろしいかいな」

白衣姿の垣山はいかにも職人といった風情《ふぜい》を醸《かも》し出している。茹《ゆ》で上げたばかりのうどんの湯切りをしながら、垣山が訊いてきた。

「ネギ多めでお願いします」

脱いだ上着をコート掛けに吊《つ》るし、バッグを足元に置いてから、木原はカウンター席に着いた。

蕎麦《そば》や丼物《どんぶりもの》はなく、うどん専門の店だが、創作ものも含めて品数は決して少なくない。和紙に書かれたメニューは三十種類ほどもあるだろうか。そのなかで決まって木原が頼むのは、かき揚げ天ぷらうどんだ。

うどんの味ももちろんだが、別皿に盛られた揚げ立て熱々のかき揚げを箸《はし》に取り、うどんつゆに浸す瞬間の、音と香りが愉しみなのだ。

手慣れた様子で天ぷらを揚げる垣山を横目に、〈おしながき〉と書かれた献立表を手に取った。価格も含めてメニューはまったく変わっていないようだ。

「おまたせ」

大ぶりの砥部焼《とべやき》のうどん鉢からは、芳《こう》ばしい出汁《だし》の香りが漂ってきて、その横に置かれた清水焼《きよみずやき》の丸皿の上では、こぶし大のかき揚げが、ほんのりと湯気を上げている。

「いただきます」

メニューを横に置き両手を合わせると、箸を割り、かき揚げを取って、うどんつゆにそっと浸した。

じゅわー。音を立ててかき揚げがうどんつゆを吸いこんでゆく。あわてて引きあげて口に運んだ。

外側のコロモはうどんつゆを吸って、少しばかりやわらかくなり、内側はカリッとした歯ごたえがあり、小海老《こえび》と小柱の旨《うま》みが口いっぱいに広がる。

三分の一ほどを食べて、かき揚げをもう一度丸皿に戻すのがいつもの食べ方だ。

表面に細かな油滴が浮かぶうどんつゆをからめとるようにして、つやつやと白く光るうどんをすする。

うちのうどんは出汁の香りを食べてもろてるんや。

初めて『くうやうどん』の暖簾をくぐった日に、垣山から聞いた言葉が、まるで昨日のことのように新鮮な感覚でよみがえってくる。

香りを食べる。まさしくそのとおりだと思った木原は、あの日とおなじように献立表を裏返し、そこに赤字で大書された文字を黙読した。

――カレーうどんはありません――

京都のうどん屋では必ずといっていいほど、カレーうどんがメニューに載っている。

メニューをよく見ずに注文する客が後を絶たないのだろう。かつての木原もそのひとりで、店に入るなり、当然のようにカレーうどんをオーダーし、垣山に鋭い目つきでにらまれたのだった。

淡い出汁の香りを邪魔するカレーうどんは、何があっても絶対に作らないという、店主の固い信念が赤い字に表れている。

と、ふとその筆跡が気になりはじめた。

どこか見覚えのある字なのだ。達筆という感じではないが、俗にいう味のある字は、言い換えればひとクセある字だ。どこで見かけただろうか。

以前よく通っていた居酒屋のお品書きも、こんな字だったような気がするし、今年届いた年賀状にもこんな字があったように思う。

もしかすると、と思って大久保のハガキをバッグから取りだしてみて驚いた。どう見てもおなじ筆跡なのだ。表の暖簾もおなじかと思って、声をかけ、表に出てたしかめると、どうやら間違いないようだ。大久保と店主はどんな関係なのだろうか。

そう思いながら席に戻ると、気になる会話が聞こえてきた。

「こんなうまいうどんを食えるのも、もうちょっとやと思うと、なんや泣きそうになるわ」

左端の席で鍋焼《なべや》きうどんを食べていた、常連客らしきスーツ姿の男性の言葉を耳にした木原は、思わずむせ込んでしまった。

「目立ちにくいこの場所やったら、静かにうどん屋できると思うて続けてきたんやけど、なんちゃらていうインターネットで紹介されてから、観光客がようけ来るようになってな」

洗い物をしながら垣山が顔をしかめた。

「ふつうの店やったら、ネットで紹介されて客が増えたら、喜んで店広げるわ。店を閉めようてなこと誰も思わんで」

男性は首をかしげながら、レンゲでうどんつゆを掬《すく》い、慎重に口に運んだ。

「横から口をはさんで申しわけないのですが、オヤジさんは本当にこのお店を閉めてしまわれるんですか?」

垣山と男性を交互に見ながら言った。

「そうらしいで」

肩をすくめて男性が垣山と目を合わせた。

「行列に並んでもろてお客さんに不便をかけるような店には、したないんや。わしが作ったうどんを、ほんまに美味《おい》しいと思うてくれはるお客さんだけに来てもろたらええ。そう思うんやけど、今の京都では難しなったな」

洗い物を終えて、垣山は厨房《ちゅうぼう》の隅に置かれた赤いスツールに腰をおろした。

「まぁ、あとは息子にまかせたらええがな」

男性客が席を立って、支払いを済ませると、残っていたふたりもそれに続いた。

「息子さんが跡を継がれるのですか？」

静まり返った店でうどんを食べ終えて、木原が箸を置いた。

「わしに似てヘンコやさかい、跡を継ぐっちゅうより、跡を壊しに帰って来よるんや」

言葉とは裏腹に、垣山は相好《そうごう》を崩すと、一枚のチラシを見せてくれた。

「うどんカレー専門店近日オープン。これは？」

チラシを手にして木原が目を白黒させた。

「息子の傑《すぐる》は、親父《おやじ》とおんなじことはしとうないて言うて、イタリア料理の道に進みよった。けど、わしがこの店を閉めるっちゅうたら、自分がここでうどん屋をやるて言いだしよってからに。それもわしが忌《い》み嫌《きろ》うとったカレーうどん専門店やて言うんやさかい、親父に正面からけんか売っとるようなもんやがな。しかもな、インド人の彼女連れてきて、婚約したて言いよるんや。念が入《い》っとるやろ」

垣山はそう言いながら、チラシを三つ折りにして長封筒に入れている。おそらく知人やひいき客に案内状を送るつもりなのだろう。父と息子が情を通わせている姿に、思わず胸を熱くした。

「しつこいようですが、本当に引退されるのですか？　まだ隠居するようなお年齢《とし》じゃないでしょう」

「なんやかんや言うて、わしも来年は古希《こき》になるさかいに、もう隠居してもええやろ。どこぞ田舎に行って、細々《ほそぼそ》とうどん屋をやれたらええなとも思うとる。観光客が絶対来《こ》んような、鄙《ひな》びたとこが見つかったらやるわ」

そう言って、木原が食べ終えた器をさげた。

「息子さんがオープンされる、うどんカレー専門店というのは、カレーうどんとは違うのですか？」

チラシの文字を指さす。

「おんなじと違うか。カレーライスとライスカレーみたいなもんやろ。小さいころから傑は人と違うことをしたがるヤツやったさかい。カレーうどんはアカンけど、うどんカレーやったらええ、と思うたんやないか。ホンマのとこはよう分からんけどな」

昼の営業を終えようとしているのか、垣山はガスの火を止めた。

「ところで、メニューや暖簾の文字ですけど。どなたか有名な方の字なんですか？」

「有名っちゅうほどやないけど、書道の先生や。わしの義理の兄貴なんやけどな」

垣山が複雑な笑みを浮かべた。

京都というところは本当に狭い街で、どこかで誰かと誰かが繋《つな》がっているのは、よくあることなのだが、まさか垣山と大久保が親戚《しんせき》だとは思いもしなかった。知らん顔して話を訊くということも考えたが、あとから知れると厄介なことになりそうだ。これもひとつの縁だと考えて、ありのままを話すことにした。

木原が名刺を差し出すと、垣山は驚いたように、木原の顔と手にした名刺を交互に見比べた。

「おたくはお役人さんやったんですか。食べることに詳しいさかい、てっきり食関係の人やと思うてました。わしもなんぞ困ったことがあったら相談に行きますわ」

垣山は名刺をカウンターの上にそっと置いた。

広く市民一般の意見も聴きたいので、相談内容を公《おおやけ》にしてもいいかとの木原の問いかけに、大久保は望むところだと応じていた。身内なら話しておいたほうがいいだろう。

木原は大久保の相談の概略を話した。

「そうかぁ。兄貴はまだそんなことにこだわっとるんか」

垣山が苦虫を嚙《か》みつぶしたような顔をした。

「わしのヨメの兄さんやけど、実の兄弟以上に仲良ぅしとる。高校の国語教師を定年退職してからは、書家を目指しとったみたいなんで、暖簾やらメニューを書いてもろた。クセのある字がうちの店によう似合うとるやろ」

「まだそんなこと、とさっきおっしゃいましたが、大久保さんは昔から外国人観光客を嫌ってられたのですか？」

問題解決に向けて、大久保の人となりを知る、いいチャンスだと木原はとらえた。

「それには深い事情がありましてな」

立ちあがって垣山が暖簾をおろした。

昼の営業は正午をはさんで二時間ほどで、夕方は四時から二時間だけと、『くうやうどん』の営業時間は極端に短い。

「お話を聞かせていただけますか」

木原は居住まいを正した。

「今から十年以上も前のことやが、兄貴の奥さんが外国人の観光客から道を訊ねられてな、親切に教えてはったんや。ほんで、ほれ、あの人らは大きいカバンを転がしてはるやろ。あのカバンにけつまずかはって、こけてしまわはった。間《まん》が悪いことに、道端の大きい石で腰を打たはった義姉《ねえ》さんは、うまいこと歩けんようになってしもうて。未《いま》だに杖《つえ》がなかったら歩けへんのや。気の毒なこっちゃで」

「そんなことがあったのですか。それで大久保さんは……」

木原が二、三度小さくうなずいた。

「たまたまそこにガイジンさんが居《お》ったっちゅうだけやがな、て言うんやけど、兄貴はあいつらが道を訊ねることがなかったら、こんなことにはならんかった、と外国人観光客を恨むていうか毛嫌いするようになったんや」

「解決策を探る、いいヒントになりました。貴重なお話を聞かせていただいて、ありがとうございました。それで、オヤジさんのおうどんをここで食べられるのはいつまでなんですか？」

床に置いたバッグから財布を取りだして、支払いを済ませた。

「息子次第やな。レシピがまだ完成しとらんらしい。あとひと月ほどは掛かるんと違うか」

垣山がレジの引き出しを閉めた。

「息子さんはどちらにいらっしゃるんですか」

「兄貴の家からちょっと北に上ったとこにあるマンションに住んどる。一階にある『マンジャーレロッソ』ていうイタリア料理の店で働いとるんや。夜の仕事が終わってから、自分の部屋で、インド人の女の子と一緒にうどんカレーを研究しとるんやろ。店も桜の咲くころまでは忙しいやろさかい、それまでは辞めさせてもらえんはずや」

「分かりました。うどん好きの友人を連れて、近いうちに必ずまた来ます」

複雑な思いを巡らせながら、木原は引き戸を閉めて店の外に出た。

2.『和食ZEN』

大久保宅を訪ねてから、ちょうど十日が経《た》った。

木原から『くうやうどん』の話を聞いた『小堀商店』のスタッフは、是非食べに行きたいと口を揃《そろ》えた。

ふく梅《うめ》と淳、理恵の三人は、木原の先導で勢い込んで『くうやうどん』を訪ねたが空振りに終わった。営業時間中のはずなのに店は固く戸を閉ざしていて、うどんを食べることは叶《かな》わなかったのである。

仕方なしにといったふうに四人で『和食ZEN』に集った。

観光客に人気の、祇園《ぎおん》白川沿いに店を構える『和食ZEN』だが、路地の奥にあるせいか、通り掛かりの一見客《いちげん》が入ってくることはめったにない。厨房を間近にのぞむカウンター席と、小さなテーブル席がふたつだけの小さな店である。

「もうすぐ桜も咲くていうのに、なんやお通夜《つや》みたいどすがな。たかがおうどんですやんか。元気出しまひょ」

カウンター席の一番奥に腰かけたふく梅は明るい声をあげてみた。

「そうだよ。たしかにあの絶品のうどんをみんなに食べさせられなかったのは残念だけど、きっとまた次の機会があるから」

隣に座る木原がそれに続く。

「そう思わないといけませんね。残念やけど」

カウンターのなかでグラスを磨きながら、白いシャツに黒のソムリエエプロン姿の理恵が小さなため息をついた。

「揚げたてのかき揚げをおつゆに付けたときの、じゅわーっていう音を聴きたかったなぁ」

筍《たけのこ》を炭火で焙《あぶ》りながら、一番あきらめの悪い淳が、悔しそうに舌を打った。高い身長に、切れ長の目。きゃしゃな指先はピアニストを思わせ、女性客の人気をひそかに集めている。プロバスケットプレイヤーをアメリカで目指していたものの、挫折《ざせつ》。ニューヨークで小堀と出会い、その後は料理人として努力を重ね続けている。

「平日の夕方四時過ぎは営業中のはずなんだけどな」

木原は自分のミスではないとでも言いたげに、手帳に記した『くうやうどん』の営業時間メモを見せてくれた。

「息子さんに譲らはる前に、店仕舞いしてしまわはったんと違いますか。ポストの郵便物もようけたまってたし、少なくとも、ここ二、三日は店を開けた気配がなかったように思います」

淳は箔に刷毛《はけ》でタレを塗ってから、もう一度炭火にかざしている。

「たしかにそんな感じどしたな。たまたま今日だけ臨時休業ていう空気やなかったような」

ワイングラスを傾けながら、ふく梅は淳の考えに同調した。

「何か急なことが起ったのかもしれませんね」

心配そうな顔をして、理恵が木原のグラスに白ワインを注いだ。

「念のために携帯番号を書いて、僕の名刺を壁に貼り付けてきたから、何かあれば連絡してくれると思うんだけどな」

注がれたばかりのワインに、木原がゆっくりと口を付ける。洛陽《らくよう》百貨店時代はすご腕バイヤーとして業界で知らぬ者のない男だった。

「美味しい筍でも食べて、うどんのことは忘れてください」

緑釉《りょくゆう》が掛かった織部《おりべ》の角皿に焼き筍を載せて、淳が木原とふく梅の前に置いてくれた。

「ええ匂《にお》いやこと。木の芽と、あとは何やろ。磯《いそ》の香りがしてますなぁ」

ふく梅は角皿に鼻を近づける。

「練りウニを味醂《みりん》で伸ばして、細こう刻んだ木の芽と和《あ》えたタレを塗って焼きました。そのままでもええし、粉山椒《こなざんしょ》を振ってもろても美味しいと思います」

「筍にウニか。よく合いそうだな」

木原がそのまま口に入れた。

「ウニがこんがり焼けて芳《こう》ばしぉす。筍の甘みと混ざり合うて、ほんまにワインによう合うこと」

筍を嚙みしめて、ふく梅は目を細める。

「筍って竹カンムリに旬《しゅん》ていう字ですけど、ほんまの旬が最近分からんようになってきました。桜が満開になるころが旬のはずやのに、最近はお正月から出回って、梅が咲くころには、お客さんはもう食べ飽きてはるみたいで」

淳が首をかしげながら、煮物鍋に落とし蓋《ぶた》をした。

「このごろは料理人さんもお客さんも、走りを好まはるようになったさかいどすやろ。ほかの店より早《はよ》ぅ出して、それを自慢したい料理人さんと、いち早ぅ食べてSNSに投稿して鼻を高《たこ》ぅしたいお客さんと、どっちもあんまり粋《いき》やおへんな」

この三人には本音で話せるから気は楽だ。

「淳くんもそうだけど、本物の料理を知っている人は、我が道を行ってるよね。ほかの店がどうかとかは、まったく気に掛けていないし、自分が美味しいと思う料理だけを作っている」

ふく梅は大きくうなずいたあと、カウンターに置かれた木原のスマートフォンを指さした。

「なんや光ってますえ」

「ちょっと失礼」

着信を知らせるランプをたしかめると、木原はあわてて席を立った。

「きのう来られたお客さまも、そろそろ鮎《あゆ》が食べたい、と言うてはったんですよね」

理恵が淳と顔を見合わせている。

「最近は、高価な食材イコール美味しいもんや、と思いこんではるお客さんが多いのも、困ったことやと思うてます」

「お高い食パンに行列ができるのとよう似てますなぁ」

皮肉っぽい笑いを浮かべてみる。

「千円もする食パンて食べたことないんですけど、美味しいんでしょうか」

ふく梅のグラスにワインを注ぎながら理恵が疑問を口にした。

「話題になりだしたころに、お客さんが買《こ》うてきてくれはって、いただいたんどすけど、パンはパンやしなぁ。わざわざ並んでまで買いたいとは思わへんかったえ」

「やっぱり」

理恵がうなずいたところへ、駆け足で木原が戻ってきた。

「淳くん、十分後にもうひとり来るのでよろしく」

「お友だちですか？」

淳が訊いた。

「『くうやうどん』のご主人だ。相談があるということなので、ここに呼んだんだよ」

木原が答えた。

「凄《すご》い出汁を引かはるプロの料理人さんに料理を出すて緊張しますわ」

淳が顔を引きしめる。

「相談したいやなんて、やっぱりご主人に何かあったんどすな」

ふく梅は顔を木原に向けた。

「いつも明るいご主人なのに、地獄の底にでも居るような沈んだ声だったなぁ」

木原は同じような顔つきを返した。

「ノドグロの煮付けをお出ししようと思ってたんですけど、ご主人がお越しになるまで待ちましょか」

淳が鍋の火を止めた。

「そう言うたら、ノドグロて年じゅうメニューに載ってるような気がしますけど、いつが旬なんどす？」

「それがよう分からへんのです。真冬の十二月から二月が旬やて言わはる魚屋さんもあるし、僕の師匠なんかは、五月から八月ごろのノドグロが一番旨いて言うてはりましたしね」

鍋の蓋を少しずらしている。

「ノドグロとアカムツておんなじ魚なんですか？」

木原の隣に、ひとり分の折敷《おしき》と箸置きをセットしながら、理恵が淳に訊いた。

「アカムツ言うのが正式やと思うけど、北陸から山陰の辺ではノドグロて呼ぶんや。今日のも島根で揚ったもんやけど、最近はあの辺のがよう出回ってるさかいか、ノドグロて言う人が多いな」

淳がまな板の上に木の芽を置いて、リズミカルに包丁を動かしはじめた。トントントンと音がするたびに、山椒の青い香りが店のなかに広がる。ふく梅が鼻をひくつかせると、店のドアが開いた。

「市役所の木原さんはこちらに……」

垣山がドアのあいだから顔だけを覗《のぞ》かせて店を見まわした。

「どうぞこちらへ」

立ちあがると木原は手招きした。

「すんまへん。ほな遠慮のう」

何度も頭を下げて、ベージュのシャツを着た垣山が木原の隣に座った。

十日前とは別人のように頬が痩《や》せこけ、目玉だけがぎょろりと光り、土色の顔にはしわだけが目立っている。

木原はふく梅と淳、そして理恵を垣山に紹介し、腹具合を訊ねた。

「正直に言うと、この一週間ほどまともにメシを食うてませんのや。食う気もせん、っちゅうか。酒ばっかり飲んでます」

垣山が力なく答えた。

「苦手なものがないようでしたら、料理のほうは淳にまかせてください。お酒をお奨《すす》めしてもよろしいでしょうか？」

「おおきに。今日はやめときますわ」

消え入るような声で答えた垣山は、視線を定めることもできないようだ。

「ここに居る三人は僕の仲間で信頼を置いていますし、このお店は今日は本当はお休みなので、ほかにお客さんも来られません。差支えなければご相談内容をお聞かせください」

木原が本筋の話を切りだした。

「別に隠さんならんようなことでもないんで、お話しさせてもらいますわ」

うつむいたままで垣山がそれに応《こた》えた。

「気持ちを楽《らく》ぅにしてお話を聞かせてください」

ふく梅が垣山の前に、ほうじ茶を置く。

「おおきに」

小さく頭を下げた垣山は、ほうじ茶に口を付けた。

「実は今日お店に伺ったのは、ここに居る四人なんです。店仕舞いされる前に是非『くうやうどん』のうどんを食べたいということで」

「えらい悪いことでしたな。一週間前からずっと店は休んでますんや」

垣山はうつろな目を宙に遊ばせている。

「そうでしたか。お身体《からだ》を壊されたのですか？」

垣山の顔色を窺《うかが》った。

「息子が事故に遭いましてな。腕を折ってしまいよってからに、鍋持つどころか、箸も持てまへんのや」

ぽつりとつぶやいた垣山の声に、時間が止まったかのように、四人は動きを止め、店のなかがしんと静まり返った。

掛ける言葉を探しながら、誰もそれを見つけられずにいる。

やがて淳は信楽焼《しがらきやき》の小鉢を食器棚から取りだして、牛スジの煮込みを盛った。

「辛いやろと思いますけど、元気出してください」

最初はじっと器を見ていただけだったが、思いなおしたように垣山が箸を取った。

ひと口食べて深いため息をつく。

「裕さんから話はお聞きしてましたんで、ほんまに残念です。息子さんがお作りになるカレーうどんを早《はよ》ぅ食べたかったです」

淳が悔しそうに唇を噛んでいる。

「交通事故ですか？」

木原が訊いた。

「お越しになった三日後やったと思います。夕方の仕事が済んで、買い出しに行こうと思うたら、警察から電話が掛かってきましてな」

垣山がほうじ茶を飲みほすと、理恵がすかさず注ぎ足した。続く言葉を待つ。

「車に轢《ひ》かれて倅が救急車で病院に運ばれた、っちゅうことですわ。わしも気が動転してしまいましたけど、病院の名前だけ聞いて、近くやったさかい走って行きましたんや」

垣山が一気に語った。

「交通事故というのは予測できませんからね」

努めて冷静に相槌《あいづち》を打った。

「なんでも夢中になる性格の息子のことやさかい、きっとうどんカレーのことで頭がいっぱいやったんですやろな」

垣山が牛スジの煮込みをさらえると、淳が次の料理を出した。

「桜鯛《さくらだい》の薄造りです。もみじおろしと芽ネギを包んで、ポン酢でお召し上がりください」

淳は染付の丸皿に小猪口《こちょこ》を添えた。

「ええ鯛やなぁ。傑はうどんカレーの出汁に鯛を使《つこ》うとったんやが、やっぱり鯛は魚の王さんや」

垣山がこの日初めて口元をゆるめた。

秀《ひい》でた料理は、辛さをも忘れさせるのだろうか。

「明石《あかし》に揚がった鯛を丸一日寝かせましたんで、旨みがよう乗ってると思います」

淳がひかえめな笑顔で応えると、垣山は奨められたとおりにして鯛を口に運んだ。

「うどんの出汁やさかい、ここまでええ鯛はよう使わなんだやろけど、これ食うたら喜びよったやろなぁ」

垣山は三切れほどを食べて、茶で喉《のど》を潤《うるお》した。

「カレーうどんのお出汁に鯛を使うて、めっちゃ贅沢《ぜいたく》ですね」

理恵が言葉をはさんだ。

「正確には、カレーうどんではなくて、うどんカレーらしいよ」

理恵に耳打ちする。

「どう違うんです？」

小声で訊き返された。

「呼び方の違いだけらしいけど」

木原が答えると、横から垣山が割り込んだ。

「わしもそう思うとったんやけど、ぜんぜん別もんやったんや」

「そう言うたら、うどんカレーて初めて聞いたなぁ。お皿にうどんを敷いて、その上からカレーを掛けるとか、そんなんですか？」

淳が手際良く京焼の長皿を四枚並べた。

「息子さんはそのメニューをもう完成させていたのですか？」

木原の問いかけに、垣山はこっくりとうなずいた。

「完成したて言うて、喜んで電話して来よったんで、走ってマンション行って、試食したんやが、まさかその次の日に……」

悔しそうにこぶしを握りしめながら、本題である今後のことについて相談をはじめた。

「うどんカレー専門店を開く息子にあとはまかせてと思うとったんやが、それも難しいなってしもた。怪我《けが》の回復状況にもよるやろけど、うどん屋っちゅうのは、腕力勝負ですねん。麺《めん》を打つにも茹でるにも、腕の強さが要りますんや。腕を折っただけやのうて、脱臼《だっきゅう》までしてしもうた倅には当分無理ですわ。となったら、うどんカレーのことは早ぅ忘れて、鄙びた山里へ移って、小さなうどん屋を開きたい。そない思うんでっけど、当分は息子たちも養わんなりまへんやろ。どないしたらええのか、分かりまへんのや」

「事故の状況にもよりますが、保険金がおりるでしょうし、労災に該当するかもしれません。おそらくそれほどご負担にはならないと思います」

垣山を安心させようとして、事務的に答えた。

「そうは言うても、怪我してはる息子はんとインド人の婚約者さんを放っておいて、自分だけ田舎に引っ込むわけにはいきまへんわなぁ。うちは、せっかく息子はんが作らはった、うどんカレーが気になります。それもメニューに載せはったらどないです？　息子はんも喜ばはるんと違いますやろか」

ふく梅が提案した。

「それはできん。せっかく倅が苦労して考えつきよったメニューを、わしが横取りするような、そんなずるこいことできまっかいな」

垣山が即座に否定する。ふく梅にひじでつつかれた。

ふく梅の意図するところを理解し、顔を向けると淳も大きくうなずいた。

「僕もたしかに惜しいと思います。そのうどんカレーのことをもう少し詳しく教えてもらえませんか。場合によっては、そのレシピが『くうやうどん』の移転費用に化けるかもしれません」

「うどんカレーのレシピがお金になるて言わはるんでっか」

木原の言葉に色を成した垣山に、あわててふく梅が『小堀商店』の仕組みを説明し、木原が補足した。

「『小堀商店』というのは、後世に残すべき、たいせつな料理レシピを集めることを目的として設立された、小さな組織ですが、営利を目的としたものではありません。長年『洛陽百貨店』の経営に携わっていた小堀善次郎《ぜんじろう》がボスを務めており、僕とここにいる店長の淳と、宮川町《みやがわちょう》の芸妓を本業とするふく梅の三人で運営しています。淳の助手を務める山下理恵は、準構成員といったところでしょうか。公務員の副業は原則的に禁じられているのですが、小堀と親しい関係にある、現京都市長の強い要望で、〈なんでも相談室〉の副室長を務めることになったんです」

まずは『和食ZEN』のオーナーでもある小堀善次郎の話からはじめ、垣山の反応を見ながら、これまでの事例を話し、決して強制はしないこと、口外しないことなどを、ていねいに伝えた。

「世の中には思いもつかんことがあるもんなんやなぁ。レシピを売買する組織がこの京都にあるやなんて。けど、そう言われてみたら、あのレシピは後々まで残す価値があるかもしれん。せっかく傑が思いつきよったうどんカレーを、わしやのうて、腕のある料理人が作ってくれたら、傑も納得するかもしれんな」

話は、進んだり、戻ったりを繰り返しながら、淳が作る料理を仲立ちにして、遅くまで続いた。垣山は、結局、一滴も酒を口にしなかった。

写真を見せながら、うどんカレーのレシピを垣山が伝授してくれた。歓声をあげたのは木原だけではない。それほどに画期的なレシピだった。

「あんまりにもいろんなことが、いっぺんに起こったんで頭が混乱しとる。改めて返事させてもらいますわ。何より傑が了解せんとあきまへんしな。二、三日うちには必ず木原はんに連絡させてもらいます」

真剣な表情で立ちあがった垣山を見送って、ホッとした顔を見合わせた。

3.『小堀商店』

垣山が帰ったあと、四人の意見はまっぷたつに分かれた。

木原は淳と共に『小堀商店』でうどんカレーのレシピを買い取ることに前向きだったが、ふく梅と理恵は少しばかり消極的だった。

怪我の度合いは分からないが、完全に快復したときに、傑が後悔するのではないか、というのがその理由だ。

気が動転している垣山には、正常な判断ができないのではないか。落ち着いて考えられる状態になったときに、売り渡したことを後悔するのではないか。理恵はそう主張した。

その翌日に、最終判断を下したのはボスの小堀だった。これまでのいきさつと、四人の考えを順序立てて伝えたところ、垣山から買取の依頼があれば、その可否を決める場を設ける。そしてもしも買い取ることになった場合、一年以内に垣山から申し出があれば話を白紙に戻すことを条件に付けると決まった。

小堀がその判断を下した翌日に垣山から電話が入り、その内容は買取を強く希望するという意思表明だった。

どうやら予想以上に傑の怪我が重症だと判明したようだ。

小堀の日程調整に手間取ったこともあり、『小堀商店』で垣山がうどんカレーのレシピを再現するのは、桜が花を散らしたあとになった。

『小堀商店』は、『和食ZEN』の奥にあって、その存在はほとんど知られていない。店の奥にあるトイレの横に〈OFFICE〉とプレートの貼られたドアがあり、それを開くと、金庫のような古びた鉄製の扉がある。『小堀商店』と筆文字で書かれた木札がそこに掛かってはいるが、いつもは固く閉ざされている。

商店と言っても、実際は料理スタジオのような造りで、広いキッチンにはあらゆる料理に対応できるよう最新式の調理器具が備えられている。

そしてその調理の様子を間近に見られる客席は、ゆったりとしたローカウンターをメインにして、祇園白川の流れを見下ろす、広々としたスペースになっている。

そんな『小堀商店』に、いち早く姿を現したのは、オーナーの小堀善次郎だった。

「善さま、お約束の時間までまだ一時間以上もありますえ。どないしはったんどす？」

準備をしていたふく梅が出迎えた。

「ふく梅の顔を見たくなってね」

ステッキをふく梅にあずけると、小堀は窓際のチェアに腰かけた。

「じょうずにお言いやこと。冗談でも嬉《うれ》しょす」

傍らに立つふく梅は頰を桜色に染めた。

「白いシャツにスキニージーンズか。いつもの和服姿より、うんと若く見えるね」

「おおきに。善さまのお召しも素敵どすえ。トルコブルーのチノパンに、ピンクのジャケットやなんて、なかなか似合う人はおへん」

「ありがとう。お世辞でも嬉しいよ」

しわを刻んだ丸みを帯びた顔。小柄ながら、ボスは周囲の人を圧倒するようなオーラを放っている。小堀がにやりと笑ったところへ、木原と淳が入ってきた。

「まあ。おふたりもお早いこと。みなどないしはりましたん？　いっつも時間ギリギリやのに」

笑顔に皮肉を込めた。

「ボスもでしたか」

淳はシャツの袖《そで》をまくって、掃除機を手にした。

「垣山さんがお見えになりましたけど、お通ししてよろしいですか？」

理恵がドアのあいだから顔をのぞかせた。

「垣山はんまでフライングしてはるんや。どないします？　もうちょっと向こうで待っててもらいます？」

小堀の顔色をうかがってみる。

「いいじゃないか。ここは役所じゃないんだから。な？」

小堀が顔を向けると、木原が苦笑しながらうなずいた。

理恵の先導で『小堀商店』に入ってきた垣山は、ポカンと口を開けたまま、部屋のなかを見まわしている。

「店の奥にこんな部屋があるやなんて。眺めはええし、設備は整うてるし、こんなとこで料理を作らせてもらえるんですか」

厨房に目を遣《や》りながら、垣山は息を弾ませた。

「小堀善次郎と申します。ご子息は大変な目に遭われましたな。きっと良くなられると信じています。本日は、よろしくお願いいたします」

「垣山時雄です。ご丁寧に恐れ入ります。精いっぱいやらせてもらいます」

そう言って、深々と頭を下げた。

「まだ準備できてへんとこもありますけど、よかったら支度をはじめててください。送ってきてもろた段ボール箱は厨房の奥に置いておきましたんで。厨房機器やら、分からんことがあったら何でも訊いてください」

淳が掃除機を止めた。

「傑のために気張らしてもらいます」

『くうやうどん』とは違って、茶色い作務衣《さむえ》を着た垣山が白い和帽子をかぶって、背筋をまっすぐに伸ばした。

「お仕度が整うたら声掛けとうくれやすか。善さまにお席に着いてもらいますさかい」

ふく梅はカウンターテーブルを、ダスタークロスでていねいに拭《ふ》いた。

垣山は『和食ＺＥＮ』を訪れたときとは見違えるほどに、精気をみなぎらせている。息子の考案したうどんカレーを再現することに強い意欲を見せている。

以前からずっとこの厨房で仕事をしていたかのように、てきぱきと作業し、時折ノートを見ながら、着々と準備を進めた。

窓際のチェアに腰かけてその様子を眺める小堀は、何度も木原と目を合わせてはうなずいている。

やがて準備が整ったようで、垣山は駅員がホームで行うような指さし確認をして、大きくうなずいてから、こちらに声を掛けた。

「用意できましたんで、いつでもどうぞ」

「おおきに。さっきからええ匂いがしてますさかい、お腹《なか》が鳴ってましたんえ。ほな、善さま座りまひょか」

そう言ってうながすと、小堀はゆっくりと立ちあがり、カウンター席に向かった。

広い厨房とのあいだには、カウンターテーブルが横に伸び、ゆったりとした椅子が五つ並んでいる。小堀がその真ん中に座り、木原がその右隣、ふく梅は左隣についた。

淳がその横に座ったところで、垣山が口を開いた。

「ほなはじめさせてもらいます。ほんまは製麺するとこからはじめんとあきませんのやが、打ってから寝かす時間が要りますんで、そこは飛ばして、麺を茹でるとこからやらせてもらいます。これが傑が考え付きよった、うどんカレー専用の麺です」

手のひらに取った麺を、親指で押さえて垂らすと、思わず声をあげてしまった。

「ほう。その手がありましたか。ここまで匂いが漂ってきます。カレーを練り込んだ麺なんですね」

カウンターの上に身を乗りだして、小堀が目を輝かせている。

「聞きしに勝る、とはこのことですね。垣山さんからこの麺のお話を聞いたときは、半信半疑でしたし、どんな麺なのか想像も付かなかったのですが、これがうどんカレーなんですね」

木原が垣山の手元を覗きこむ。ふく梅もおなじ仕草をした。一見すると中華麺のようにも見えるが、同じ黄色でもその濃度が違う。黄土色といったほうが正確だろうか。聚楽壁《じゅらくかべ》のような色の麺だ。

「逆転の発想っちゅうやつでしょうな。わしも傑からこの麺のことを聞いたときは、そんなもんが旨いんかいなと思うてたんですが」

そう言って、垣山が鍋に麺を泳がせはじめた。

「麺は手打ちなのですか？」

淳が訊く。

「最初は手打ちでやっとったみたいやが、バラつきが出るんで機械打ちに変えたて言うとりました。これも製麺機で打ったもんです」

ふく梅は問いかけを抑えられなくなった。

「麺に練りこんではるのはカレー粉どすの？」

「これも最初は粉やったらしいんやが、粉やと味が尖《とが》るっちゅうことで、ペースト状にして練りこむようにしたみたいですな」

垣山が菜箸で茹で加減をみた。

「見た目は太打ちの中華麵みたいですね」

中腰になって木原が横からのぞいた。

「茹でとっても、そんな気がします。匂いはぜんぜん違いますけどな」

垣山が声を弾ませていることに、ホッと胸を撫《な》でおろした。

「カレー麵に鯛の出汁が合うんかどうか、ちょっと気になります」

淳に耳打ちされたので、首を縦に振る。

「麵にカレーを練りこむとこまでは、早《はよ》ぅに出来上がっとったみたいやが、これに合ううどんつゆに苦労したみたいですわ。洋風のブイヨンや、チキンスープ、昆布《こぶ》出汁やら、単体やらミックスやらで試してみた結果、最後に行きついたんが、鯛の骨から取った出汁と昆布出汁だけのつゆや」

鍋に張られたうどんつゆは、淡い黄金色《こがねいろ》をしていて、香りもすこぶる上品だ。

「具は何を使われるんです?」

淳が訊いた。

「ポーチドエッグて僕は言うとったんですが、わしらが落とし玉子て言うてるやつや。

お酢と塩を溶いた湯に落とした玉子を、茹でた麺の上に載せて、うどんつゆを張る。青みは軸三つ葉の刻んだだけ。辛みは一味と黒七味のミックスやと言うとりました」

調理台にうどん鉢を四つ並べて、垣山が具材をその横に置いた。

「シンプルなのがいいですな」

小堀は生つばを呑《の》みこんでいるようだ。

「ほかに傑が用意しとったんは、出汁に葛《くず》を溶いた餡《あん》かけと、麺の上に落とし玉子だけを載せた釜玉《かまたま》。メニューは三つだけで勝負しようと思うとったようです」

そう言いながら、垣山が手早く四つのうどんカレーを完成させ、カウンターに並べた。

「どうぞ召しあがってみてください」

垣山は、安堵《あんど》と緊張がない交ぜになったような表情を浮かべている。

「いただきます」

小堀が手を合わせたので、それに続いた。

「カレーうどんとは全然違う眺めやな」

淳の言う通りだ。

鉢の上から見ると、黄金色のうどんつゆのまん中に、白い落とし玉子が浮かんでいるだけで、底に沈んでいるのがカレー麺だとは分からない。玉子の上に散らされた三つ葉の緑が目にも鮮やかだ。

「ほんまに美味しいおつゆやわ。上等のお澄ましていう感じどすなぁ」

うどんつゆを口に含み、味をたしかめ、その深さにおどろいた。

「カレーを練り込んだらこんな麺になるんか」

固い表情で淳が麺を噛みしめている。

垣山に見守られながら、黙々とうどんをすすり、つゆを飲む。具がないに等しいせいか、淡々と食べ進み、ほとんど同時に箸を置いた。

「とても美味しくいただきました」

手を合わせてから、小堀が木原に顔を向けた。

「いつものを」

「承知しました」

木原がバッグから小切手帳を取りだした。それを横目にした垣山は口元をゆるめた。

「早速ですが垣山さん。ご子息が考案されたこのメニューを、斬新《ざんしん》で独創的な麺類として大いに愉しませていただきました。ただ、残念ながら今いただいたうどんカレーのレシピを、こちらで買い取ることはできかねます。その理由は、淳が説明してくれるでしょう」

落胆して肩を落とす垣山に目を向けたあと、小堀が淳に続きをうながした。

「ボスが言わはったように、食べたこともない、見たこともない、オリジナルなもんやし『小堀商店』のメニューに加えたいところやと思うんですけど、料理としてみたらバランスが悪い。麺の強さにうどんつゆが負けてしもうてる。喩《たと》えて言うたらマッチョな男性が女装してるような、そんな味になってしもてますねん」

自分の考えが小堀と一致しているのかどうか、不安を残した顔つきを小堀に向けている。

「さすがだ。わたしでは思いつかない、巧《うま》い喩えでした。まさしくそのとおりで、このままでは料理としての据わりが悪い。そこで相談なのだが、垣山さん、この麺のレシピだけを買い取らせていただけないでしょうか。もしもご承知いただけるのでしたら、この金額でいかがでしょう」

金額を書きこんだ小切手を裏向けにして、小堀がカウンターの上を滑らせた。

おそるおそるといったふうにそれを受け取ると、そうっと表の数字を見て、垣山が息を呑んだ。

「こないな金額で買うてもらえるんですか」

　高い声をあげた。垣山の手が小刻みに震えている。

「こんな独創的な麺を思いつかれたご子息への敬意と、お見舞いの意も少し込めさせていただきました」

　小堀の言葉に、垣山は深々と頭を下げた。

「ありがとうございます」

「僭越《せんえつ》ですけど、このカレー麺に合うつゆを僕が作って、息子さんのうどんカレーを必ず完成させます」

　淳が力強い言葉を垣山に向けた。

「木原から聞いたのですが、垣山さんは、どこか鄙びたところへお店を移したいと思っておられるそうですね」

「そう思うとります」

　垣山が答えた。

「それなら海の近くはどうですか。わたしの知り合いが、瀬戸内の小さな島で民宿をやっておったのですが、高齢で最近廃業してしまったんです。海の見える高台にあって、鄙びたうどん屋にはピッタリだと思いますよ」

ジャケットの内ポケットから民宿のパンフレットを取りだして、小堀が垣山に手渡した。

「山か海か、どっちにするか迷うとったんですが、こんなとこやったら理想的ですわ」

手に取って垣山が目を輝かせた。

「もしもここでうどん屋をされるのなら、ご子息が作られた、あの鯛を使った出汁をお使いになったらいかがです？ 実はこの島の住民の半分は漁師なんだそうです。鯛もよく獲《と》れるらしいですよ」

そう言いながら小堀はゆっくりと立ちあがり、入口の扉に向かう。

「何から何までありがとうございます」

垣山が小堀の後ろ姿に一礼した。

「そうそう、もうひとつ。島には立派な病院もありますし、児童数や生徒数は多くないのですが、小学校や中学校もあります。書道教室を開かれるのもいいんじゃないですか」

言い残して、小堀は『小堀商店』をあとにした。

――こないして、今回も『小堀商店』の商談は無事に成立しました。

これからいつもの『辰巳大明神《たつみだいみょうじん》』さんへ、お礼を言いに行くとこどすねん。

それにしても、善さまの細やかな気配りていうか、隅々にまで行き届いたお気持ちには、ただただ感心するばっかりどす。

見舞金やて言うてふんぱつしはったんには、びっくりしましたわ。なんでもお金で解決できるわけやおへんけど、お金がなかったらなんにもできませんしね。

それだけやおへん。垣山はんのこれからの暮らしも、ちゃんと考えたげてはったんには、驚きました。ほんでお義兄《にい》さんの大久保はんのことまで、ですやろ。いったい善さまの頭のなかはどないなってるんやろ。

そうそう、その大久保はんですけど、外国人はだいじにせなあかん、て急に変わらはったんやそうです。なんでやいうたら、奥さんの世話をしてくれはるヘルパーさんが、外国人さんに代わらはって、その人がものすごいええ人やさかいみたいどすねん。やさしいて、親身になって面倒みてくれはるらしいどっせ。ほんまによろしおした。

うちはきっとそれも、善さまが手配しはったんやないかて思うてます。まさかそこまでは、て理恵ちゃんは笑《わろ》うてましたけど、善さまやったらあり得る。ほんまにそういうお人ですねんて。

お鯛さんのお出汁もそうですやん。あのおうどんのつゆとカレー麵との相性はそない悪ぅなかったんどす。善さまが、あのお鯛さんのお出汁は垣山はんに残しといたげよと思わはったんに違いありまへん。

ほんで淳くんに話を振らはりましたやろ？　あれも善さまの狙《ねら》いどおりになりましたやんか。まんまと乗せられて、淳くんは自分で自分に宿題出さはりましたわ。こないして、善さまの思うてはるとおりに物ごとが進んでいきますねん。

神《かみ》さん、どうぞ淳くんがうどんカレーを無事に完成しはりますように。そして、垣山傑さんがふたたび調理場に立てるようになりますように。『辰巳大明神』はん、よろしゅうおたの申します。――

第二話

鯖飯《さばめし》茶漬け

一年のうちで一番好きな季節になりました。緑がきれいし空気も美味《お い》しおす。暑《あっ》ぅもなし、寒《さむ》ぅもなし。五月も半ばになったら、なんや気持ちまで軽《かる》ぅなるような気がします。

けどねぇ五月の京都は忙しおすねん。京都三大祭りのひとつ葵祭《あおいまつり》がおすやろ。それが済んだら今度は御霊《ごりょう》はんのお祭りどすわ。葵祭は有名どっけど、御霊はんのお祭りは、そとのお方はあんまり知らはらへんのと違うやろか。京都のお人は、どっちかいうたら葵祭より御霊はんのお祭りのほうに熱入れてはるんでっせ。『相国寺《しょうこくじ》』はんの近所に『御霊神社』ていう神社がおして、そこのお祭りどすねんけど、お祭りのある五月十八日は、お神輿《みこし》が神社から京都御所の辺まで練り歩かはります。京都のお祭りはのんびりしてるて思うてはったらおおまちがいどすえ。お神輿を担《かつ》がはる男はんらの勇ましいこと。じっと見てたら、なんやドキドキしますねん。

斎王代《さいおうだい》はんやらが優雅に行列しはる葵祭はそとのお方、御霊はんのお祭りは京都のお人が愉《たの》しまはりますけど、うちらはその両方のお祭りで忙しさしてもろてます。せやさかい十八日が済んだらホッとひと息つかしてもらいます。お座敷もまばらやし、ふつか続けてお休みいうこともあるんどす。うちらの言葉やったら、お茶を挽《ひ》くて言います。昔の遊女はんらは、お客さんがのうてヒマなときは、お茶を挽かされてはったんやそうです。今はそんなん聞いたことおへん。挽いたお茶を買《こ》うてきますわねぇ。

ちょうどそんなときに、森下淳《もりしたじゅん》くんが鮎釣《あゆつ》りに誘うてくれはったんどす。淳くんもうちらみたいな花街《かがい》の人間とおんなじで、祇園辺りの飲食店も十八日のお祭りまでは忙しいしてはって、それが済んだら小休止いう感じですねん。

うちは気《き》ぃが短いさかい、魚釣りてしたことおへんねん。いつ釣れるやら分からへんのに、じっと釣《つ》り竿《ざお》持って待ってるやなんて、信じられしまへんわ。

魚釣りのなかでも鮎釣り言うたら、一番難しいて言いますやろ。とてもやないけど、うちには無理どす。そやさかい、淳くんが釣ってはるのを、横でビールでも飲みながら見てるだけでよかったらお伴しますえ、て言うてます。きっと川風が気持ちええんと違うかしら。

ほんで、どこの川へ行くんえて聞いたら、紀ノ川《きのかわ》やて言わはりましてん。テレビで見たんどすけど、紀ノ川いうたら和歌山の山のなかどすやん。鄙《ひな》びた温泉宿があるんやそうで。せっかくやさかい、そこで一泊しようということになったんどす。

おとこはんとふたりで温泉旅行行ってもええんやろか。お相手は淳くんやさかいに、お泊まりする部屋も別々や、万にひとつも間違いは起こらしまへんやろけど。それに、淳くんが気ぃ使わはって、理恵《りえ》ちゃんし、うちはちっとも気にしてへんかったのに、淳くんが気ぃ使わはって、理恵ちゃんも誘わはりましてん。うちはどっちでもよかったんやけど、そのほうが無難どすわな。ということで三人旅になりましてん。どないな旅になることやら。

1．紀ノ川

言葉ではよく使うものの、これほどみごとな五月晴《さつきば》れも、そうそうあるものではない。雲ひとつなく晴れ渡った空は青く澄んで、遠くの山の新緑は鮮やかだ。

夜が遅い三人にとっては、朝七時出発というのは、とんでもなく早い時間に感じられる。

ルノー・カングーのハンドルを握っていても、あまりの気持ちよさにふと眠くなってしまうほどの好天だが、後部座席に座るふたりのかまびすしい掛け合いに、淳の眠気は吹っ飛んでしまった。

ふく梅《うめ》は紺色のシャツにホワイトジーンズ、理恵は白いシャツに紺色のクロップドパンツ、と上下の色を逆転させた出《い》でたちである。ルームミラー越しに見ていると、ふたりはまるで姉妹のようだ。

「ほんまやて。ほんまに十五匹食べたんやて。そう。いっぺんに」

真顔でふく梅がそう言うと、理恵が即座に否定する。

「絶対うそやて。うそと違《ちご》うたら思い違い。きっとふく梅ねえさんは酔うてはったんやわ。五匹とかやったら分からんこともないですけど、十五匹はないわ。なんぼ小《ちぃ》そうて美味しい言うても、いっぺんに鮎の塩焼きを十五匹も食べられませんて。第一お店もそんなようけ出さはりませんでしょ」

「今では考えられへんかもしれんけど、そんな時代もあったんやって。なぁ、淳くん」

ふく梅に話をふられて、どう答えようか迷ってしまった。話に聞いただけで、自分自身はそんな贅沢《ぜいたく》な経験をしたことがないからだ。

「たしか比良山《ひらさん》のほうにある『朽木《くつき》山荘』でしたね。今でも美食の宿として有名やけど、むかしから京都の食通人らはみんな『朽木山荘』へ鮎を食べに行ってはりましたね。ホンマかどうか分かりませんけど、お客さんが塩焼きを十匹とか十五匹とかふつうに食べてはったらしいですね」

「ほれみてみぃな。うそと違うやろ」

ふく梅が勝ち誇ったような声を出した。

「けど、ホンマかどうか分からへんて店長も言うてはるやないですか」

理恵も負けてはいない。

「どっちでもええやん。それより今日の鮎釣りのことを考えんと」

ルームミラーでふたりの顔を見比べたが、にこやかにやりあっていたようだ。やっぱり理恵を誘っておいてよかった。ふく梅とふたりだけでドライブしたなら、きっと話が途切れる時間があったはずだ。車中という狭い空間で、そんな時間を迎えれば息が詰まったに違いない。

京都から紀ノ川まではおよそ百キロ。高速道路を使えば一時間半から二時間ほどでたどり着ける。むかしは和歌山までと言えば、かなり時間が掛かったように思う。子供のころの夏休みに、父親が運転する車で白浜まで海水浴に行ったが、朝、京都を出て白浜に着いたのは夕方だったと記憶している。お盆で車が渋滞していたからかもしれないが、ずいぶんと道路が整備されたものだ。しかもナビにまかせておけば道に迷うこともない。

昔はこうではなかった。父が運転して、助手席の母が地図を見る係。道を間違えたときはいつも夫婦げんかになった。父は地図の見方が悪いと母を責め、母は父の不注意で曲がる道を見過ごしたと言い張った。

そんなことを思いだしながら車を走らせるうち、やがて車は第二京阪道路から近畿自動車道へと入っていく。

「すんまへん。ちょっとお手洗いに行かしてもろてもええやろか」

ふく梅がトイレ休憩を希望したため、一番近い東大阪パーキングエリアに黄色のカングーを停め、車外に出た。

「ほんまに今日はええお天気ですね」

手洗いに向かうふく梅の背中を見ながら、理恵が両手を上げて伸びをしている。

「飲みもんとか買わんでも大丈夫か」

「ようけ積んでありますし大丈夫です。なんかおやつでも買うてきましょか」

「あと一時間ぐらいやから我慢するわ。なんか食べたら居眠りしてしまいそうやしな」

「もうそんな近いんですか。腕が鳴るなぁ」

「腕が鳴るて、あんまり期待せんほうがええよ。鮎なんてそう簡単に釣れるもん違うし」

「店長には言うてませんでしたけど、うちの父は釣りが得意なんです。それもほとんど川専門。しっかりコツを教えてもらいましたさかい」

そう言って、得意顔で理恵が力こぶを作った。

「なんの話どす。理恵ちゃん、えらい嬉《うれ》しそうな顔してるやん」

手洗いから戻ってきたふく梅が理恵の隣に立ってあくびをかみ殺す。

「どんだけ鮎が釣れるか競争しようて店長と話してたんです」

「そんなこと言うてへんがな」

「そうどしたんか。うちは高みの見物させてもらいます。ようけ鮎を食べさせとうくれやっしゃ」

ふく梅がいち早く車に乗り込み、淳と目を見合わせる。理恵はそのあとに続いた。

休憩のあともふたりの他愛のない会話は途切れることがなく、淳は微笑《ほほえ》みを浮かべながら南下を続けた。

渋滞にも遭うことなく、車は阪和自動車道を通って紀の川市に入った。

「ネットの釣り情報やと、この辺がベストスポットみたいやけど、意外と空《す》いてるな。解禁直後やからもっと混んでると思うてたけど」

　空いた朝の駐車場にカングーを停めてトランクルームのドアを開けた。

「あそこのお店で友釣り用の鮎を手に入れんとあきませんね」

「理恵ちゃん、写真持ってきてるな。僕の写真がこれ。遊漁料を二枚とおとり鮎で、これで足りると思うけど。一応二枚わたしとくわ」

「おとり鮎はとりあえず五、六匹でいけますね」

　二万円を受け取ると、理恵はシャツの胸ポケットにしまった。

「それぐらいでいかんとな」

「理恵ちゃん、えらい詳しおすやんか」

「しっかり勉強してきましたから。まかせてください」

　こぶしで胸をたたいて、青いクーラーボックスを手にした理恵は、釣具店を目指して一目散に駆けていった。

「ねえさんはこっちのクーラーボックスがええんでしょ」

　淳がふく梅に赤いクーラーボックスをわたした。

「さすが淳くん。ちゃんとシャンパンも入ってますやんか」

「それは夜に置いときましょ。お昼はビールでええでしょ。僕はまだ運転せんならんけど、ねえさんは気のすむまで飲んでください」

「おおきに。ちょうどあの辺の河原がよろしいなぁ。ふたりの釣り勝負を見ながら、川風に吹かれてビールやなんて最高どすがな」

川面《かわも》を見下ろしながら、ふく梅が目を細めている。

しばらく晴天が続いているせいか、川を流れる水の量は少なく、どうやらウェーダー（胴長）までは要らないようだ。ゴムの長靴に履き替えて、淳は理恵が戻ってくるのを待った。

「よかったら、ねえさん先に行ってってください。理恵ちゃんが戻ってきたら追いかけますし」

「おおきに。ほなお先に行かしてもらいますわ。早《はよ》ぅ飲みたいし」

白いスニーカーを弾ませて、ふく梅が河原に向かっていった。ふだんは結っている髪をおろしているせいもあって、着物姿とはまったく別人に見える。誰の目にも京都宮川町《みやがわちょう》の売れっ子芸妓《げいこ》には見えないだろう。

ペットボトルのウーロン茶でのどを潤《うるお》していると小走りで近づいてくる理恵が視界に入った。

「すんません、長いことお待たせして」

クーラーボックスを地面に置いた。

「ごくろうさん。けっこう高く付いたんと違う？」

「遊漁券を二枚とおとり鮎六匹で、なんとか一万円で足りました。それにしても、養殖の鮎はええ匂《にお》いはせえへんですね」

理恵からレシートと釣りを受け取った。

「どんな様子か訊《き》いてきたか？」

「水温が意外と低いんで、思うてはるほど釣れんかもしれんて言うてはりました」

「思うてはるほど、て、理恵ちゃん、何匹釣りたいとか言うたん？」

「ふたりで五十匹は釣って帰りたいて」

理恵の言葉を聞いて、思わず口に含んだウーロン茶を吹きだした。

「本気で言うてたん？」

「はい。希望を込めて」

「なんぼ希望でも五十は無茶やで」

「でも、さっきおねえさんが十五匹食べるとか言ってはりましたし」

「いや、それはプロの釣り師がおったらの話やし。そんな簡単に釣れたら値打ちないがな」

「そうなんですか」

意気揚々だった理恵が肩を落とした。

「僕が五匹、理恵ちゃんが三匹。ふたりで八匹釣れたら上等。それくらいに思っておかんと失望するしな」

「それやったらこのおとり鮎を持って帰ったほうがええんと違いますか」

クーラーボックスのなかで勢いよく泳ぐ鮎を見せられた。

「それではおもしろいこともなんともないやんか」

「でも、せっかくここまで釣りに来て、それくらいしか釣れなかったら、おねえさんに合わせる顔がありませんやん」

今にも泣きそうな顔をしている。

「こんなとこでごちゃごちゃ言うててもしゃあないな。とにかく釣り糸垂らしてみよ」

釣り道具一式をたずさえて、ふたりでふく梅が待つ河原へと降りていった。

――神はときとして気まぐれな采配《さいはい》を振る――

いつだったか、ボスである小堀善次郎《こぼりぜんじろう》からそんな言葉を聞かされたことがある。それをまざまざと実感する時間だった。

「そんな落ち込まんでもよろしいがな。淳くんはそれでふつうやし。理恵ちゃんに釣りの神さんが憑《つ》かはったんや。そう思わな」

ふく梅の言葉も、たいしたなぐさめにはならない。

「いちおう僕も鮎釣りはじめてから五年になります。それなりの経験は積んできたつもりです。二時間ほどで三十あげたこともあります。なんぼ釣りの神さんが憑かはった言うても、初めての鮎釣りやのに、理恵ちゃんが十五もあげたのに、僕はたったの三匹て、おかしいでしょう」

一気にまくし立てた。

「おかしい言うても、結果がすべてどすがな。嘘偽《うそいつわ》りのない結果やいうことは、このふく梅がしかとたしかめさせてもらいました」

赤ら顔のふく梅が、淳の恨みがましさを断ち切るように語気を強めた。

「たまにはこういうラッキーもないと。宝くじも当たったことないし、コンサートチケットの抽選もはずれっ放しやし。そんなわたしをきっと釣りの神さんが憐《あわ》れんでくれはったんです」

理恵が明るい声を弾ませる。

まったく予想だにしていなかった結果だけにショックを受けたが、早く気持ちを切り替えなければ、愉しみにしていた夕食が味気なくなる。ゆっくり温泉にでも浸《つ》かれば気分も変わるだろう。

紀ノ川を離れて北上を続け、山あいを縫うように走る県道六十二号線を、ひたすら北に向かう。二車線の快適な道路だが、濃い緑におおわれた道の両側にはほとんど民家もなく、交通量も少ない。

「ほんまにこの道で合《お》うてるんかなぁ」

後部座席のふく梅が、心配そうに身体《からだ》を乗りだして、ナビに目を遣《や》った。

「宿のご主人からは、一本道やて聞いてますから、たぶんこの道で合うてると思います」

いくつものカーブを曲がり、アップダウンを繰り返してゆくと、ようやく目的地が近づいてきた。

「あの看板と違います？」

理恵が指さす先には〈神通《じんづう》温泉〉と書かれた黄色い案内板が立っている。

「よかった。これで道間違うてたら最悪やったわ」

胸をなでおろした。

「ほんまや。今日の淳くんはツキから見放されてるみたいやさかいに気ぃ付けんとな」

ふく梅が、ルームミラー越しに流し目を送った。

「あんまりいじめんといてください。ただでさえ気が弱いんですから。落ち込んでるときにツキがないて言われたら……」

「あ、〈神通温泉〉への道、過ぎましたよ」

淳の言葉をさえぎって、理恵が大きな声をあげた。

「ほんまや。通り過ぎてしもたやないですか。どっかでUターンせんと。やっぱり今日の淳くんはあかんわ。うちが運転代わりまひょか」

「ねえさんなにを言うてはります。れっきとした飲酒運転やないですか。大丈夫です。今のは公共の宿。僕らが今夜泊まるのは、この先にある一軒家の宿です。すぐそこの道を右に入ったとこにあるはずですねん」

ハンドルを抱くようにして、スピードを緩めた淳は細道の両側を見る。

「なんていう名前の宿なんですか？」

理恵もおなじように道の両側をのぞき込んでいる。

「『料理旅館障子屋《しょうじや》』ていう宿やねん。木造の平屋やて言うてはったから、あれかな」

細道から少し山に入った辺りに、周りを木々で囲まれた古民家が建っていて、隣接する離れ家の煙突からは煙が上がっている。古びてはいるが、手入れは行きとどいているようだ。

「ええ感じどすやんか。こんな温泉宿てなかなかおへんえ」

「ほんまですね。両親を連れてきたい感じですわ」

ふたりとも期待しているようだが、それに応《こた》えられる宿なのか、ふく梅の言葉どおり今日はツキがないだけに、淳は不安を拭《ぬぐ》えずにいる。

「ちょっとヘンコ（偏屈）そうなご主人みたいやし、そこだけは気ぃ付けてな」

この宿を奨《すす》めてくれたのはボスの小堀だ。紀ノ川へ鮎釣りに行くと言ったら、いい宿があるからそこに泊まったらどうかと勧められたのだ。小堀は泊まったことがないというのだからあてにはならないのだが、餞別《せんべつ》をくれたのはありがたかった。

「こんな辺鄙《へんぴ》な場所で料理旅館してはるんやから、ふつうの人やのうて当たり前ですがな。ヘンコ大歓迎どっせ」

ふく梅の言うとおりだ。鮎のシーズンはともかく、名だたる温泉地でもなく、取り立てて名物があるわけでもない場所で、料理旅館を名乗るには、よほど腕に自信があるか、もしくは特別な仕掛けがなければ、客商売として成り立たない。怖いもの見たさ、と言えば宿には失礼かもしれないが、今夜の宿に『料理旅館障子屋』を選んだのには、そんなわけもある。

　駐車場というより、ただの空地に車を停めて、三人はそれぞれの荷物を手にして、母屋《おもや》らしき建屋に向かって歩いた。

　不愛想な宿だったらどうしよう。湯宿に向かいながらも、淳の足取りはけっして軽くはなかった。

「森下さんですね。お待ちしてました。どうぞこちらへ」

　若草色の作務衣《さむえ》を着た若い女性スタッフが、勢いよく引き戸を開けて出迎えてくれたことに、ホッと胸をなでおろした。

　小柄な女性は歳《とし》のころなら三十前後か。取り立てて美人というわけではないが、愛くるしい笑顔は気持ちをなごませてくれる。

「お世話になります。どうぞよろしゅうに」

　ふく梅が型どおりに挨拶《あいさつ》をすると、理恵もそれに続いた。

「頼んでいた鮎です。よろしくお願いします」

　淳がクーラーボックスを手渡した。

「おあずかりします。たくさん釣れてよかったですね」

女性が淳に笑顔を向けた。

母屋の戸口からなかに入ると、外観からは想像もつかないほどの空間が広がってい
て、京町家とは趣きの異なる渋さがある。フロントらしきものは見当たらないが、五
十畳ほどはあろうか、土間全体がロビーラウンジになっているようだ。

三人はその真ん中に十脚ほど無造作に並べられた、アンティークチェアにそれぞれ
腰かけた。

「かなり古い建物なんでしょうね」

座ったままで理恵がぐるりと見まわした。

「さいぜん平屋やて言うてはったけど、あそこに階段があるいうことは二階建てどす
んやろか」

ふく梅が土間の奥にある階段を指した。

「メゾネットになってるんでしょ。屋根裏部屋やったりして」

「わたしそういうの好きです」

理恵が声を弾ませた。

「うちは苦手どす」

酔いが残っているのか、すぐさまふく梅が水を差す。

「お待たせしてすみません。お茶をお持ちしました」

丸盆に載せた茶と茶菓子を、女性スタッフが丸テーブルに並べた。

「ありがとうございます。ここには二階もあるんですか？」

湯呑《ゆのみ》を手に取って理恵が訊いた。

「二階やなくて、屋根裏は物置になっているんですよ。この建物は父の趣味で、富山のほうから移築したんです」

「うちらが泊めてもらう部屋とは違いますねんね」

「お泊まりいただくのは離れの部屋ですよ。うちはぜんぶで三つしか部屋がないもんで、今日はおたくさんたちで貸切です」

「料理旅館を借り切るやなんて、めっちゃ贅沢やないですか」

理恵が嬉しそうに立ちあがった。

「女性ふたりはおんなじ部屋でええんで、僕のぶんとふた部屋あったらええんですけど」

淳は遠慮がちに言った。

「どっちみち空いてるんやから、好きに使《つこ》うてください。お食事はみなさんご一緒にされますか？」

「はい。食事はどこで？」

　ふく梅が訊いた。

「夜も朝も、お食事は離れの奥にある食堂でお出しします」

「食堂があるんですか？」

　思わず、湯呑を置いた。

「うちはもともと『障子屋』という食堂だったんです。おじいちゃんが終戦後に始めた店で、七十年くらいになります。旅館をやるようになったのは父の代からで、まだ十年も経《た》ってません」

「こちらのお嬢さんだったんですか。失礼しました」

「こちらこそ失礼しました。庄司久枝《しょうじひさえ》と言います。よろしくお願いします。いちおう若女将《わかおかみ》ということになっているんですよ」

　久枝は恥ずかしそうに和紙でできた名刺を差し出した。

「森下淳です。こちらがふく梅ねえさん。こっちが山下《やました》理恵です」

「ふく梅、ていうお名前はひょっとして舞妓《まいこ》さんですか？」

　久枝が目を見開いた。

「舞妓を卒業して芸妓してますねんよ。京都の宮川町て知らはらへんかなぁ」

ふく梅が花名刺を出すと、久枝は嬉しそうに受け取って、名刺とふく梅を交互に見比べた。

「京都のことはよく知らないんですが、うちは芸妓さんに会うのははじめてですんよ」

久枝は興奮を抑えきれないようだ。

「芸妓やて言うても、ふだんはこんなんですし、あんまり気にせんといてください」

淳が小声で久枝に言った。

「こんなんで悪《わる》ぉしたな」

ふく梅がむくれ顔をしてみせた。そんな表情もなかなかチャーミングだ。

「鮎釣りに来られるて聞いてたもんで、まさか芸妓さんがお越しになるとは。むさくるしい宿ですみません」

「いいえ。ほんと素敵なお宿ですよ。温泉もお料理も愉しみにしてきました」

理恵が如才なく言葉を返した。

「夕食は六時からでいいですか？」

「今が四時やから、お風呂《ふろ》入って、ちょうどええ時間やな」

淳の言葉にふく梅と理恵が同時にうなずいた。

「鮎のほうはぜんぶ塩焼きにさせてもらっていいんですか」

久枝に訊かれた。

予約したときに、自分たちで釣った鮎を持ち込んで料理してもらえるかどうかを訊《たず》ね、快諾を得ていたのだ。もちろん、釣れなかった場合は、宿で鮎を用意して焼いてもらうことにもなっていたのだが。

「十八入ってますんで、ぜんぶ塩焼きにしてください。僕らは五匹ずつで充分ですから、よければあとは召し上がってください。たった三匹で悪いですけど」

「いいんですか。地元なのに紀ノ川の鮎はめったに口に入らないんですよ。父も喜ぶと思います」

「淳くん、うちらは三匹ずつぐらいでええんと違う。ふだん口にしはらへんのやったら、こちらで食べてもろたらよろしいがな。せっかく理恵ちゃんが釣らはったんやから」

ふく梅がそう言った。

「そんなもったいないこと。せっかく釣ってこられたんですから、みなさんで召し上がってください。わたしと父で一匹ずついただけたらそれで充分です」

久枝がかぶりを振る。

「そないかたいこと言わはらんでもよろしいやん。美味しいもんは、みんなで分け分けしまひょ」

ふく梅の提案で、様子を見ながらということになった。

「では、お言葉に甘えさせていただきます。夕食まで温泉に浸かってゆっくりなさってください」

「お風呂はどちらに？」

「お部屋と食堂のあいだにありますので、これからご案内します。人手がないもので、荷物もお持ちせずに申し訳ないです」

鍵《かぎ》の束を手にして久枝が母屋を出た。

「失礼な言い方になるんですけど、客室も食事処もお風呂も離れにあるんやったら、母屋は要らんのと違いますか？」

「うちもそう思うんですよ」

淳の問いかけに、久枝が笑いながら答えた。

「でも、やっぱりあったほうがいいとわたしは思います。あそこでほっこり落ち着いてから、お部屋にいったほうが気分がいいですよね」

理恵がふく梅に同意を求めた。

「もちろんですがな。最初にあの母屋でお茶を一服いただいて、いうのはだいじな時間どす。古いおうちやさかい心も落ち着きます。なんでもかんでも役に立つ立たへんで分けたらあきまへん」

「父にそう伝えておきます。きっと喜びます」

先を歩く久枝が振り返った。

母屋に比べると素っ気ない建屋だが、無駄な飾りもなく清潔感があって、一泊二食ひとり一万三千円の宿泊場所としては充分な施設だ。三つの部屋はどれもおなじような広さと造りで、八畳の部屋に二畳の控えの間があり、トイレと洗面所、縁側が付いている。縁側は庭に面していて、日本庭園というほどではないが、植栽も池もよく手入れされていて、眺めも明るい。

「どうぞ、おひとりひと部屋ずつお使いください。準備はできておりますし」

「ほな、遠慮のう」

久枝の奨めにしたがって、三人はそれぞれ別の部屋に泊まることになった。手前から〈一番〉、〈二番〉、〈三番〉と名付けられた部屋に、淳、ふく梅、理恵がそれぞれ荷物を置いて、久枝の案内で風呂へ向かった。

「うちは男女別の大浴場やのうて、貸切風呂が三つあります。お部屋とおんなじ番号が付いてますので、そちらにお入りください。湧《わ》き出す温度が低いもんやさかい加温はしてますけど、いちおうかけ流しです。循環もさせてませんし、薬も入れてません。泉質は強アルカリ泉やて聞いてます。ちょっとぬるっとしてますけど、湯上りはつるりとなります。美人の湯やなんて言われとるんですよ」

案内してもらった風呂は三か所とも同じくらいの広さだが、湯船が岩風呂、陶器、木造りと異なっていて、どれも半露天形式だ。部屋からの眺めと同じで開放感もあり、気持ちよく湯浴《ゆあ》みできそうだ。

「お部屋もお風呂も自分専用やなんて、ものすごく贅沢ですね」

浴室をのぞき込んで、理恵が目をきらきらさせた。

「田舎なもんで、これくらいしかもてなしできんさかいに」

控えめに言いながらも、いくらか久枝の鼻は高くなっているようだ。

「こんなん言うたら失礼やと思うんですけど、正直ここに寄せてもらうまでは不安でした。ネットの情報もほとんどないし、失礼ながら聞いたことない温泉やったし、鮎が釣れたら、それを焼いてもらうだけで充分やと思うてました。嬉しい誤算いう感じですわ」

淳は正直な気持ちを伝えた。

「森下さんだけと違います。みなさんそうおっしゃいますよ。期待はずれでよかったって」

久枝が声をあげて笑うと、ふく梅と理恵も続いた。

「この奥が食堂なんですね」

淳が廊下の奥にある木製のドアをのぞき込んだ。

「はい。もともとは別棟やったんですけど、わたり廊下でつなげました。どうぞこちらです」

久枝がドアを開けると、そこはまさしく食堂だった。

「なんや懐《なつ》かしいですね」

食堂に入るなり理恵が声をあげた。

「うちの田舎にもこんな食堂がありましたわ」

食堂のなかを見まわして、ふく梅は懐かし気に目を細めた。

小学校の教室がちょうどこれくらいの広さだったなと淳は思った。

土間の真ん中には四人掛けのテーブルが、田の字形に四卓並んでいて、窓側には掘りごたつ式の小上り席が、横長に設《しつら》えられている。

低い竹屏風《たけびょうぶ》で仕切られているが、取り払えば十数席は作れそうだ。もしも満席になれば三十人を超える客数になるから、料理人はひとりでは足りないなと、淳はとっさに計算した。

「おじいちゃんが生きているあいだは、父と母と三人で料理を作ってましたが、今は父がひとりで料理を作っています。なので夜はお泊まりのお客さん以外はお断りしているんですよ」

「それもまた贅沢ですねぇ。なんだか申し訳ないくらいです」

宿泊料金を聞いていた理恵は恐縮しきっている。

「ほんまにありがたいこと。とりあえずお風呂をいただいて、ゆっくりさせてもらいまひょか」

夕食までのあいだ、三人はそれぞれ自由に過ごすことになった。

淳は思いどおりの釣果《ちょうか》をあげられなかったことを反省しながら、持参したタブレットで〈食堂 障子屋〉とワードを変えてあらためて検索してみた。

食堂のほうは〈庄司や〉、もしくは〈しょうじや食堂〉と名乗っていたようで、そちらで検索すると何件かヒットした。

少しばかり不思議に思ったのは、鯖寿司《さばずし》や鯖うどん、鯖飯などという、鯖を使った料理がかつての名物らしかったことだ。

鯨や鮪《まぐろ》をはじめとして、海の幸に恵まれた県であることは間違いないが、鯖と紀州は縁遠いように思える。地元の常連客の投稿には料理写真もなく、はたしてどんな鯖料理を出していたのか、大いに興味をそそられる。リクエストすれば夕食に出してくれるだろうか。

淳は小さなタオルを持って、〈一番〉の風呂に向かった。

外からは鍵もなく自由に入れるが、なかに入ると内側からは鍵が掛けられるようになっている。今日は三人だけで貸切だと聞いてはいたが、結局鍵を掛けてしまう自分に、淳はひとり苦笑した。

温泉にはあまり詳しくないものの、貸切風呂としては大きいほうだろうと思う。洗い場こそ広くないが、ごつごつとした小さな岩を組み合わせた湯船は、四人ほどが楽に入れる広さで、小ぶりの大浴場といったふうだ。

思ったより深い風呂で、泳ぐ真似《まね》をしてみたり、手足を思いきり伸ばしてみたりした。

「理恵ちゃん、石川五右衛門《いしかわごえもん》て知ってる？」

「すごい悪人で釜茹《かまゆ》でにされはった人でしょ」

「なんやふたりとも五右衛門になったような気がせえへん？」

「ほんまや。けど、茹だるほど熱いお湯違うし、霜降《しもふ》りくらいにしかならへんでしょう」

時折り歓声が聞こえ、ふたりが湯船に浸かっている様子がうかがえる。部屋は別々にしても、風呂には一緒に入るのが女性らしいところなのかは分からないが、間近に気配を感じて、一瞬どぎまぎしてしまった。

「淳くん、お湯加減はどないです？」

ふく梅に訊かれた。当たり前のことだが、向こうにもこちらの気配が伝わっているのだ。

「ちょうどいいお湯です。肌がつるつるになって気持ちええですね」

「ほんま。理恵ちゃんなんか、もともとピチピチしてはったのに、鏡みたいに輝いてはりますえ」

「ふく梅ねえさんこそすべすべですやん」

どうやらふたりで触れ合っているようだ。さらに顔を赤くしつつ、さっと湯から上がった。

「おさきに上がりますわ」

そう声をかける。

「おとこはんはやっぱり烏《からす》の行水どすなぁ」
「これ以上浸かってたらのぼせてしまいそうなんで」
しごく身近な存在のふたりが、すぐ横で風呂に入っているというのは、なんともくすぐったく、冷たいシャワーを頭からかぶって、淳は風呂をあとにした。

2. 鯖飯茶漬け

思うてた以上にええお湯やったんで、理恵ちゃんとふたりで、ゆっくり入らせてもろて、晩ご飯までまだ時間があったさかい、お昼寝いうか、宵寝《よいね》をさせてもらいました。やっぱり旅行てよろしいなぁ。ふだんでは考えられへん時間がゆったり流れてます。

気心の知れたお仲間やさかい、すっぴんでもええようなもんどすけど、芸妓のお仕事させてもろてて、なんぼなんでもそうはいきまへんわな。

洗面所の照明が蛍光灯どすさかい、なんや顔が青白《あおじろ》ぅ見えてしまいますねんけど、ほんまはお湯のせいで、顔もまだ火照《ほて》ってますねんよ。いっつもより薄《うす》ぅに化粧して、紅《べに》もあんまり赤《あこ》ぅないのにしときます。着替えのお洋服も持ってきたんどすけど、理恵ちゃんがせっかくやから宿の浴衣《ゆかた》で、て言うてはったさかい、うちもそれに合わせることにしました。

昔の旅館みたいにパリパリに糊《のり》が効いてへんさかい、さらっと着られてよろしおす。あとは足元ですわ。さすがに足袋《たび》までは持ってきてまへんし、かと言うてお宿に置いてある五本指の足袋ソックスは、あまりにも色気おへんやろ。素足にしときますわ。てなことというてるうちに、もう六時済んでますがな。ちょっとのんびりし過ぎました。

赤い鼻緒の雪駄《せった》をはいて食堂へ急ぎます。

食堂の戸を開けたら案の定、淳くんと理恵ちゃんは掘りごたつのテーブルに座って待ってはりました。

「すんまへん、遅《おそ》うなって」

「僕らも今来たとこです。お風呂上りについうとうとしてしもて」

淳くんは寝ぐせの付いた髪の毛を押さえつけてはります。

「おねえさん、すごいわ。お化粧せえへんて言うてはりましたやん。すっぴんのまま来てしまいました」

理恵ちゃんが恨めしそうな顔をして、両手で顔を覆《おお》うてはります。

「理恵ちゃんみたいに若かったら、うちもそうしたかったけど、なんぼ仲間うちゃ言うても、おばさんは人にすっぴん見せられしまへん。化けへん程度にしときました」

正直そう思いますねん。お化粧なんかせんでも理恵ちゃんは可愛《かわい》い顔してはる。肌の艶《つや》も違いますさかい、やっぱりちゃんとお化粧しといてよかったですわ。

「遠いとこをわざわざ、こんな田舎の宿まで来てもろて。大した料理は出せませんけど、どうぞゆっくりしていってください」

藍色《あいいろ》の作務衣を着た年輩の男性があいさつに出てきはりました。

この前亡《な》くなったショーケンさんにちょっと似てはります。このかたがご主人やろか。

「ご主人ですか。森下です。いろいろご無理を言うてすみません。ええお湯をたんのうさせてもらいました。夕食も愉しみにしてますので、よろしくお願いします」

「主人の庄司です。京都から舞妓さんがお越しやて、娘から聞いて緊張しとります。どうぞお手柔らかに」

和帽子を取って、庄司はんが理恵ちゃんに向かって頭を下げはりました。勘違いしとぉいやす。

「ご主人、舞妓と違うて芸妓ですねん。こっちがふく梅ねえさん。そっちは山下理恵、うちの店で僕の助手をしてくれてるんです」

淳くんが慌《あわ》てて訂正してくれはりました。うちが不機嫌な顔したしやろか。

「それはえらい失礼しました。森下さんは今お店て言うてはったけど、なんのお店です？」

「ちょっとした和食の店をやってるんです」

庄司はんに訊かれて、淳くんは浴衣のたもとから名刺を出さはりました。

「いやいや、天下の祇園で料理屋さんをしてはるんですか。そうと知っとったら丁重にお断りしましたのに。どないしまひょ、うちみたいな田舎の料理屋に、京都の料理人さんにお出しできるような料理あらしませんがな」

口だけやのうて、庄司はんは心底困ってはるみたいです。お嬢ちゃんの久枝はんは愛くるしい顔してはりますけど、お父さんのほうはちょっと気難しい感じどす。きっと生まじめなお人なんやろなぁ。

「田舎やとか京都やとか関係おへん。いつもどおりの料理を出しとぉくれやす。愉しみにしてるんでっせ」

うちはほんまにそう思うてますんよ。

「そう言われても。困ったなぁ。田舎料理しか用意してませんし」

「僕らはその田舎料理が食べたいんですって。たしか鯖飯が名物なんですよね」

鯖飯て初めて聞く料理のお名前どすけど、どんなもんなんやろ。鯖好きのうちには興味津々《しんしん》どすわ。

「本当にいいんですか。京都の鯖寿司みたいに洗練されたもんやないですし、この辺の家庭料理なんですよ」

庄司はんはしつこう食い下がってはります。ただ謙遜《けんそん》してはるだけやないみたいですわ。

「こういう言い方したら偉そうに聞こえるかもしれませんけど、ありきたりのご馳走《ちそう》は京都で食べ飽きてますねん。ここでしか食べられへんもんに価値があると思ってますので」

淳くんの言うとおりやわ。

「分かりました。そこまで言ってくれはるのなら、ふだんどおりの料理を出させてもらいます。自信があるのは鮎の塩焼きだけですけどな」

ようやく庄司はんが口元をゆるめはって、ホッとしました。

「うっかりしてお願いするのを忘れてたんですけど、三人とも飲兵衛《のんべえ》なので、美味しいお酒をお願いできますか」

今うちも頼もう思てたとこですねん。やっぱり淳くんとはよう気が合うわ。

「大したもんはありまへんけど、わしが酒好きやさかい、紀州の日本酒やったらそこそこあります。鮎によう合う酒やったら〈黒牛《くろうし》〉かな」

そう言うて庄司はんは奥に引っ込まはりました。

「よかった。〈黒牛〉か〈紀土《きっど》〉があったら嬉しいなぁて思うてました」

淳くんはホッとしたような顔をしてはります。うちは日本酒のことはよう分かりまへんけど、その土地土地によって味が変わりますわね。和歌山のお酒やったらどんな味がするんどっしゃろ。みかんの味がしたりして。

「えらいご主人かたくなやったけど、なんかわけがあるんかな」

「地方のお料理屋はんでは、ときどき遠慮深い料理人さんがやはりますけど、たしかにこちらさんはしつこおしたなぁ。そない謙遜しはらんでもと思いますねんけど」

こんなん言うたらあかんかもしれまへんけど、淳くんの話やと一泊二食付きでひとり一万三千円やて言うてはったさかい、お料理はそこそこのもんしか出てきぃひん思うてます。京都のお料理屋はんやったら、晩ご飯だけでもその値段するのがふつうどすし。

「お酒をお持ちしました。瓶ごと持ってきましたし、好きなように飲んでください。

燗《かん》を付けたほうがよかったら言うてくださいね」

久枝はんは〈黒牛〉の四合瓶《よんごうびん》をテーブルの上に置いて、その横にガラスコップを三つ並べはりました。お酒を注ぐのは理恵ちゃんにまかせときますわ。

「今日は理恵ちゃんに完敗したことに乾杯しよか」

最近の淳くんはこの手のダジャレていうか、オヤジギャグにはまってはるみたいです。笑《わろ》うてあげんと可哀《かわい》そうどすわね。

「お待たせしました。父の言うとおり田舎料理ばっかりで申しわけないですが」

久枝はんが大きなお盆にようけ料理を載せて運んできはりました。お造りやら天ぷらやら煮ものやら、いろんなもんが並びます。

「一品ずつ出てくる懐石もええけど、こないしていっぺんに出てくるのも愉しいですね」

理恵ちゃんが嬉しそうな顔で舌なめずりしてはります。たしかにこういうお料理は心が和みます。むかしの旅館いうたら、たいていこんなんどしたな。天ぷらやら煮ものが冷めててもかましまへん。お行儀悪《わる》ぅ迷い箸《ばし》するのも、温泉旅館の愉しみなんかもしれまへんなぁ。

「うちはこんな山んなかですけど、海もそう遠くはないんですよ。おじいちゃんが漁師さんと仲ようしてたもんで、安ぅして持ってきてくれるんよ。お造りはマグロとコウイカ、天ぷらはクツエビと野菜、煮ものはグレ。これから鮎を焼きますんで、それまでゆっくり食べとってください」

ほかにも珍味の入った小鉢やらつくだ煮やらを並べて、久枝はんが壁際《かべぎわ》の暖簾《のれん》をくぐっていかはりました。あの奥にすぐ厨房《ちゅうぼう》があるんやと思います。炭の匂いと一緒に、薄《うっす》らと煙が漂うてきます。

「これ本マグロやわ。しかも中トロやんか。この値段では考えられへん」

淳くんが首を傾《かし》げたはります。うちもいただいてみたら、ほんまにええマグロです。ここは山のなかどすけど、たしかに海も近いんどすやろな。

「このエビの天ぷら、甘くて美味しいです。久枝さんはクツエビて言うてはりましたね。初めて食べるエビです」

揚げもんは揚げたてやないと、と思うて冷めてる天ぷらを後回しにしてたんどすけど、理恵ちゃんがあんまり美味しそうに食べてはるのを見て、指でつまんでエビの天ぷらを口に入れたら、びっくりするくらい美味しおした。イセエビみたいな味がしますねん。

「ぼくらはセミエビて言うんやけど、紀州のほうではクツエビて呼んでるみたいや。

うちの店なんかには滅多《めった》に入って来《き》ぃひんわ。卸値《おろしね》はイセエビより高いと思うで」

淳くんがまた首をかしげてはります。プロの料理屋はんの目ぇで見たら、不思議に映るんやろねぇ。たまに京都の割烹《かっぽう》屋はんでも出てくることありますけど、セミエビは貴重なエビやて聞いてます。ざっと原価を計算したら、宿泊代とつろくせえへん。うちみたいな素人《しろうと》でもそう思います。

「採算とかを考えんと、赤字覚悟で旅館をやってはるんでしょうね」

理恵ちゃんは無邪気に次々とぱくついてはります。

「お嬢ちゃん、それは違いまっせ。どんな商売でも損してたら続きまへん。たしかに儲《もう》かるてなとこまではいきまへんけど、これでもちゃんと利益は出してます」

厨房にまで話が聞こえてたんどっしゃろな。笹《ささ》を敷いた大きなお皿に、串刺《くしざ》しした鮎の塩焼きを載せて、庄司はんが暖簾の奥から出てきはりました。

「すみません。余計なことを言ってしまって」

理恵ちゃんが恐縮してはります。

「いや、あやまってもらうようなことやないんです。テレビやなんかでも、採算度外視やて言うてドヤ顔してる料理人がおるさかい、そんなふうに思わはるかもしれまへんけど、そんなんは嘘に決まってます。こちらの森下さんが一番よう分かってはるはずや。そうでっしゃろ？」

庄司はんにそない言われて、淳くんは苦笑いしてはります。

「美味しそうに焼けてること。熱いうちに早ぅよばれなあきまへん」

そっちの話が長《なご》ぅならんように釘《くぎ》を刺しときましてん。

「旨《うま》い。じょうずに焼いてくれてはるわ」

いきなり淳くんが大きい声出さはって、びっくりしました。うちも早ぅ食べんと、と思うんどすけど、串を外そうか、そのままかぶりつこうか、て迷うてますねん。

「炭火で焼いてますから、そのままがぶりといってください。頭の骨もやわらこうなってますから」

うちの迷いを庄司はんは見抜いてはったみたいですわ。思い切って串のままかぶりついたんどすけど、たしかに頭の骨までやわらこうなってます。淳くんも鮎の焼きかたはじょうずなほうどすけど、どっちかていうたら、庄司はんに軍配をあげます。

「ええ鮎をええ炭で焼いたら、勝手に旨《うも》ぅなりよる。料理の腕前と関係ないさかい自信ありますわ」

「それは違うと思います。どんなに材料がよくても必ず美味しくなるとは限りません」

謙遜してはるのに、理恵ちゃんが真剣に反論しはりました。若いんどすな。

「理恵ちゃんの言うとおりや。この辺は本場やさかい、たぶん備長炭《びんちょうたん》を使って焼きはったと思いますけど、それでもここまで頭の骨をやわらかくして、しかも焦《こ》がさんようにするのは至難の業や。どないしたらここまで……」

淳くんはさっきから首をかしげてばっかりですわ。

「おやじの代から数えて、何匹鮎を焼いてきたか分からんくらいやから、串を打つときにどこにどれぐらいの火を当てたらええかが分かるようになった。まぁ、そこにちょいと工夫はしとるけどな」

庄司はんが自信ありげに、にんまりとしてはります。さっきまでのかたい表情とはえらい違いです。

「その、ちょっとした工夫ていうのが気になりますわ」

三匹目の鮎にかぶりつきながら、淳くんが庄司はんの顔色をうかごうてはります。目の色が変わって、料理人の顔になってはるさかい、庄司はんがどんな工夫してはるんかを本気で探ってるんやろ思います。

「鮎も焼きますけど、炭も焼いてます。料理人いうより炭焼き職人やと自分では思うてます。森下さんには失礼やけど、料理人になりたがる若者はようけおるのに、炭焼き職人になりたいいう者はあんまりおらんのよ」

庄司はんはえらい憤《いきどお》ってはります。さいぜんのかたくなな姿勢にもつながる、何かがあるんやないかと思います。

「僕らはもうこれで充分なんで、あとはご主人、お嬢さんと一緒に食べてください」

「なんや申しわけないですな。けんどお言葉に甘えますわ。めったにわしらの口には入らんもんで。その代わりて言うのも何やけど、熊野《くまの》ポークの味噌鍋《みそなべ》を用意しましたんで、召し上がってください」

庄司はんが合図しはったら、久枝はんがカセットコンロに土鍋を載せて運んできはりました。けっこう大きな土鍋でっせ。

「こっちこそ申しわけないです。追加料金払わしてもらわんと」

淳くんの言わはるとおりです。たんとよばれて、鮎まで焼いてもろて、そのうえにお鍋までご馳走になるやなんて、厚かましおす。

「きれいな豚肉ですねぇ。お野菜も新鮮そうやし。食べきれるんやろか」

大皿に豚肉のロースとバラ肉がきれいに並べてあって、竹ざるには白菜やら玉ねぎ、青ネギ、ささがきゴボウ、三つ葉やなんかがたっぷり盛ってあります。どう見ても五人分ほどあります。

「多かったら残してもろたらええ。最後にうちの名物を食べてもらわんといかんさかいな」

庄司はんが目を細めてはります。その料理に自信持ってはるんやろなぁ。

「お世辞言うてはるんやと思うけど、せっかくリクエストしてもろたんやから、鯖飯をお出ししますわ」

「お世辞なんか言いませんて。ほんまに食べたいんです」

淳くんが真顔で反論してはります。

「食うてもろたらよう分かりますわ。まぁ、それまで豚鍋を食べとってください」

顔の右半分で笑いながら、庄司はんが暖簾の奥に引っこまはりました。

「この鍋だけでも充分ご馳走やな。お味噌のスープもええ味出してはるわ」

淳くんは豚バラにささがきゴボウを巻きこんで、スープにたっぷり浸して食べてはります。たしかにこの宿泊代やったら、お鍋だけでも誰も文句言わしまへん。合わせ味噌やと思いますけど、辛《かろ》うもなし、甘《あも》うもなしの、ちょうどええお味です。白菜のやわいとこで豚ロースを包んで食べたら、ほっこりします。

「鯖飯って聞いたことないんですけど、どんな料理なんでしょうね」

スープを飲みほして、理恵ちゃんが淳くんに訊《き》かはりました。

「僕にもまったく分からへんね。鯖寿司をちらし寿司にしたような感じかなと思うんやけど」

「〆鯖《しめさば》を載せたお丼《どんぶり》みたいなんと違うやろか」

「おねえさん、うちもそう思います。白ご飯に薄く切った〆鯖をたっぷり載せて、お醤油《しょうゆ》を掛けて食べるんと違います？」

うちと理恵ちゃんはおんなじような料理を想像してるみたいどす。

たんとお酒も飲んで、ようけお料理もいただいて、ほんまやったらデザートで〆たいとこなんどすけど、こちらの名物やて言うてはる鯖飯を食べんとあきまへん。出してくれはったお料理がどれも美味しおしたさかい、ついつい食べすぎてしもうて、ちょびっとしか入らへん思います。残したら失礼やろし、食べきれへんかったら、淳くんにまわしますわ。

「ぼちぼち鯖飯をお出ししようかと、父が言ってますけどよろしいですか」

久枝はんが出てきはったんで、三人揃《そろ》うて右手をあげました。

「お櫃《ひつ》ごとお持ちしますから、お好きなだけ召し上がってください」

庄司はんが暖簾のあいだから顔を覗《のぞ》かせてはります。ぷーんと匂うてきたのは、かやくご飯の香りです。鯖の匂いもするような、せえへんような。それぐらいです。

「お櫃ごとていうことは炊《た》き込みご飯なんやろか」

淳くんも鼻を鳴らして、匂いのもとを探ってはります。

「お待たせしました。鯖飯です。お食べになる量がみなさん違うでしょうから、おまかせしておきますね」

木のお櫃とご飯茶碗《ぢゃわん》を三つ。お水につけたおしゃもじを久枝はんがテーブルに置かはった瞬間に、鯖の匂いがいっぺんに広がりました。何とも言えんええ匂いです。

「わしはこれを茶漬けにするのが好きなんよ。よかったら二杯目は鯖飯茶漬けにしてみてください。薬味の練りふりかけをようけ掛けてから茶漬けにすると、何杯でも食えます」

傍に立ってお櫃のなかを覗いてはる庄司はんは、ほんまに嬉しそうです。

「これでお料理はおしまいですから、どうぞごゆっくり」

久枝はんが庄司はんの背中を押して、厨房に戻っていかはりました。

「自分でよそうし、ええよ」

理恵ちゃんが持ってはったおしゃもじを取って、淳くんがお茶碗に山盛りによそうてはります。

うちはお茶碗半分ぐらいによそいましたんやけど、お鍋までたんとよばれて、これ食べきれるんやろか。ちょっと不安なままでお箸を付けました。

「なんやろなぁ、この旨さ。おなかいっぱいやのに、お箸が止まらへんわ。塩鯖やろけど臭みもまったくないし、醬油味のご飯にようう合うんや」

淳くんは育ちざかりの子どもみたいに、がつがつ食べてはりますし、理恵ちゃんは黙ってうなずきながら食べ続けてはります。

うちらは、かやくご飯て言うてますけど、ふつうには炊き込みご飯て言うんどっしゃろな。ゴボウやとかニンジン、シイタケの細切りとお米を一緒にして炊いてあります。かやくご飯はお揚げさんが主役どすけど、それが鯖の身に変わった、いう感じどすわ。青ネギの小口切りを散らしてあるのが、見た目にもよろしおす。淳くんの言うてはるとおり、鯖の臭みもまったくありまへんし、爽《さわ》やかなあと口で、なんぼでも食べられそうどす。

あっという間にお茶碗のご飯が空になってしもて、おかわりしよと思うたんどすけど、庄司はんが言うてはったお茶漬けが気になります。できたら熱いお茶をかけとぉすやん。

「すんまへん。熱いお茶をもらえますやろか」

声をかけたら、すぐに久枝はんが大きい土瓶を持ってきてくれはりました。

ふた付きのガラス容器に練りふりかけが入ってます。見たとこはどこにでもある、ふつうのふりかけが、ちょっとしけったような感じどすけど、粘っこいのはなんでやろ。練りて言うてはるさかい、練ったお味噌かなんかが入ってるんやろか。

庄司はんもあないしつこうお茶漬けを奨めてはったんやさかい、よっぽど美味しいんや思います。小さじ一杯練りふりかけをかけてその上からお茶を注ぎます。ええ香りのお茶はほうじ茶みたいどす。

淳くんと理恵ちゃんも鯖飯茶漬けにして食べてはるんやけど、ふたりとも黙りこくったままです。どうなんやろ。美味しないんやろか。

ふたりの様子を横目で見ながら、おそるおそる食べてみたんですけど、自信たっぷりに奨めはるはずやわ。こんな美味しいお茶漬けは久しぶりどす。本場いうのも、おかしな言い方かもしれまへんけど、ぶぶ漬けは京都の名物ですやん。たいがいいろんなお茶漬けをいただいてきましたけど、これが一番と違うかしらん。

「あんまり美味しすぎて、言葉が出えへん。また、この練りふりかけが美味しいわ。売ってたら買うて帰りたいぐらいや」

またまた首をかしげながら淳くんがそう言わはったら、理恵ちゃんも黙ってうなずいてはります。

そう言うたら、かやくご飯をお茶漬けにしたことてなかった思います。なんでやろうて考えてみたら、かやくご飯て冷めても美味しいさかいやと思います。

京のぶぶ漬けて、なんや今の時代は京都名物のご馳走みたいに言われてますけど、ほんまは冷めたご飯を温《あたた》こうして食べるための、苦肉の策みたいなもんどしたんえ。て、屋形のおかあはんの受け売りですけどね。

うちがまだ舞妓になりたてのころどしたけど、温《ぬく》いご飯でお茶漬けしたら、おかあはんにきつう叱《しか》られました。そんなもったいないことするんやない、言うて。温いご飯は、ありがとうそのまま食べるもんや。ぶぶ漬けにするのんは、つべとうなったご飯をだいじにして、温ぅにして食べる京都人の始末の極意なんやで。

おかあはんにそう教えてもろたことは、忘れてしまへん。今日は特別どす。

「なんかこれ、お茶漬けを超えてる気がするなぁ。炊き込みご飯のアレンジでもないし、変わり茶漬けでもない。かというて丼でもないし。鯖飯茶漬けていう、立派な一品料理と違うかなぁ」

「ほんとにそうですね。強いて言うたら、鰻《うなぎ》のひつまぶしの三膳目《ぜんめ》に似てなくもないですけど、もっと劇的に変化しますよね」

淳くんも理恵ちゃんも、結局はおんなじこと言うてはるし、うちもそう思います。

ほんまに独創的なお味ですねん。

「お気に入ってもらえましたやろか」

庄司はんが奥から出てきはりました。

「気に入ったてなもんと違います。こんなん言うたらあれやけど、さっきの鮎がかすんでしまいましたわ。それくらいこの鯖飯茶漬けには衝撃を受けました。複雑なことしてはるわけやないのに、これまで食べたことのない味て言うか。鯖を使うたご飯もんて言うたら鯖寿司やと思い込んでましたけど、こういうのもありなんや、て」

「そない言うてもらうほどのもんやないことは重々承知しとります。京都のお方はじょうずに言うてくれはるから嬉しいですわ。ずいぶん昔のことですけど、京都の物産展に鯖飯を出品したことがありましてな。みなさん試食したときは美味しいてほめてくれはるんやけど、さっぱり売れまへんでした。それからは、なんぼ誘うてもろてもデパートやらの物産展には出さんことにしてます」

「僕はおじょうずなんか言うてません、て」

淳くんが苦笑いしてはります。

「淳くんの言わはるとおりです。うちもお座敷上がったらおべんちゃらのひとつも言いますけど、ふだんは遠慮のう言いたいこと言わせてもろてます。ほんまに目ぇからウロコていう感じです」

「そう言うてくれはるのは嬉しいんやが、お客さんにこの料理を出すのも、この夏までなんですわ」

「え？　どういうことです？　鯖飯をメニューから外さはるんですか？」

淳くんが矢継ぎ早に訊いてはりますけど、その気持ちはよう分かります。なんで？　て思いますわね。

「長い話になりますねんけど、聞いてもらえますかいな」

「どうぞ聞かせてください。一緒に飲みましょうや。よかったらお嬢さんも」

さすが淳くんどすわ。久枝はんも誘うたげんとねぇ。

「久枝、洗いもんはあとでええさかい、お前もこっち来い。誘うてくれたはるんや。いつもの酒持ってきてくれるか」

「厚かましいことしたらあかんよ。お母さんがおったら怒られるよ」

「そんなかたいこと言わんでもええがな。あいつはあんな堅物《かたぶつ》やさかい、早死にしよったんや。わしは柔らこう長生きするで」

やっぱり奥さんは亡くなってはったんや。なんとのうそんな気ぃしてたんどすけど、そんなん訊くのもなんやしねぇ。それより、なんでこんな美味しい料理をやめてしまわはるのかを知りとおす。

「遠慮のう座らせてもらいます。これもご縁やと思うて、かんにんしてくださいや」

神妙な顔つきで庄司はんが隣のテーブルに座らはると、久枝はんもお目付け役みたいな顔して、その横に座らはりました。

庄司はんが、いつもの酒て言うてはったんは〈日本城《にほんじょう》〉ていう日本酒みたいどす。聞いたことおへんのどすけど、この辺では有名なんやろか。

「この食堂は七十年前におやじがはじめたんですけど、土地は借りもんでした。おやじに言わしたら、こんな田舎は、自分の土地やら他人の土地やら、よう分からんかったんでふつうやったそうです。地代っちゅうのも、おやじのころからずっとおんなじ金額を、郵便局の口座から引き去りしとったもんやから、気にも掛けなんだんですわ。ほいたら突然内容証明やたらいうもんが届きまして。それがこれですわ」

「お父さん、そんなもんまで見せんでええでしょう」

「いやいや、話を聞いてもらうんやから、一から十まで見てもらわんとあかん。ですやろ？」

厨房で飲んではったんかなぁ。赤ら顔の庄司はんは、もう酔うてはるみたいです。そうとうのお酒好きどすんやろなぁ。

「父がおかしなことを言いだすといけませんので、先にわたしからお話しします」

　久枝はんの言葉に揃うてうなずきました。

「父が言ったとおり、借地だかテナントだかも分からずに、ずっと店を続けてきたのはたしかです。ここの地権者さんとおじいちゃんが友だちでしたから、ちゃんとした契約書もないんですよ。でもこの店が自分たちのものでないことだけは分かっていました。父が亡くなったおじいちゃんから引き継いだときも、この関係がきっと永遠に続くものだと思っていました。地権者の方も何もおっしゃいませんでしたし、この際やからちゃんと契約書を交わそうか、て父が申し出たんですけど、先方がそんな面倒なことはええ、て言うてくれはったんでそのままになってました」

　久枝はんがそう言わはったら、庄司はんはえらい勢いでうなずいてはります。

「去年の鮎のシーズンが終わったときです。書類が届いたあと、地権者さんがお越しになったんです。土地を売ったので立ち退《の》いて欲しいと言って」

「青天の霹靂《へきれき》っちゅうんですかな。腰抜かすほどびっくりしました。立ち退くてなこと考えたこともおへんわ。そう言うたら古い付き合いやからすぐとは言わん。一年間の猶予《ゆうよ》を与えるさかいに、そのあいだに移転先を捜せて地主さんに言われましてな。一年あったらなんとかなるかなと思うてましたけど、そない簡単なもんやないんですわ。住まいのほうはなんとでもなりますけど、店のほうはねぇ」

庄司はんは赤ん坊がイヤイヤするみたいに、首を横に振ってはります。

「おそらく旅館はあきらめなあかんやろと思うてましたけど、食堂だけはなんとか続けたい。儲かるていうとこまではいきませんけど、父とふたり食べていくことくらいはできますので。街なかとなると、とても賃料が高くて無理ですし、かというて今のような辺鄙な場所には物件がありません。困り果てて途方に暮れていたところに、この場所を買った会社のかたがお越しになりまして」

久枝はんが横目で見て、庄司はんに話の続きを振らはりました。

「リゾート開発をしとる有名な会社の部長と課長がふたりで来ましてな。ここにリゾートホテルを建てるという話ですわ。三百室ちゅうことやさかい、かなり大きいホテルですわな。ほんで、うちのマグロ丼《どん》を食うて、えらい気に入ったらしいて、久枝と一緒に和食のレストランに勤めんかて誘うてくれたんですわ」

「よかったやないですか。ふたりで一緒に仕事が続けられるんやし」

淳くんの言うとおりですわ。

「最初はそう思うた。地獄に仏やなて。条件も訊かんと承諾したんや。ふつうに暮らしていける最低限の給料さえもろたらそれでええさかい言うて。ところが二回目に部長が来よったとき、アドバイザー契約しとるとかいう、京都の料理人を連れて来よって、それで話を白紙に戻した。やりとうもない料理を作るのはイヤやさかいな」

庄司はんはかたくなな性格やさかい、自分の好きな料理を作りたいんやろけど、ホテル勤めとなったら、そうはいきまへんわな。

「父もある程度は覚悟してたと思うんです。でも田舎もんには田舎もんのプライドもありますし、それを傷つけられてまでは勤めたくないと思ったんでしょうし、わたしもそう思いました」

「京都で何軒も店持ってる料理人らしいんやが、鯖飯をひと口食うなり顔しかめて吐きだしよった。こんな貧乏くさい料理出して、よう金取ってるな、て言いよりました。ホテルで雇われたいんやったら、こんな料理はいっさい出すな、て部長に言うてましたわ。部長もその料理人には逆らえんみたいで、マグロ尽しのような料理を提案してきよったんです。自分の店と違うて、向こうの言い分をきかんならんとは思うてましたけど、人が作った料理を目の前で吐きだすような料理人に指示されるのは我慢できまへん」

庄司はんは唇を一文字に結んで、悔しそうにこぶしを握りしめてはります。

「そうは言っても何かで食べていかないといけません。わたしはホール係で雇ってもらうことは決まってましたので、父には料理人以外の仕事で勤めさせてもらえないかと頼みました。部長さんもわたしたちのことを気の毒に思ってくれたんやと思います。父は営繕係で雇ってくれることになりました」

「炭焼きにも部長はんは興味持ってくれましてな。雑用係として勤めることにしましたんや。もう鯖飯を作って人さんに出すこともない。そう思うたら寂しい思いますけどな」

　庄司はんが、ぐいっとお酒をあおらはりました。

　京都の人間やて言うたときから、えらいかたくなになってはったのには、そういうわけがあったんや。それで納得ですわ。庄司はんの料理が食べられへんようになるのは寂しいですけど、まぁ、しょうがおへんわな。生活していくことのほうがだいじやし。たぶん、ほかにも鯖飯を食べられるお店はありますやろ。

「ひとつだけ心残りがあるんです。それは鯖飯と鯖飯茶漬けの伝統が途切れてしまうことです。今はもう家庭で作ることも少なくなりましたし、お店で出しているのはうちだけでしたから」

　久枝はんが寂しそうに言わはったんを見て、淳くんが目くばせしてきはりました。『小堀商店』で鯖飯のレシピを買い取ろか、目《め》ぇでそう言うてるんですわ。ええんと違うやろか。もちろん善《ぜん》さま次第どすけど、話をしてみる値打ちはある思います。うちがうなずいたんを確かめてから、淳くんが口を開かはりました。

「ご主人、鯖飯のレシピをお売りになるお気持ちはありませんか？ 唐突に聞こえると思いますけど、実は僕らは『小堀商店』ていうレシピを売買する組織のスタッフなんです。初めて耳にしはった思うんですけど、日本の食文化として後世に残しておきたいレシピを買い取らせてもらっているんです」

「酔うてるさかい、わしの耳がおかしなったんや思うけど、今たしかレシピを買い取るて言わはりましたな。わしの聞き違いやろか」

酔いが覚めたていう顔して、庄司はんが久枝はんに顔を向けはりました。

「聞き違いやおへんえ。ほんまの話どす。小堀善次郎ていうボスがいまして、小堀の肝いりで大事なレシピを買い取らせてもらう仕事をしてます。こういう話をすると、どなたはんも半信半疑にならはりますけど、これまでにいくつもレシピを買い取ってますねん」

「半信半疑どころか、一信九疑くらいや。なぁ久枝。そんな話聞いたことないな」

「冗談ではないんですよね。レシピを買い取ってどうされるのか、とか、いくらぐらいで買い取ってもらえるのか、とか。訊きたいことは山ほどあるんですが」

久枝はんが上目遣いに淳くんを見てはります。

「ちょっとでもその気になってくれはったんでしたら、詳しい説明さしてもらいます」

淳くんが座りなおさはりました。庄司はん父娘《おやこ》を説得できるんやろか。

「小堀……、どっかで聞いたことあるなぁ」

「うちにお酒を卸してくれてはる小堀さんとは別人やと思うえ」

「そうか。酒屋とおんなじ苗字《みょうじ》やったんか。あのじいさんがレシピを買《こ》うたりはしてくれんわな」

ときどき冗談言いながら、最初はずっと首をかしげて聞いてはった庄司はんも、最後のほうになったら、お酒をお水に切り替えて、真剣な顔で話に聞き入ってはりました。久枝はんはしっかりしたお人で、こまかいとこまでメモを取りながら訊いてはりましたけど、なんとか話はまとまりました。あとは善さまの気持ち次第。どない言わはるかしらん。

鮎釣り旅行のはずが、思いもかけへん展開になりましたけど、夜中にもういっぺんお風呂に入らしてもろたら、びっくりするぐらい、ようけ星が出てて、清々《すがすが》しい気持ちになりました。

3.『小堀商店』

『小堀商店』はボスの小堀のもと、森下淳、ふく梅、山下理恵、木《き》原《はら》裕二《ゆうじ》の四人がスタッフとして活動している。理恵は準構成員というような立場なので、買取の現場には原則として立ち会わないことになっている。序列を付けるならば、トップの小堀に次ぐ立場にいるのが木原、その次がふく梅、そして淳ということになる。

ナンバーツーの木原裕二が食べたことのない料理をレシピ買取の対象とする案件はめずらしい。

それもこれも木原が公務員という立場だからだ。肩書は〈京都市なんでも相談室〉副室長。相談室長は京都市長とされているから、実質的には木原が室長だ。

設立当初は知名度も低く、存在感も薄かったが、最近は市民からの相談ごとが多く寄せられ、多忙を極めている。淳からの誘いはあったのだが、あいにく相談日だったので紀ノ川の鮎釣り旅に同行できず、結果としてスタッフのなかでただひとり、買取の対象になっている鯖飯をまだ口にできていないのだ。

ボスの小堀は二十年以上も前に、偶然『しょうじや食堂』の鯖飯を食べていて、茶漬けこそ食べていないものの、鯖飯の旨さに感動したことを鮮明に覚えているという。

そういった理由もあって、『小堀商店』での打ち合わせはスムーズに運び、鮎釣り旅から三週間ほど経った、梅雨のさなかに庄司父娘を招いて、レシピ買取の是非を問う集まりが開かれることになった。

梅雨とは思えぬ青空のもと、木原は公務員らしくグレーのスーツに身を包み、『和食ZEN』の扉を開けた。今日は市役所を早退して来たのだ。

「ご無沙汰《ぶさた》してます」

カウンターのなかから淳が出迎え、その隣で皿を拭《ふ》いている理恵が頭を下げてくれた。頼もしい同僚だ。

「僕も行きたかったなぁ。鮎もだけど鯖飯に出会いに。ボスからもさんざん話だけ聞かされていて、ひとりだけ置いてきぼりを食ったみたいで、悔しくて眠れない日が続いたよ」

「おはようさんどす。お忙しいしてはるんやね。裕さんのお顔を忘れてしまいそうどした」

手洗いから出て来て、ふく梅が皮肉を込めた口調であいさつした。

「そんな嫌味を言わなくてもいいじゃないか。日夜、京都市民の悩みを解決するべく奔走しているんだから」

「ごくろうさんどす」

ふく梅がわざとらしく深々と一礼した。

夜に座敷が入っているらしく、仕事着とも言える和服姿だ。淡い桃色の着物にアジサイの絵柄が入った帯という取り合わせは、梅雨どきならではのものだろう。

淳は仕事用の白衣に白い和帽子といういつものスタイル。つまり今日は三人とも仕事着ということになる。

「奥でみなさんお待ちやさかい、ぼちぼち行きまひょか」

驚いて、腕時計に目をやった。

「え？　もうみえてるの？　約束の時間までまだ三十分以上あるんだけど」

「庄司はんたちは京都観光に来られたみたいで、昨日からホテルに泊まってはるんです。ボスはなんでこんな早《はよ》ぅ来はったか分からへんのですけど」

「たしか善さまは、鯖が苦手やったんと違うたやろか。焼き鯖やさかいにどうもないのかしらん」

ふく梅の言うとおり、小堀は鯖アレルギーである。もっともそれは生鯖か〆鯖に限ったことで、味噌煮や塩鯖はむしろ好物なのだが。

『小堀商店』は『和食ZEN』の奥にあって、ふつうの客にはバックヤードにしか見えない場所に位置している。

ふく梅が先を歩き、木原と淳は緊張した面持ちで後を追った。

『小堀商店』は祇園白川の流れを見下ろす、絶好の場所に建っている。まさか和食店の奥でレシピの売買が行われているとは誰も思わないだろう。

洗面所の隣に〈OFFICE〉のプレートを貼《は》ったドアがある。それを開けると、『小堀商店』と美しい筆文字で記された木札が掛かる鉄製の扉。重い扉を開くと、初めて訪れた誰もが息を飲む。

その部屋には、最新式の設備を備えた、広い厨房が設えられてあり、それをステージに見立てるように、ゆったりとしたカウンター席が、ゆるやかなカーブを描いているのだ。

厨房のなかに庄司父娘がいて、その真ん前に小堀が座っている。すでにレシピ買取が終わったかのように、なごやかな空気が流れていることに、木原は少なからず驚いている。

「遅くなりました」

「いやいや、わたしが早く来すぎたので、きみたちはちっとも遅くないよ。おかげで庄司さんとゆっくり話ができた」

白い麻のスーツに紺色のシャツを合わせた小堀が、丸い笑顔をふたりに向けた。

「はじめまして。木原と申します。お宿の話は、みんなからさんざん聞かされていますから、もう鯖飯を食べたような気になっています」

庄司と名刺を交換した。

「そうか。きみはまだ食べてなかったんだね」

「ボスは現地でお食べになったんですか?」

「ずいぶん古い話だがね。本当なら、きみも食べていたはずなんだよ」

「どういう意味ですか?」

訊きながら、小堀の右隣に腰かけた。

「覚えてないかなぁ。三年ほど全国物産展を催したことがあっただろう。初年度、日本中を駆け回って、旨いもの捜しをしたじゃないか。たまたまきみが来られなかった和歌山で、庄司さんのお店で鯖飯を食べて、あまりにも旨かったので、出店をお願いしたんだ。当時はこちらのお嬢さんも小学生だったよ」

「思いだしました。妻のつわりがひどくて、病院に連れていくことが多かったので、担当を外してもらった、あのときですね。そうでしたか……」

「小堀はんの口車に乗って、ただのいっぺんだけデパートの物産展に鯖飯を出したんですけど、ぜんぜん売れまへんでしたわ。苦い思い出です」

庄司が皮肉を込めたまなざしを小堀に向けた。

「そんな古い話はもういいやないですか」

小堀を気遣ってか、久枝がたしなめた。

「申し訳ない。あのときはわたしの目論見《もくろみ》が大きくはずれてしまいました」

「ボスでも計算違いされることがあるんですね。ちょっと安心しました」

「そのときと味を変えてはるかどうか分かりませんけど、最初に鯖飯を作ってもろて、そのあとに鯖飯茶漬けを作ってもらいます。その後についてはボスの判断によりますのでご了承ください。できたらレシピを口頭で説明しながら料理を作ってください」

淳が説明すると、庄司父娘は表情を固くしてうなずいている。

小堀の左隣にふく梅が、木原の右隣に淳が、それぞれ腰を落ち着けた。

「まぁ、お店で作っているつもりで、気楽にやってください」

小堀の言葉に、わずかに口元をゆるめて、庄司が作務衣の襟元《えりもと》を整えた。

「はじめさせてもらいます」

「どうぞよろしくお願いいたします」

庄司父娘は揃って一礼した。

「木原さん以外は召し上がってもろてますので、おおかたの想像は付いてるやろ思います。米は特にこだわってません。できたら古米のほうがええように思います。ふつうに研ぎます。塩鯖は一匹まるごと使います。二枚におろして、頭と尾っぽは外します。ささがきにしたゴボウはあく抜きして、生シイタケ、ニンジンの千切りを米に混ぜて、濃口《こいくち》醬油と酒を注いで、ご飯の上に塩鯖の切り身を並べて炊きます。細切りのショウガはひねとったら、最初から混ぜ込みますけど、新ショウガは炊きあがってから混ぜます。で、待っとったら時間が掛かりますんで、テレビの料理番組やないけんど、もうすぐ炊きあがる鍋を別に用意してます。あと五分ほどで炊きあがって、それから十分ほど蒸らしたらでき上がり。小口切りにした青ネギを散らして食べます」

手際よく料理を作る庄司は、思った以上に落ち着いている。

「ええ匂いがしてきましたなぁ」

ふく梅が鼻をひくつかせている。

「わたしの記憶が正しければ、ここまでは二十年前とさほど変わっていないように思いますが」

「さすがによう覚えてはりますな。うちの食堂で作り方を訊ねられて、いっぺんだけお話ししたような気がします。そのお相手がどんな方やったかは、まったく覚えてまへんけど」

庄司が鍋から目を離すことなく苦笑いした。

「えらい爽やかな香りどすな」

ふく梅が中腰になって鍋を見つめている。

「そうや、うっかり言い忘れとったけど、途中で陳皮《ちんぴ》と青皮《せいひ》の刻んだんを入れてます。おねえさん、ええ鼻してはるわ」

「鼻だけほめてもろても、ちっとも嬉しいことおへんけど、青皮てなんですの？　陳皮はミカンの皮どすやろ」

「まだ熟しとらん青いミカンの皮を陳皮とおんなじように乾燥させたもんを青皮言います。鯖の匂いをやわらげてくれますねん」

庄司が小壺《こつぼ》に入った青皮をカウンターの上に置いた。

「ほほう。陳皮はよく存じてますが、青皮というのははじめてです」

小堀が青皮を手のひらに載せた。

「紀州の名物ていうたらミカンですんで、いろいろ使います」

「炊き込むのにお出汁《だし》は使わへんのですか？」

淳が訊いた。

「いっさい使いまへん。塩鯖からええ出汁が出ますさかい」

庄司がきっぱりと言い切った。

「そろそろ蒸らしもええ感じと違うかな」

久枝が父に言った。

「湯気の出具合やと、ぼちぼちよさそうやな」

庄司がそっと鍋のふたを取ると、勢いよく湯気が上がった。娘が素早く木のお櫃に移す。

「美味しそうな匂いですね」

身体を乗りだして、鼻から胸に息を吸いこんだ。

久枝が木のお櫃からしゃもじでよそい、四つの飯茶碗に盛りつけてくれる。傍らで庄司はその様子を見ながら、ホッとひと息ついているようだ。

「どうぞ召し上がってください」

久枝が並べ終えると、手を合わせて四人でいっせいに箸を取った。

「そうそう、この味この味。いや、実に旨い。懐かしいような新鮮なような、不思議な感覚にとらわれます」

最初に口を開いたのは小堀だった。

「ボスのおっしゃるとおり。懐かしい味のようだけど、新しさも感じる」

若者のようにがっついている自分に気付き、赤面する。

「裕さん、これはまだ序の口どっせ。真打《しんうち》はお茶漬けどすさかい、心の準備をしといとうくれやっしゃ」

ふく梅が横から口をはさんでくる。

「お代わりしよか、どうしようかな」

空の飯茶碗を手にして、淳がためらっている。

「どうぞたくさん召し上がってください。もうひとつの鍋も、もうすぐ炊き上がりますので」

久枝が指さす鍋からは、ほんのりと湯気が上がっている。

「やっぱりお茶漬け待ちしますわ」

淳は飯茶碗をカウンターに置いた。

「うちもそうしますわ」

ふく梅が追随すると、久枝が小さなガラス容器をカウンターに置いた。

「これはなんですか？」

木原が訊いた。

「特製の練りふりかけなんです。これを鯖飯の上に載せてからお茶漬けにしたらメッチャ旨いんですよ」

淳が自分のことのように自慢げに答えた。

「ちょっと味見してもいいですか」

添えられた匙《さじ》で練りふりかけを掬《すく》うと、手のひらにのせ、舌でからめとった。

「どうです？　美味しおすやろ？　これを白ご飯に載せて食べたい思うてますねん」

「たしかに。これだけでも買い取る価値があるかもしれませんね。食べたことのない味だ」

小堀に奨める。

「わたしは遠慮しておくよ。お茶漬けを食べてからにする」

絶えず舌の感覚を研ぎ澄ましているボスならではの対応だ。木原は少しばかり後悔して、手のひらをハンカチでていねいに拭《ぬぐ》った。

「そしたらみなさんお茶漬けにさせてもろてよろしいね。ご飯の量はどれぐらいか言ってください」

お櫃を傍《かたわら》に置き、しゃもじを手にした久枝がこちらに顔を向けた。

それぞれが飯の分量を伝え、四つの飯茶碗に盛り付けると、庄司が大きな土瓶をカウンターに置いた。

「お茶も自家製ですわ。て言うても焙烙《ほうろく》でお茶っぱを煎《い》り付けただけですけど」

「道理でええ香りのお茶やと思うた。お茶にも秘訣《ひけつ》があるんどすな」

「最初は少なめに練りふりかけを載せてもらって、あとで足してもらうのがいいと思います」

久枝の指示に従い、四人は小匙すりきりほどを鯖飯に載せ、土瓶を順に回してほうじ茶をかけた。

「では、いただきましょうか」

小堀が手を合わせるのに倣《なら》った。

茶漬けを食べる音はしばしば、さらさらと表現されるが、実際にはもう少し濁った音がする。飯茶碗が磁器のときは、箸が茶碗に当たる音も時折り混ざり、抹茶を喫するときとおなじく、最後にはすすり切った音が立つ。

「鯖飯も旨かったが、お茶漬けにするとよりいっそう味わいが深まりますね。たしかにこれは残すべき料理だ」

そう言ってから、木原は小堀の顔色を窺《うかが》ってみる。

「現地で食べたときも美味しかったけど、今日もやっぱり美味しい。あの場所やさかい残さんとあかん、ていうのと違うのがよう分かりました」

淳の言葉にふく梅が大きくうなずいた。あとは小堀だ。庄司父娘も三人もボスの口が開くのをじっと待っている。

「二十年前とおなじ、いや、それ以上に美味しくいただきました。茶漬けにするというのは、卓越したアイデアだと思いました。この練りふりかけのレシピをご説明いただいてもよろしいですかな」

「これはおやじが作ったんを、わしが改良したもんです。鯖の頭と尾っぽ、中骨はいったん燻製《くんせい》にしてから、フードプロセッサーで粉末にします。これがベースですわ。柚子《ゆず》こしょうとおなじ作り方でミカンこしょうを作りまして、そこに陳皮や青皮を細こう刻んだんを混ぜて、あとは煎り胡麻《ごま》、一味《いちみ》、青山椒《あおざんしょ》を足してます。それから保存性をようするために、ほんのわずか田舎味噌を加えてます。ちょっとずつ改良ていうか変化してますけど、今はそんなとこです」

「ミカンこしょうかぁ。思いつかへんかったなぁ。なんとなく柑橘《かんきつ》が入ってるやろなぁとは思うてたけど。それにしても、えらい手間かかってるんや」

淳が感心したように、あらためて練りふりかけを匙で掬った。

「さて、庄司さん。結論から先に申し上げますと、鯖飯茶漬けのレシピは『小堀商店』で買い取らせていただきたく思います」

小堀が顔を向けると、庄司父娘は目を輝かせて頭を下げた。

「どこにでもありそうで、しかし紀州のあの辺りにしか存在しない郷土料理である鯖飯は、聞くところによると、昔はミカンを収穫し、船に積みこんだあとに、高値で取引されるように祈る行事食だったそうですね。紀州にとってミカンは特別な作物だ。それを使った練りふりかけも、無料で提供されるのに、手間ひまを惜しまずに作られている。かの紀伊国屋《きのくにや》文左衛門《ぶんざえもん》も今に生きていれば、きっと共感することでしょう。海洋民族であり、農耕民族である日本人の原点とも言える貴重な料理は、ぜひとも後世に伝えていきたいものです。いかに時代の流れとは言え、あの食堂と旅館がなくなるのも寂しい限りです。そしてあの場所で京風の料理を作ることを拒まれた庄司さんの決意に心から敬意を表します。二十年前、私どもの努力不足で、日の目をみさせられなかった鯖飯に、もう一度光を当てることができれば幸いです。木原くん、あれを」

小堀の指示を受けて、すかさず小切手帳を差し出した。

「この金額で買い取らせていただきたいのですが」

金額を書き込んで、小堀が小切手を裏向けにしてカウンターの上を滑らせた。

それを手にして、庄司は久枝と顔を見合わせてから表に向けた。

「こんな冗談はあきませんよ。なぁ久枝」

数字を目で数えて、一瞬驚いた顔をした庄司は、笑いながら久枝にそれを見せた。

「わたしはいつも真剣です。冗談などではありません」

「ほんまですか」

久枝が大きく目を見開いて、小堀の顔と小切手を何度も見比べた。

「本当です。ただしひとつ条件があります。それはこのレシピどおりに鯖飯茶漬けを、これからも作り続けていただきたいということです。二十年前のリベンジと申しますか、鯖飯茶漬けという名で『洛陽百貨店』で扱わせていただきたいのです。製造元は『障子屋』、販売元は『小堀商店』。その金額なら、あの近辺に小さな製造所をお作りになれるでしょう。お嬢さまにはぜひ販売の中心に立っていただきたい。ホテル勤めより、やり甲斐《がい》はあると思いますよ」

小堀の言葉に三人は無言ながら賛意を示し、庄司父娘は突然の話にどう対応していいのか、うろたえているようだ。

「いかがでしょう？　二十年前に比べると、鯖料理の認知度は格段に上がっていますから、きっと消費者にも受け入れられるでしょうし、郷土のみなさんにとっての誇りにもなるのではないですか」

そう語りかけると、ようやく落ち着きを取り戻したかのように、ふたりは何度も顔を見合わせ、うなずき合った。

「ご承諾いただけるようでしたら、あとの細かなことは木原たちとご相談ください。じゃ、わたしはこれで」

杖《つえ》を支えにして小堀が立ちあがった。

「ありがとうございます」

深々と頭を下げ、庄司父娘は小堀の後ろ姿を直立不動のままで見送っていた。

ボス、お見事です。木原は心中で喝采《かっさい》をおくった。

こないして今回も『小堀商店』のレシピ買取は無事に終わりました。

裕さんのお話やと、あの近辺やったら小さい工場と住まいが、楽ぅに建てられる金額やそうです。おふたりとも、えらい感謝してはりました。

けど、善さまもいろんなことを思いつかはりますわ。感心するばっかりです。これまでもいろんなレシピを買い取ってきましたけど、『小堀商店』のブランドで商品化するのは初めてのことです。あんじょういくんやろか。第一線からは引いてはるけど、今でも『洛陽百貨店』の相談役ていう立場やさかい、いろんな伝手《つて》はあるんでっしゃろ。うちらみたいな素人がどやこや言うことと違いますわ。

それでね、はたと気が付きました。こういうことを予測して『小堀商店』いう屋号を付けてはったんやて。

これまではレシピを買い取るばっかりで、まぁたまーに売ることもありましたけど、あんなんは商売と違いますわね。温情ていう話ですやん。

隠居道楽やろうと思うてたんですけど、今度の話はちょっと違います。善さまの目の色がこれまでと違うてました。たぶん本気でビジネスしよう思うてはるんやと確信しました。これからどないなるんか愉しみです。

うちねぇ、あともうひとつ、ちょっと気になってることがありますねん。何かていうたら、今回の鮎釣り旅行ですわ。

目的は鮎釣りやったのに、鯖飯茶漬けてな大物を釣り上げられたんは、ほんまに偶然なんやろかて疑《うたご》うてます。

たまたま泊まった旅館の名物が鯖飯で、それがたまたま二十年前に善さまが仕掛けはって、目論見が外れたもんやったて、そないに、たまたまが重なりますやろか。

人一倍責任感の強い善さまのことやさかい、純朴な田舎の人を巻き込んで、失敗に終わってしもたことは、ずっと悔やんではったんやと思います。

——人を喜ばせたことはすぐ忘れていいが、人を悲しませたことは一生忘れてはいけない——

善さまにそう教えてもろたことは、ずっとうちの胸にしもうてあります。

淳くんが紀ノ川へ鮎釣り旅行に行くて言わはって、それを聞かはった善さまはすぐに鯖飯のことを思い出さはった。『障子屋』に泊まったら、きっと鯖飯が出てくる。それを食べたらうちも淳くんもレシピを買い取る気になる。そう思わはったんに違いありまへん。そや。お顔の広い善さまのことや。ひょっとしたら土地を買収した側の人から、『障子屋』はんのことを聞いてはったかもしれん。絶対そうやわ。善さまてそういうこわいとこもある人ですねん。

今でこそやさしい顔してはるけど、現役バリバリのころはキツイ顔してはったんやろなぁ。ときには人さんから恨まれるようなこともあったんと違いますやろか。

夜のお座敷までまだ時間がおす。『小堀商店』の新しいお仕事があんじょういきますように、『辰巳大明神《たつみだいみょうじん》』さんにお願いしときますわ。よろしゅうおたのもうします。

第三話

明石焼《あかしやき》

八月一日は八朔《はっさく》て言うて、うちら花街《かがい》の人間にとっては、お正月とおんなじぐらい、だいじな一日どす。

収穫どきの豊作を願《ねご》うて、田の神さまにお頼みしたことから、〈田の実〉の節て言います。その〈田の実〉が〈頼み〉に転じて、ふだんお世話になってる方に、お頼みしてるお礼に伺うんどすわ。そのときに贈りもんを持って行くことが、お中元の始まりやそうです。詳しいことは知りまへんけどね。

暑い日やのにわざわざ黒紋付着て、お師匠はんとこへご挨拶《あいさつ》に伺いますねん。

「おめでとうさんどす」

そう言うて深《ふこ》うに頭下げる、おめでたい日《ひ》ぃやのに、今日はそれどころやないんです。おんなじ花街でも、祇園《ぎおん》さんは午前中にしはりますけど、うちら宮川町《みやがわちょう》では、お昼ごろから八朔の行事が始まります。ちょうどその用意をしてたとこに、木原《きはら》の裕《ゆう》さんから電話が入りました。

なんと、ボスの善《ぜん》さまが刺されはったて。

着付けしてて汗びっしょりやったんが嘘《うそ》みたいに、寒《さぶ》いぼ（鳥肌）が出てきて、なんぼしても震えが止まらしまへん。手《て》ぇが震えてスマートフォンを床に落とすわ、腰抜かしてしもうて、へたりこんでしまうわ。大騒動してからに、屋形のおかあはんから、きつうお叱《しか》りを受けました。

「こないなときに、おたおたするんやない。ふく梅《うめ》はん、あんたがうろたえてどないしますんや。こういうときこそ、でんと構えて、あんじょうせなあかんのどす。タクシーを呼んどきましたさかい、あとのことは心配要りまへん。〈警察病院〉どすんやろ。間違えたらあきまへんえ」

さすがに人生経験豊富なおかあはんやわ。ちゃんと行先まで運転手はんに伝えてくれてはりました。

お着替えしてる間《ま》ぁはおへん。おかあはんに見送ってもろて、黒紋付のままタクシーに乗りこみました。

タクシーの運転手はんには迷惑や思いますけど、一分一秒でも早《はよ》ぅに病院へ着くようにてお願いし続けてます。気持ちではタクシーのなかで走ってますねん。

《警察病院》ていうたら北大路のほうどす。なんぼ急いでもろても、宮川町からは十五分ほど掛かります。そのあいだに悪《わる》うならはったら、どないしたらええんやろ。居てても立ってもおられへん、て、こういうことを言いますんやろな。

　どこのどなたに刺されはったんか。なんで善さまが刺されなあかんかったんか。なんにも分からしまへん。裕さんは、命に別条はない、て言うてはったけど、ほんまかしら。そない言うて安心さしてくれてはるだけで、ほんまは一刻を争うような状況と違うんやろか。どこを刺されはったんやろ。痛がってはるやろなぁ。そない思うたら涙が出てきます。なんで善さまが刺されはらなあかんの。

「お悪いのはご家族のかたですか」

　川端今出川《かわばたいまでがわ》の信号待ちしてるときに、運転手はんが声を掛けてくれはりました。

　こないな恰好《かっこう》した芸妓《げいこ》が、急いで病院行ってくれて頼んで泣いてたら、誰でもおんなじこと考えますわな。

「家族以上にだいじな人ですねん。すんまへんけど、急いどぅくれやす」

「分かりました。抜け道通って行きますさかい、あと五、六分で着く思います」

「おおきに。よろしゅうおたの申します」

　こういうときに人の情けいうのを感じると、また涙が出てきますねん。

葵橋《あおいばし》の東詰《ひがしづめ》から下鴨西通《しもがもにしどおり》を北に上ってくれはったんで、スムーズに北大路通まで来ました。信号もうまいこと青になって、烏丸通《からすまどおり》を右折して、ほんまに五分で〈警察病院〉に着きました。

「ねえさん、こっちです」

玄関で待っててくれた淳《じゅん》くんの顔見たら、また泣きそうになります。

白のジャージ姿ていうことは、ジョギングかなんかの途中やったんやろか。

エレベーターに乗って、六階で降りたら、お巡《まわ》りさんが病室の前に立ってはりますねん。最初はうちの恰好見て、びっくりしてはりましたけど、淳くんが紹介してくれたら、どうぞ、て言うてくれはりました。

口から心臓が飛びだすんと違うやろか、そない思うほど胸がどきどきしてますけど、思いきってドアを横にスライドさせました。

「ふく梅まで来てくれたのか。心配掛けてすまなかったね」

着てはるもんこそ病人らしい茶色のパジャマどすけど、ベッドを起こして、新聞を広げてはる善さまのお顔は、いつもと変わらしませんやん。ホッとしたら、また腰が抜けそうになりましたわ。

「どんなひどいことになってはるのか思うたら、えらいお元気そうどすやん。大したことのうて、よろしおしたなぁ」

こういうときは、できるだけ平然としてなあかん。おかあはんやったら、きっとそう言わはるやろ思います。けど、あきまへんわ。善さまのお顔見たら、また涙が出てきました。今日は泣いてばっかりどす。

「きっと木原が大げさに言ったんだろう。申しわけなかったね」

ベッドの横まで来たら、善さまの左足は包帯でぐるぐる巻きになってます。足を刺されはったみたいどす。

「さいわい傷が浅かったさかい、一週間ほどで退院できるんやて。ボスは三日で出ていてワガママ言うてはるんやけど」

淳くんが顔を向けはると、善さまは苦笑いしはりました。

「ほんとうに大した傷じゃないんだよ。痛みもほとんどないしね」

「病院に入ったら、お医者はんの言わはることを、ちゃんと聞かなあきませんえ」

「ふく梅はいつからわたしの保護者になったんだ」

こないな冗談を返せはるんやったら、なんの心配も要りまへんやろ。拍子抜けいうたらあかんのやろけど、そんな気《き》ぃさえするほどです。

「けど、なんで善さまが刺されんとあかんかったんです？　誰がそんなことを？　刺した人は捕まったんどすか？」

善さまに訊《き》きたいことは山ほどあるんどす。

「まだよく分からないのだが、不徳の致すところかもしれないなぁと思ったりもしているんだよ」

「それは僕から説明するよ。ボスにはゆっくり休んでもらいたい」

病室に入ってくるなり、スーツ姿の裕さんが割って入らはりました。

「裕さん、居てはったんですか」

なんで裕さんがやはらへんのやろ、て気になってたんどすわ。

「目撃者なので、今まで事情聴取を受けてたんだよ」

紺のスーツにエンジ色のネクタイをしてはる裕さんは、京都市役所の〈なんでも相談室〉で副室長を務めてはります。副て言うても、室長は京都市長はんどすさかい、実質的には裕さんが室長みたいなもんです。そんな立場の裕さんでも事情聴取てな面倒くさいことを受けんとあかんのどすな。

けど、あらためて見たら、ジャージ着た若い男と、スーツ姿の中年男性、黒紋付の芸妓てな三人がベッドを囲んでるて、おかしな光景どすな。

「裕さんが見てはる前で刺されはったんどすか？」

ついつい気になるもんやさかい、また疑問がぶり返してしもうて、裕さんに目《め》ぇで叱られました。

何はともあれ、これくらいで済んでよかったです。

これからすぐに屋形に戻ったら、八朔に間に合います。お師匠はんに不義理せんと済みますわ。

善さまの手を両手でしっかり握ってから、病室を出ました。

1.『和食ZEN』

ふく梅や淳にとっては、青天の霹靂《へきれき》だっただろうが、長く小堀善次郎《こぼりぜんじろう》と仕事をしてきた身としては、まったくあり得ない事件だとも思えない。人から恨みを買うほど、小堀が厳しく物事に対処していた時代もあったからだ。

ただ、小堀が現役を離れてずいぶん年数が経《た》っている。これほど時間が経ってから、過去の行いを蒸し返されることなどあるのだろうか。

市役所での仕事を終え、いったん帰宅して着替えているあいだも、木原裕二《ゆうじ》は『洛《らく》陽《よう》百貨店』勤務当時を思いだしていた。

デパート業界は合従連衡《がっしょうれんこう》が進み、幾つかのグループ分けもでき、店舗の淘汰《とうた》もほぼ片が付いたことで、落ち着きを見せている。

しかし、小堀が経営にあたっていたころは、デパート戦国時代と言ってもいいほどの激しい争いが続いていた。

そのなかで、当然ながら最優先されるのは売上げと利益率だった。ときには非情とも思える決断をしなければならなかったわけで、鬼善《おにぜん》と異名をとったくらいに、ドライな決断を下す上司だった。

そんなむかし話をしなければ、ふく梅も淳も、もちろん理恵《りえ》も、今日のできごとを理解できないだろう。

スーツを脱いで、ベージュのチノパンと青いギンガムチェックのシャツに着替えると、少し気持ちが軽くなった。

川端四条でバスを降り、川端通を北へ向かって歩く。

今日が偶然『和食ＺＥＮ』の定休日だったのは好都合だ。ほかにお客が居れば話せないことだらけである。

午後六時。ふつうなら店の看板に灯《とも》っているはずの明かりは消えたままだ。そっとドアを押すと、いつものように軽やかに開いた。

「鍵《かぎ》を掛けなくても大丈夫かい？」

不用心な気がしたのは、今日のできごとが頭にあったからだ。

「ええんと違います？　強盗が入るような店やないですから」

いつもどおりに白衣を着た森下淳は、額に玉の汗をうかべながら炭火を熾《おこ》している。

「お店から出るときは鍵掛けますけど、お店にいるときに、鍵を掛けようと思ったことて、いっぺんもないんです」

白いシャツに、黒いソムリエエプロンを着けた山下《やました》理恵は、目を凝らしてワイングラスを磨いている。

なるべく早く詳しい経緯を聞かせて欲しい、と淳に頼まれたのを、では『ZEN』でと提案してのことなのだが、よく考えれば、淳と理恵は休みの日にも仕事をしなければならない。今の理恵の言葉は暗にそれに対しての不満だったのかもしれない。

「淳も理恵ちゃんもお休みなのに申しわけなかったね」

頭を下げると、カウンター席の隅っこに腰かけた。

「とんでもない。あんな事件があったんやから当然ですわ。裕さんにお聞きしたいこともたくさんありますし、ほかのお客さんを気にせんでええんやから、ありがたいことですわ」

「ほんまにそのとおりです。わたしはボスにお目に掛かってへんので、心配で心配で。うちのお店でお話を聞かせてもろたら一番ええんです」

ふたりの発言は、木原の意を汲《く》みとってのことだろう。

「ありがとう」

いつもの賑《にぎ》やかさと比べるのが間違っているかもしれないが、まるでお通夜《つや》のような暗い雰囲気が店中に漂っている。

「夕方、また病院に寄ってきたんだけど、今にも退院できそうなほど元気になったよ」

「ほんまですか？」

顔を明るくして、ふたりが声を揃《そろ》えた。

「ああ。お医者さんに許可をもらって、タブレットをベッドサイドに持ち込んで、映画を観《み》てたくらいだから」

「よかったぁ。昼前のあの様子は絶対空元気《からげんき》やで、て理恵ちゃんとも言うてたんですわ。なんぼ浅い傷や言うても、ナイフで刺されて平気なわけないやん、て」

淳の言葉に、理恵がこっくりとうなずいた。

「ふく梅ねえさんは遅くなりそうなのかい？」

「六時半までには着くさかい、先に始めてて、て言うてはりました」

理恵の言葉が終わらないうちに、淳がワインボトルをカウンターに置いた。

「ねえさんのリクエストなんですけど、国産の泡ですねん。最初はこれでいいですか？」

淳が見せたボトルのエチケットには〈甲州　酵母の泡〉とあった。

最近の日本ワインの進歩は著しい。かつてはイメージ先行で、値段の割に内容が伴わないと言われていたが、近年は味も個性的で海外のものにもひけをとらない。

「先に飲んでもいいの？」

「三本用意してますし、先に飲んでてください、て言うてはりましたから」

音を立てないように手で押さえながら、淳がコルクの栓を抜いた。

「今日のような蒸し暑い日には、ビールもいいけど、よく冷えたスパークリングワインが一番だね」

〈泡〉と銘打っているだけあって、きめ細かな泡立ちはシャンパーニュ並みだ。

「国産のブドウだけを使《つこ》うてるんやそうですけど、ええ感じの香りでしょ？」

「品種は甲州か。幾らで出してるの？」

「ボトル売りで四千円です。お値打ちでしょ？」

理恵が答えたのを聞いて、少しばかり驚いた。このクラスのシャンパーニュなら三倍の値付けでもおかしくない。

「ぴったりな料理を出しますんで、ちょっと待っててくださいね」

淳が生きた鮎《あゆ》に金串《かなぐし》を打っている。

どうやら塩焼きにするようだ。

「焼きあがるまでのあいだ、これを食べてください」

小鉢の並んだ盆を、理恵がカウンターにそっと置いた。

「今日はお休みなんだから、みんな一緒に食べようよ」

「もちろんそのつもりです」

おどけたように、淳が舌を出してみせた。その顔に緊張感が残っているのを、客商売のプロだった木原は見逃さなかった。

「うちも遠慮のういただきます」

理恵は小さく頭を下げ、盆を四つ並べる。

「小鉢もんは五種類です。絵唐津《えからつ》に入ってるのは夏鹿《なつしか》のしぐれ煮、刻みショウガと木の芽を和《あ》えて食べてください。江戸切子《きりこ》には鱧《はも》の南蛮漬けを入れてます。酸《す》っぱいのがお好きやったら、酢橘《すだち》を絞ってください。染付《そめつけ》の蕎麦《そば》猪口《ちょこ》は魚《うお》そうめんです。出汁《だし》をジュレにしてワサビを混ぜ込んでます。織部《おりべ》の鉢はカレイとアマダイの昆布〆《こぶじめ》、煎《い》り酒《ざけ》でどうぞ。信楽《しがらき》の蓋《ふた》もんは鰻《うなぎ》の飯蒸《いいむ》しです。蒸し立てですんで熱いうちに召しあがってください」

淳の説明を聞きながら、目で追っていくと、思わず喉《のど》が鳴り、生唾《なまつば》が出てくる。このような折なのに、我ながら、浅ましいことだ。

「どれも旨《うま》そうだけど、まずは鰻だね」

蓋を取ると湯気が上った。

たしかに鰻なのだが、鰻重に載っている蒲焼《かばやき》のような濃厚なタレではなく、焼穴子《やきあなご》のような、さらりとしたタレを付けて焼きあげたようで、白焼のような淡い味だ。それだけに鰻本来の風味が強く感じられる。飯蒸しのご飯もタレをまぶさず、淡い出汁《し》を染みこませてあるので、口当たりが軽い。そしてご飯のあいだに、もうひと切れの鰻が潜んでいるのが、この料理のポイントなのだろう。天盛りにされたおろしワサビを混ぜて食べると、爽《さわ》やかな後味が口に広がる。鰻がもう少し大きくてもよかったような気もする。

冬場の先附《さきづけ》にあたたかい料理を出すのは、よくあることだが、冷房が効いた夏場でも、最初の料理があたたかいと、なんだか心が丸くなる。

「お相伴《しょうばん》させてもらいます」

調理がひと段落し、淳がスパークリングワインに口を付けるのをたしかめてから、理恵は手を合わせて箸《はし》を取った。

たしなみ、という言葉が頭に浮かぶ。

食事を始める前に手を合わせて、感謝の気持ちを表す。そんな簡単なことすらできない者が増えている。

市役所に相談に来る人たちでも、あいさつもせずに、いきなり相談ごとを話し始める人も少なくない。二、三十代ならともかく、人生の終盤に差し掛かっている人たちですら、そんなありさまなのだ。

自らの立場をわきまえ、店長である淳の手が空くまで待つ。考えてみれば当たり前のことだが、そんな気遣いを爽やかに感じるような時代なのだろう。

「店長、これ穴子と違うんですか」

鰻の飯蒸しを食べて、理恵が驚いている。

「サイズも比較的小ぶりやったから、穴子を意識して料理したんやけど、蒲焼でも白焼でもない、こんな中途半端《はんぱ》も悪いことないやろ」

淳は、してやったり、と言いたげな顔を理恵に向けた。

「どだい、『小堀商店』にレシピを売る気はないかい？」

木原がすかさず言う。

「その手がありましたね。いくらくらいで売れるやろなぁ」

笑みを浮かべた淳は、腕組みをして天井を見上げている。

「レシピ盗んで、うちが売ろうかしらん」

理恵も同じポーズを取った。

「遅《おそ》うなってすんまへんどした」

勢いよくドアを開けて、ふく梅が店に入ってきた。ホワイトジーンズにネイビーのTシャツという、いかにも気楽な普段着だ。

「お先に始めさせてもらっているよ」

腰を浮かせて手を上げると、ふく梅が視線を合わせて隣に座った。

「えらいご馳走《ちそう》ですやん。淳くんにしては、めずらしい八寸《はっすん》仕立てやね」

盆の上を見まわしている。

「今日は僕らも一緒に食べようと思うて。作りながら食べるつもりですけど、最初だけ、ゆっくりさせてもらうには、こういう形がええんと違うかなと」

「ほんまやね。一品ずつ出してたら落ち着かへんわ。ほな、お待たせしました。こんなときやけど、いちおう乾杯しまひょ。善さまの一日も早い回復に！」

四つのグラスを静かに合わせた。

ふく梅が加わると、場の空気がいっぺんに華やかになる。芸妓という仕事がそうさせるのか、それとも天性の資質なのか。たしかに、こんなときではあるがグラスを合わせないと、空気がしまらない。スパークリングワインというのが、華やか過ぎる気もしなくはないが、小堀なら「好きにやってくれ」というだろう。

「ねえさん、もう一品あるんですけど、今蒸してますんで、ちょっと待っててくださいね」

グラスを持ったまま、淳は湯気の上る蒸器を横目にしている。

「うちの分だけ蒸してくれてはるん？　申しわけないこと。レンジでチンでもよかったのに」

ふく梅が鹿肉に箸をつけた。

「なんぼ内輪だけや言うても、料理人ですさかい、それはできませんわ」

淳が苦笑いしている。

鱧の南蛮漬けを嚙《か》みしめながら、ただ旨いものを食べるためだけに、こうして集まっているのではないということを、あらためて感じている。そろそろ話を切りだそうか。それとも誰かが切っ掛けを作ってくれるまで待とうか。

「器が熱いので気いつけてください」

信楽焼の器を布巾《ふきん》で包むようにして、淳がふく梅の前に置いた。

「ええ匂《にお》いやこと」

蓋を開け、うっとりとした表情を見せて、ふく梅が箸で鰻を取った。

「あれ。なんだかさっき食べたのより、鰻が大きいような気がするぞ」

「裕さんともあろう人が、そんなひがんだようなこと言うたらあきまへんがな」

ふく梅に真顔でたしなめられた。

「気のせいと違います。ねえさんの鰻は尾っぽのほうなんで、大きい切り身にしときました」

「ほうら、言ったとおりじゃないか。わたしはいやしんぼだから、こういうことには敏感なんだ」

怒った顔をつくってみせた。

「えらい失礼しました。けど、なんで尾っぽのほうは大きい切り身にしたん？」

「鰻は尾っぽをよう動かすさかい、脂《あぶら》の乗りが弱いんですわ。好みにもよりますけど、小さい鰻の尾っぽは味が頼りないんで、切り身を大きいしてます」

ふく梅の問いかけに対する淳の答えが正しいかどうかは分からないが、結果的には、場を和ますことができたようだ。

淳は串刺しにした鮎の位置を変えている。炭火の強弱に合わせているようだ。

「ほんまに軽《かる》う済んでよかったどすなぁ」

ふく梅が視線を送ってきたのをきっかけにして、三人が知りたがっている話を切りだした。

「今日は年に一度の『洛陽百貨店』のOB会の日だったんだよ。毎年恒例になっている『京都ホテルオークニ』でのランチ会だ」

「それで裕さんもご一緒やったんですか。ボスとはOB仲間ですもんね」

淳が二本目のスパークリングワインを抜栓する。

「仲間っていうのは、おこがましいよ。今もボスの部下だからお伴しているだけで、ほかの人たちは元重役と現役幹部ばっかりだし。まあ、それは置いておこう。年によってレストランが変わるんだが、今年は最上階の鉄板焼レストランで行われることになっていた。エレベーターを降りて、食事の前にトイレに行くのは、いつものボスの流儀みたいなもので、今日も一緒に洗面所に入った」

事実だけを淡々と話すうち、喉が渇いてきた。淳が注いでくれたスパークリングワ

イン で喉を潤《うるお》してから、話を続ける。

「洗面台の鏡の前に若い男が立っていてね、僕らがその後ろを通り過ぎた瞬間に、奇声を発していきなりボスに突っかかってきたんだ。一瞬、何が起こったのか分からなかったんだけど、その場に倒れこんだボスの太もものあたりから、血が流れだした。おい、と怒鳴って男を見ると、右手にナイフを持ったまま震えているんだ。すぐにナイフを叩《たた》き落して、男を引きずったまま、洗面所のドアを開けて大きな声を上げたら、ホテルのスタッフが飛んできてくれて」

「しかし、裕さんは見事にさばきはりましたな」

淳は感心したような顔をしている。

「護身術を少々」

とだけ返しておく。

「大変やったんどすなぁ。お話を聞いてるだけで、寒いぼが出ますわ」

ふく梅が眉《まゆ》をひそめて身震いした。

「非常事態に対する心がまえが出来ているんだろうね。すぐに警備員さんたちがやってきて、てきぱきと動いてくれて、三分もしないうちに、パトカーと救急車のサイレンの音が聞こえてきたので、ホッとしたよ。その間も、レストランのスタッフたちはナプキンを使って止血してくれたり、ボスを励ましてくれたり、本当によくしてくれた」

「善さまはどないな感じやったんどす？」

「ナイフで刺されたんだから痛くないはずはないんだけど、いつもとおなじ表情で、ちっとも痛がる様子を見せなかったのには驚いたね。救急隊の人たちが来たときも冷静に受け答えしていたし」

「僕やったら気絶してたかもしれんわ」

「ほんま、うちもおんなじ。包丁でちょっと指切って、血が出てきたのを見ただけで、気を失いそうになりますもん」

淳や理恵の言うとおりで、人間というのは本能的に血を見ると気が動転してしまう。小堀の太ももに巻かれた白いナプキンが、見る見る赤く染まっていくのを見て、足が震えたが、それは言わないでおこう。

「ほんで、その犯人ていうのか、善さまを刺した男はんは、どないなったんです？」

「もちろん、すぐ警察に連れて行かれたよ。ボスを救急車で〈警察病院〉へ送り届けて、みんなに連絡したんだけど、そのままパトカーで警察へ連れてゆかれた」

「刑事ドラマみたいやなぁ。救急車もパトカーも僕はまだ乗ったことないわ」

「犯人は善さまの知り合いやったんどすか？　それとも通り魔どすか」

　ふく梅に訊かれた。

「知らない人物だとボスは言ってたな。僕も面識のない男だったけど、どうやら恨みからの犯行らしい。犯人の名前などはいっさい教えてくれなかったけど、顔写真を見せられて、思い当たることはないか、って訊かれたよ」

「善さまを恨んでる人やなんて、そんな人がやはるて信じられしまへん」

　眉間《みけん》に皺《しわ》を寄せて、ふく梅が憤《いきどお》っている。

「心当たりはあるんですか？」

　淳は焼き上げた鮎から串を外した。

「鯖飯《さばめし》茶漬けのレシピを買い取るときにも、その話が出たと思うけど、『洛陽百貨店』は二十年ほど前、全国物産展という催しに社運を賭《か》けていたんだよ。あのときのボスには鬼気迫るものがあったし、お店の希望に応《こた》えられなかったこともあった。そんなケースに遭遇した人が、ボスを恨んでいたとしても不思議ではない」

「けど、二十年以上も前のことなんでしょ。それを今になって、てあり得へんことやと思うんですけど」

　笹《ささ》の葉を敷いた竹籠《たけかご》を、理恵がカウンターに置いた。笹の上には鮎の塩焼きが載せられていて、いぶされた薫《かお》りが漂っている。

「鯖飯茶漬けのときの庄司《しょうじ》はんかて、恨んではることはなかったですやん。デパートへの出品はこりごりやて言うてはりましたけど、昔のことやさかいか、笑い話で済ませはりましたがな。二十年経っても、刺す機会を窺《うかが》うほどの恨みを持ち続けてるて、そんなことがありますやろか」

ふく梅が疑問を持つのは当然のことで、わたし自身もそう思っている。

「三年続けた全国物産展では、延べにすると百三十軒ほどに出店してもらい、二百軒を超える店に商品を出品してもらった。その陰で出店や出品を断ったところは山ほどあるよ。なかには、こちらから出店を要請しておきながら、ボスの鶴《つる》の一声で断念した店だってある。何人かのスタッフで手分けして、謝りにいったんだけど、コップの水を掛けられたこともあったし、目の前で号泣されたこともあった。僕も暴力団ふうの男から脅されたりしたが、傷害事件になるような事態は一度もなかった。今でもボスを恨んでいそうな人物を何人か思い浮かべてみたんだけど、当たり前だけどみんな高齢者だ。刺した男はたぶん三十歳前後だと思うけど、当時はまだ子どもだよな」

「そんなむかしのこととは、まったく別のことで、ボスを恨んでいたのと違いますかね」

淳が鮎に頭からかぶりついた。

「相談役にならはった後の善さまが、お人から恨みを買うようなことがあるて、考えられしまへんえ」

ふく梅は器用に鮎の中骨を箸ではずしている。

たしかに、現在の小堀は、表立って『洛陽百貨店』の仕事に関わることもなく、それどころか、人と接触する機会さえ多くない。『小堀商店』のことと て、知る人ぞ知る存在だし、トラブルを抱えているという話など聞いたこともない。

「足を刺してるんやから、殺そうとまでは思うてへんかったんやろなぁ」

淳がそう言うと、理恵とふく梅は大きくうなずいたが、木原としてはその考えに同意できない。

「本人の自供や警察の調べを待たないと、なんとも言えないんだけど、彼が最初から足を狙《ねら》っていたかどうかは分からない。ナイフを持って突っかかってきたときに、足を滑らせたように見えたんだ。ひょっとすると背中を狙っていて、緊張のせいで足がもつれた可能性もあると思う」

「背中を狙《ねろ》うてて、もしも心臓を刺されてはったら……」

身震いして、理恵があとの言葉を呑《の》みこんだ。

「もうひとつ気になることがありますねん。なんで犯人は善さまをホテルのお手洗いで待ち伏せしてたんか。うちらでもそないに細《こま》こう善さまのスケジュールを知りまへんやん。裕さんは、よう知ってはるやろけど。なんで赤の他人が『オークニ』のレストランへ、善さまが行かはることを知ってたんどすやろ」

ふく梅が話しながら二度ほど首をかしげた。

「なんだか僕が手引きしたみたいだね」

「そんなこと思うてますかいな。けど、裕さんかて、ほんまに不思議やて思わはりますやろ」

「犯行に及んだ場所がトイレだったのは、たぶん偶然だったんだろうと思う。ただ、あの日、あの時間あたりにレストランに行くことは事前に知っていたに違いない」

「犯人はどうやってそれを知ったんやろう」

今度は淳が首を左右にかたむけた。

「実は『洛陽百貨店』の常務がブログをやっていてね、そこで今日のOB会のことを予告していたんだよ。毎回愉《たの》しみにしている、って。ボスの名前も書いてある」

タブレットをカウンターの上に置いて、大神《おおがみ》常務のブログを開いて見せた。

「ていねいに場所と時間まで告知してはるわ。誰でも見られるブログに、こんなん書いたらあかんのに」

　淳が眉をひそめた。

「大神常務はフランクな人だし、秘密にしなければいけないような会合じゃないからね。悪気はなかったと思うよ。まさかこんなことが起こるとは誰も思わないし」

　そう弁護してはみたものの、個人情報守秘が最優先される時代には、たとえ個人のブログといえども、他者の関わる予定を公表するのは避けるべきだろう。友人のフェイスブック投稿などを見ても、同席者の名前を書かないどころか、顔にモザイクを掛けた写真だって少なくない。勤務先である京都市役所などは、ときに過敏とも思えるほど、個人情報には注意をはらっている。それは警察もおなじか、それ以上らしく、犯人の素性を探ろうとしたが、ヒントすら与えてくれなかった。

「ニュースで報道されたら、犯人の名前が出るんと違います？」

　理恵がスマートフォンを操作して記事になっていないかを調べている。

「全治十日ほどのケガを負ったくらいの傷害事件だから、ニュースにはならないんじゃないかなぁ」

「あ、あった。これやわ。中京区《なかぎょうく》のホテルで男性刺される……。けど、名前は出てへんわ」

大きな声をあげた理恵がスマートフォンを差しだすと、三人は覆《おお》いかぶさるようにして、視線を集中させた。

「――今日午前十一時ごろ、京都市中京区のホテルで洗面所に入ってきた男性を、なかにいた男が刃物で襲うという事件が発生した。刺されたのは市内に住む六十代の男性で、太ももを刺され、全治十日間の軽傷を負った。所持していた運転免許証などから、容疑者は兵庫県明石《あかし》市に住む三十代の男と判明。通報で駆け付けた警察官に、傷害などの疑いでその場で逮捕されたが、動機などは不明。被害者の男性が容疑者と面識はないと証言していることから、警察は通り魔的犯行の疑いがあるとみて、慎重に捜査を進めている――やて。なんや、通り魔やったんか」

読み終えて、淳が神妙な表情で顔を上げた。

「そうやと思うてました。若い人が善さまを恨んで刺すやなんて、あり得まへんわ」

ふく梅がそう言うと、理恵も大きくうなずいた。

今ここで反論する必要もないのだが、路上ならともかく、シティホテルの、しかも最上階で通り魔が犯行に及ぶわけがない。あれは明らかに小堀を狙った事件だと確信している。警察発表には何か裏がありそうだ。

2. 『ひとまる焼き』

「裕さんは、警察の発表を信じてはらへんみたいどすな」

さすがにふく梅の勘は鋭い。

「道ばたで刺されたのなら分からなくもないけど、あんな場所に通り魔がいるとは思えないんだよ。それに洗面所に先に入ったのは僕だし、通り魔ならまず僕を刺すだろうよ」

「犯人はガッシリした人でした？」

「いや、小柄な男だったね。緊張していたせいもあるんだろうけど、青白い顔だったし」

理恵の問いに答えた。

「弱っちい人やったら、お年寄りを狙うて当然なんと違います？」

たしかにそうも思うのだが、あの男の目は明らかに小堀を狙っていた。

「明石に住んでるヤツが、京都で通り魔いうのは考えにくいですね」

一番気になっていたのはそこだ。

明石には苦い思い出がある。

絶対にデパートには出店しないと、頑固に言い張っていた主人を説得して、なんとか全国物産展に協力してくれる約束を取りつけたのに、小堀の鶴の一声でご破算になった。その店があったのがまさに明石市なのだ。

当時四十歳を過ぎていただろう主人に息子がいたなら、今日のあの男くらいの年恰好かもしれない。

しかし記憶がたしかなら、後継ぎはいないと言っていたはずだ。自分の店は一代限りで終わりや、と。

「こんばんは」

店のドアをそろりと開けて、若い女性が顔をのぞかせた。

「すんません。今日はお休みさせてもろてます」

理恵が慌《あわ》てて駆け寄った。

「いえ、客やないんです。こちらは、小堀善次郎さまのお店でしょうか」

女性がそう言うと、理恵は戸惑ったような顔をこちらに向けた。

たしかにこの店を訪れる客とは思えない風体《ふうてい》の女性だ。

「ええ。オーナーは小堀ですけど、何か？」

淳がゆっくりと女性に近づいた。

「長田《ながた》の家内のよし乃《の》と言います。この度は主人がとんでもないことをしてしまいまして、お詫《わ》びの言葉もありません」

長田よし乃と名乗った女性が、茶色いボストンバッグを床に置いて土下座し、深々と頭を下げた。

「ちょ、ちょっと待ってください。なんのことやら分かりませんけど、とにかく立ってください」

淳が目くばせすると、理恵がよし乃の両手を取って立ちあがらせようとした。

「小堀さまに直接お会いしてお詫びしたいのですが、いくらお願いしても、警察のほうでは、入院しておられる病院を教えてもらえませんでした。ですので、なんとかお詫びの言葉だけでも、小堀さまにお伝えいただきたいんです。この度は、本当に本当に、申しわけありませんでした」

顔をあげることなく、よし乃は号泣しはじめた。

ここに至って、四人ともが事情を理解した。明石市から来て小堀を刺した三十代の男は長田と言い、よし乃はその妻なのだ。警察から連絡を受けて駆けつけてきたのだ。

素足にピンクのビニールサンダル。色褪《いろあ》せたジーンズに黄色いTシャツ。背中には鉢《はち》巻《まき》をしたタコのイラストが描かれている。明石焼のように、ふっくらした丸顔は赤みを帯びていて、ふだんはきっと笑顔を絶やさない女性なのだろう。急を聞き、店を放り出して駆けつけた、という様子が手に取るように分かる。

「おおよその事情は分かりました。そんなところではなんですから、どうぞこちらへお掛けください」

カウンター席の真ん中へ案内するよう、理恵に目で合図した。

「いえ。大変なご迷惑をお掛けした方のお店を汚《けが》すようなことはできません。このままにさせてください」

両手で涙をぬぐいながら、よし乃が正座し直した。

「お気持ちはよく分かりますが、あなた自身は罪人でもなんでもないのだし、我々も、小堀もそんなことは望んでおりません。席にお座りになるのを遠慮されるのでしたら、せめてお立ちくださいませんか」

四人がじっと見つめるなか、ようやくといったふうに、よろけながらよし乃が立ちあがった。

「わたしは木原裕二と申します。京都市役所に勤めております。彼は森下淳、この店の店長です。その助手をしている山下理恵。こちらの女性は宮川町で芸妓をしている、ふく梅と言います。四人とも小堀の仕事を手伝っています」

紹介すると、それぞれが小さく頭を下げた。

「長田よし乃です。兵庫県の明石で小さな明石焼の店をやっております」

よし乃が改めて深々と頭を下げた。

「僕は小堀が刺された現場におりましてね」

「そうやったんですか。ほんまに、何と申していいやら」

よし乃は立ったまま深く腰を折った。

「わたしもあなたとおなじで、警察からは何も教えてもらえませんでした。なので小堀を襲ったのが、あなたのご主人だということは、今初めて知ったんです。明石焼のお店をやっておられるとのことですが、屋号は？」

「『ひとまる焼き』と言います」

「やっぱりそうでしたか。お父さまはお元気ですか？」

「いえ、二十年前に亡《な》くなりました」

「え？　まだお若かったと思うのですが」

「父のことをご存じなのですか？」

「お店にも何度も伺いましたし、お父さまには大変申しわけないことをしてしまいました。そうですか。長田和央《かずお》さんは亡くなったんですか……」

まさか、と、やはり、が頭の中で交錯している。

きっと『ひとまる焼き』の主人は小堀を恨みながら死んでいったのだろう。いや、わたしのことも恨んでいたに違いない。寝た子を起こしたのはわたしなのだから。

「警察の方からは、重傷というほどではないと聞いたんですけど、ほんとなんですか？」

「ええ。全治十日ほどらしいですから軽傷と言っていいでしょうね。元気にしていますよ」

「それを聞いて少しだけ、ホッとしました」

「いったいどういう原因でこんなことになったか、よし乃さんはご存じなんですか？」

単刀直入に訊いた。

「ちゃんとお話ししないといけませんね」

乱れたショートヘアを指で整え、Tシャツの裾《すそ》を引っ張る。

「これやったらええでしょ。どうぞ座ってください」

淳が厨房《ちゅうぼう》のなかで使っている、折りたたみのパイプ椅子《いす》を差しだした。

「すんません。失礼して座らせてもらいます」

よし乃がパイプ椅子に腰をおろした。

「お冷やです。よかったら」

理恵がカウンターの端にグラスを置いた。

「ほんまにすんません。遠慮のういただきます」

よほど喉が渇いていたのだろう。よし乃は、大ぶりのグラスに入った冷水を一気に飲みほした。

「父の和央は『ひとまる焼き』という明石焼の店を四十年ほど前から営んでおりました。店ていうても、客席もない持ち帰り専門の屋台みたいなもんでした」

よし乃が語りはじめてすぐ、ふく梅が言葉をはさんだ。

「すんまへん。明石焼て食べたことおへんのどすけど、たこ焼きをお出汁で食べるんどしたなぁ」

「形はおんなじですけど、味としては、たこ焼きて言うより、玉子焼みたいな感じですわ。おうどんのお出汁より、ちょっと薄味のつゆに付けて食べます」

「京都には明石焼の店がほとんどないさかい、あんまり馴染《なじ》みがないんですけど、僕は好きです」

淳が笑みを向けると、よし乃は店に入ってきてから初めて口元をゆるめた。

「わたしはまだ子どももやったので、よう覚えてないんですが、二十年ほど前にデパートの催しに『ひとまる焼き』を出品して欲しいていう依頼があったんやそうです。頑固な父でしたけど、バイヤーていうんですか、担当の人がえらい熱心な人やったんで、引き受けたらしいです」

「そのバイヤーというのがわたしなんです」

よし乃はもちろん、三人もよほど驚いたのか、しんと静まり返ってしまった。

「ほんまの話ですか」

ようやくよし乃が口を開いた。

「そのころはバイヤーという言葉を使ってませんでしたが、要は全国を走り回って、美味《おい》しいものを探しだしてくるのが仕事です。ネット情報は信用していませんから、自分の足で探しだすしかない。街の噂《うわさ》なんかを拾い集めて、ようやくたどり着いたのが、お父さんがやっておられた『ひとまる焼き』でした。たこ焼きより上品で、出汁の味が利《き》いたあっさり味の明石焼なら、きっと物産展でヒットする。そう確信したのですが、最初はけんもほろろ、という感じで門前払いされました」

「お客さんとも、しょっちゅうケンカしてたんを覚えてます。子どもながらに、うちのお父ちゃんは商売する気ないんやろかて思うてました」

よし乃の言うとおりだ。はじめて長田と会ったとき、あまりの商売っけのなさに驚いたものだ。不愛想そのもので、ただ黙々と仕事をしていた姿が目に焼きついている。

「たこ焼きと似てるて言われるのが一番イヤやったみたいで、明石焼という言い方さえ嫌《きろ》うてました」

「明石の名物やさかい明石焼やのに、明石焼て言うたらあかんのどすか？」

怪訝《けげん》そうな顔をしてふく梅が訊いた。

「むかしは玉子焼て言うたんやそうで、歴史はたこ焼きより古いんや、てよう自慢してました」

「初めてお父さんにお会いしたときに、さんざん説教されましたよ。江戸時代に始まった玉子焼の話から、銅板を使って焼く理由、冷めてから食べたほうが美味しいという話まで、一時間以上伺いました」

「すんませんでした」

「謝ってもらうようなことじゃありません。今さらながらですがお礼を言わないと。話は聞いてみないと分からないものだということを、あのときにあらためてお父さんから教わりましたから」

「そう言うてもらうと救われます」

「お父さんのことはよう分かったんですけど、ご主人はどういう人なんです？ ボスとは面識なかったんでしょ？ それやのに、なんでこんなことしはったんか、分かってはるんですか？」

淳が矢継ぎ早に質問を繰りだした。

「主人とは二年ほど前に知り合って、なんとなくウマが合《お》うたんで、半年前に結婚しました。三男やったので長田の家に入ってくれました。スーパーに勤めていて、惣菜《そうざい》を作る仕事をしていました。けど、結婚するときに、『ひとまる焼き』の仕事をしたいて言うて、スーパーを辞めてしまいました。母とうちとふたりで細々《ほそぼそ》と続けてきた『ひとまる焼き』ですけど、そんなに儲《もう》かる仕事とは違うし、て反対したんですけど、思いこみの激しい人なんで、結局三人で店をすることになったんです。うちと母のふたりだけでも食べていくのに精いっぱいやったのに、三人で暮らしていけるような売り上げにはほど遠い。このままではアカンて言いだして、主人は新商品を開発するんや、て言うて、試作しては試食してを繰り返してたんです。ずっと店の仕事を休んでいた主人が、ある日、どんな仕事をしてたか知りたいて言うて、父が書き残してたノートを読み始めたんです。ああ見えて几帳面《きちょうめん》な人やったんで、レシピていうか、材料やら焼き方なんかを少しずつ変えては、その都度味見して、研究してたみたいです。大学ノートで十冊くらいあったと思いますけど、主人は片っ端から読んでは、おもしろい、参考になる。そやけど手間も原価も掛けすぎや。これでは店は続けられへん。なんて言うてました」

「分かるわぁ。料理の本とかレシピ集と違《ちご》うて、手書きのノートは生の声っちゅうか、リアルな感じがグッとくるねん」

淳の言葉をはさんで、よし乃が続ける。

「ある晩のことでした。いつものように夕食のあとに、寝転んでノートを読んでて、突然大声で叫んだんです。こんなことがあったんか、知らんかったて。ノートには日記みたいなことも書いてあったんです」

「二十年前のことですね。わたしが物産展への出品依頼をしたときの顚末《てんまつ》を、お父さんは書き残しておられたんだ」

よし乃がこっくりとうなずいた。

「何があったんか知りまへんけど、ふた昔も前のことですやろ。ほんで、当のお父さんはとっくに亡くなってはるんやから、それを知ったさかい言うて、義理の息子はんが人を刺したりしますやろか」

「たしかに失礼な話だったと思う。こちらからお願いして引き受けていただいたあとで、今度はこちらから断ったのだから。恨まれても仕方がないよ」

「裕さんの言うてはることもよう分からんわ。どういうことですの？」

「『ひとまる焼き』を見つけ、ご主人を説得して、なんとか了解を得たのちに、試食品を持ってボスに報告に行った。すると、ひと口食べて、首をかしげたまま、固まってしまったんだ。絶対気に入ってもらえるはずだと思っていたので、不思議に思いながら、ボスの口からどういう言葉が出るのか、しばらく待っていた。すると今度は、うーん、とうなりだしたんだよ。ますます不思議に思って、たまらず訊いた。『お気に召しませんか？』ってね。そしたら、これをうちのデパートで売るわけにはいかないと言われて。理由を訊いたんだが、答えは返ってこなかった。直接『ひとまる焼き』のご主人に説明に行くとだけ」

「よほど気になることがありましたんやろね」

ふく梅は横目でよし乃の様子をうかがっている。

「父は弱音をはいたり、人を恨んだりは、絶対にせえへん人やったと母からも聞いてます。せやから、ノートにも恨みごとは書いてなかったはずなんです。淡々と事実だけを書き留めてたんやと思います。でも、そのことがあって、一年も経たないうちに父が亡くなったことを、主人はそれと結び付けたんやと思います。へんに義憤にかられる人なんで、当時のことをいろいろ調べまわっていました。最近知ったんですけど、父の同業だった人が、ある事ない事を言うて、たきつけたみたいなんです。父は小堀という人を恨んで死んでいったて。うちも母も、絶対そんなことはない、て言うたんですけど、ほんまに思いこみの激しい人なんで、こんなことになってしもうて。もっと強《つよ》う引き留めといたらよかった、て後悔してます」

よし乃が肩を落とした。

「どこの世界にもそういう人がおるんですわ。他人《ひと》の不幸を面白がる言うんか、もめさせて愉しんでいる人。板前にもその手の人ようけいます」

淳の発言に、ふく梅も理恵も大きく首を縦に振った。

まったくもってそのとおりで、デパートにも役所にも、必ず何人かはそのような人物がいる。ときには話を捏造《ねつぞう》してまで、当人同士をもめさせようとする。きっとよし乃の夫もその手のうわさ話に引っかかったのだろう。実の娘であるよし乃が、それに惑わされなかったことは、唯一《ゆいいつ》の救いだ。

「義憤にかられて、というお気持ちは分からないではありませんが、だからといって暴力に訴えるというのは、あってはならないことですね」

「本当にそう思います。主人のまっすぐな性格が、悪いほうに出てしまいました。あのときのことがなかったら、店は繁盛《はんじょう》してたやろし、父も早死にすることはなかった。そう思い込んでしもたんです。どうお詫びしても許してもらえることやないのは、よう分かってますけど、とにかくお詫びするしかないので」

立ちあがってよし乃が腰を折る。

「ところで、この店のことはどこでお知りになったんですか？」

よし乃が店に入ってきたときから、ずっと感じていた疑問をぶつけてみた。

「父のノートで二十年前の話を見つけてから、主人はずっと小堀さんのことを調べていたようで、たくさんメモを残していました。そのなかにこのお店のことが書いてあって……」

ボストンバッグから取りだしたA4の紙を広げながら、よし乃がカウンターに置いた。

「『和食ZEN』。小堀善次郎がオーナー。店の奥に小堀のオフィスあり……ちゃんと調べてはったんや」

読み上げて、理恵が紙を淳に渡した。

「もっと違うことに熱を入れてくれたらええのに、こんなことにも夢中になってしまう人なんです」

よし乃が、カウンターにメモ書きの束を置いた。クリアファイルからはみだしそうになっている紙は、大きさもさまざまなら、コピー用紙やチラシの裏など種類もいろいろで、片っ端からメモを書き留めていたことが分かる。

「過去の業績から、経歴から、よく調べられましたね。探偵業なんかも向いているんじゃないですか」

皮肉を言ったつもりだが、少しばかり本音も入っている。市役所の職員にもこれくらいの熱意が欲しいものだ。

「僕らの仲間うちでも、ちょいちょい『小堀商店』のことが話題になってるみたいですし、そのうち取材依頼でも入るんと違いますか」

横から覗《のぞ》きこんで、淳が複雑な表情を浮かべている。

秘密組織というほどでもないが、公《おおやけ》にしないように気を配ってきた。レシピを売買するうち、少しずつうわさが広がっているようだ。これほどに情報が伝わっているなかで、隠しとおすのは難しいだろう。小堀が快復したらそのことも一度話し合っておかねばならない。

「『ひとまる焼き』のお店は、これからどないしはるんです？」

ふく梅がよし乃に訊いた。

「生活があるんで細々《ほそぼそ》とでも続けていきたいと思うてますけど、世間が許してくれはるかどうか」

「ご主人が、新商品を開発してるて言うてはりましたけど、それで完成したんですか?」

顔を暗くして声を落としたよし乃に、淳が重ねて問いかけた。

「はい。うちと母はこれで行こうて言うたんですけど、主人は自信がなかったみたいで、自分には料理の才能がないんや、て落ち込んでました。きっとそんな想《おも》いも積み重なって、ひどいことをしでかしたんやないかと思うてます」

「どんな新商品かは分かりまへんけど、それで勝負してみはったらどうどす? 今の時代は当たったら大きおすえ」

落ち込んでいるよし乃を気遣うように、ふく梅がはげました。

「主人とは会わしてもらえませんでした。あの人がどう考えてはるかも考えなあきませんし、何よりも世間の人がうちらが商売を続けて行くんを許してくれはるかどうか、やと思います」

京都ほどではないにせよ、客商売をやっていくにあたっては、世間の評判を気にしないわけにはいかない。いずれは長田のフルネームも公表されるだろうし、そうなれば商売に支障が出て当然だ。

「うちは法律のことは、とんと分からしまへんのやけど、ご主人が何をしはっても、商売には関係おへんのと違います？」

「たしかに法的には問題はないんだけど、実際には、いろんな影響があると思うよ。世間は白い目で見るだろうし」

ふく梅の問いには率直に答えるしかなかった。

「その通りです」

よし乃が唇を嚙んだ。

「お腹空《なかす》いてはるのと違います？　よかったら何かお出ししましょか」

「とんでもない。迷惑を掛けた上にお食事やなんて。今日のとこはこれで失礼いたします。また改めてお詫びのごあいさつに伺います。この度は本当に申し訳ありませんでした、くれぐれもおだいじにされてください、と小堀さまにお伝えください」

カウンターに置いたファイルを片付けて、よし乃がボストンバッグにしまった。

「さっきの新商品の話ですけど、どんなものなのか、よろしければ教えていただけますか？」

「『ひとまる焼き』もそうですけど、たこ焼きもタコを焼く料理ですやろ。主人は揚げ物にしたらどうやろ、て思うたらしいんです。タコを使《つこ》うた揚げ物を五種類考え付いたんですわ。スーパーの惣菜作ってた経験が生きた、て言うか、まぁ、ようこんなん思いついたなぁて、母と感心してたのに」

「たこ焼きを揚げたものなら、ときどき見かけますが」

「それとは違います。カツみたいなんから、コロッケみたいなん、唐揚げっぽいもんとか、形は『ひとまる焼き』とおんなじやけど、味は別もんです。母は『ひとまる揚げ』ていう名前にしたらどうや、て言うてました」

「なんや、えらい美味しそうどすやん。食べてみとうなってきました」

ふく梅が言うとおりだ。

ただ食べてみたいだけでなく、ひょっとすると『小堀商店』の仕事になるのではないか、と思ったが、まずは小堀に相談して、意向をたしかめなければならない。

「京都のグルメのかたに食べていただけるようなもんと違います、冗談言わんといてください」

よし乃は、ふく梅が愛想で言っていると思ったようだ。営業日や時間、連絡先だけを確認しておき、行くとも行かないとも決めないまま、店から送りだした。

いつしか、まさか、という思いより、やはり、という思いのほうが強くなってきていた。こういうことが起こるのではないか、と長く警戒し続けていたが、二十年経って、自分のなかで勝手に時効を成立させてしまっていたのだろう。

罪を憎んで人を憎まず、ではないが、ふく梅と淳が、よし乃に対して敵意を見せなかったのは、きっとこの気持を理解してくれたからに違いない。ふたりとも、わたしの意を阿吽《あうん》の呼吸で汲みとってくれるのだ。

3. 明石 魚《うおんたな》の棚商店街

『ひとまる揚げ』を試食してくるように、とボスからの業務命令が出ました。裕さんの話を聞いて即決しはったそうです。

できるだけ早く、ということで、これから明石に向かいます。昨日、初めて全員でお見舞いに行ってきたんですけど、お医者さんも驚くほどの快復力で、ボスの経過はしごく順調です。明後日《あさって》にはもう退院しはるて、ほんまにびっくりですわ。

ほっとしたところで、鮎釣り旅行に続いて、今度も遠足みたいになりました。四人やさかい車で行ってもええんですけど、時間がもったいないので、新幹線を使って行くことにしました。

西明石の駅まで新幹線。そこから在来線に乗り換えたら一時間も掛かりません。意外と京都からは近いんです。これやったら魚の仕入れに来てもええかなと思いましたけど、交通費を計算に入れたら難しいような気もします。

「店長、あれが世界遺産で有名な白鷺城《しらさぎじょう》ですね」

明石駅のホームに降り立つなり、理恵ちゃんが石垣の上の白壁を指さしました。

「違うよ。これは明石城跡。世界遺産に登録されているのは姫路城のほうだ。おなじ兵庫県だけど、姫路城ほどの人気はないみたいだね」

「明石と姫路は離れてますよね。うっかり勘違いしてしまいました」

理恵ちゃんは、ときどきボケてくれはります。そこが可愛《かわい》いところでもあるんですが。

「駅のすぐ傍にこんなお城があるのも珍しおすな」

ふく梅ねえさんがスマートフォンのカメラをお城に向けてはります。まさに、おとなの遠足ですわ。

「お店に行きますよ。ちゃんと付いてきてくださいね」

気分は添乗員です。

『ひとまる焼き』のお店は魚の棚商店街のなかにあると聞いてます。駅から歩いてすぐの商店街は昼網《ひるあみ》の魚を売ってることで有名です。線路をはさんで、お城の反対側が海らしいので、そっちに向かって、四人でぞろぞろ歩いていきます。

裕さんのジーンズ姿は珍しいです。白のポロシャツを着てはるんですけど、こうして見たら意外とマッチョなんや。ねえさんと理恵ちゃんは、偶然かどうか知りませんけど、薄いピンクのパンツ姿です。ねえさんはペパーミントグリーンのシャツ、理恵ちゃんはミッキーマウスのイラストが付いた白のTシャツと、雰囲気はぜんぜん違いますけど。

「どんな店がまえで、どんなものが出てくるんだろうね。なんだかワクワクするな」

裕さんの言わはるとおりです。レシピを買い取るかどうかは横に置いとくとして、初めてのもんを食べに行くていうこと自体に興奮します。

明石銀座通りという広い通りの歩道には、アーケードが掛かってて、その通りからの横道にあるのが、魚の棚商店街です。

「錦《にしき》市場みたいな狭い通りやと思うてましたけど、意外と広いんどすな。新京極通《しんきょうごくどおり》とよう似た感じやわ」

初めてここに来たとき、僕もねえさんとおんなじように思いました。お店の前にまでショーケースを出してきて、ようけの魚を並べてはるとこは市場っぽいけど、観光客向けの土産もんを売ってはるお店が多いとこは、京都の新京極通とよう似た雰囲気です。

「明石焼のお店が目立ちますね」

理恵ちゃんが左右のお店を、きょろきょろと見比べてます。

「みんな明石焼になってる。玉子焼と書いている店は少ないみたいだね」

商売としては明石焼と書かんとあかんのでしょうね。京都のおばんざいとよう似てます。おばんざいて、ほんまはお店で売るもんと違うんですけど、おばんざいていう言葉が定着して、観光客の人もそれを目当てに来てはるんで、みんなメニューにおばんざいて書いてます。おかず、て書いても売れませんもん。

「さすがにタコを売っている魚屋さんが多いですね」

大小さまざまのタコが白い発泡スチロールのケースに並べられていて、値札を見ると思うた以上に安いです。

「あのタコ、出て行かはりましたえ」

ねえさんが指さす先では、箱から出たタコが通りの真ん中で、くねくねとうごめいていますねん。タコが通りを横切る姿を写真におさめようと、あっという間に人だかりができました。

通りの向かい側にたどりついたタコは、魚屋のご主人に捕まえられて、元の箱に無事収められました。ちょっとしたパフォーマンスです。

「あそこと違いますか？　ひとまる、ていう字が見えます」

理恵ちゃんの視線をたどると、赤い幟《のぼり》に白い字で『ひとまる焼き』と書いてあります。想像どおり、小さい店です。店ていうより屋台みたいな感じです。

「長田のオヤジさんがやってたころは、銀座通りをはさんで反対側の道を入ったところにあってね、お寿司《すし》屋さんの隣で立派な看板がかかっていたよ」

裕さんが感慨深そうにお店を眺めてはります。後悔ていうのとは、ちょっと違うと思いますけど、店が落ちぶれたことの責任みたいなもんを感じてはるんやと思います。

その想いはボスもおなじみたいで、裕さんが『ひとまる揚げ』の話を切りだしたら、すぐに試食してくるようにて厳命しはりました。当然ながら『小堀商店』にふさわしいもんやったら、という条件は付けはりましたけど、レシピ買取にも前向きでした。

問題はそこなんですわ。なんぼ負い目があるて言うても、凡庸なもんやったら買取できひんわけですし、そうなると二十年前の二の舞になるんやないか、と裕さんは心配してはります。ギリギリまでレシピ買取の話は一切せえへんようにと固く言われてます。

「よし乃さんの隣にやはるのがお母さんやろか」

よし乃さんは前回『和食ZEN』に駆け込んできたときとおなじ姿です。そしてその隣で『ひとまる焼き』を焼いてはるのは、どうやらお母さんみたいです。おんなじ恰好をしてはるさかいかもしれませんけど、よし乃さんによう似てはります。

「ええ匂いしてますやん」

ねえさんが鼻を鳴らしてはるのも、もっともで、出汁巻きを焼くときとおんなじような香りが店先に漂ってます。

店先の鉄板で焼くとこは、たこ焼き屋さんと似てるように見えますけど、鉄板の穴が大きいぶん、数が少ないのが特徴みたいです。縦に六つ穴があって、それが二列でひと組になってます。十二個が一人前というとこでしょうか。

「ご連絡ありがとうございます。早速四人でやってきました」

裕さんが声を掛けるまで、よし乃さんは僕らに気付いてはらへんかったみたいです。

「よし乃の母の長田和子《かずこ》です。このたびは、うちの丈一《じょういち》がとんでもないことをしでかしまして。お詫びの言葉もありまへん」

よし乃さんから耳打ちされはった和子さんは、飛び上がりそうなほど驚いて、すぐに店の前まで出てくると深々と頭を下げてはります。

「小堀の部下の木原と申します。小堀も順調に快復しておりますので、その話はとりあえず――。今日は『ひとまる焼き』と新商品の『ひとまる揚げ』を食べに伺いました」

裕さんが和子さんに僕ら三人を紹介しはると、店のなかへ招き入れてくれはりました。

店て言うても、四人掛けのテーブルがひとつあるだけで、それもふだんは物置になってるみたいです。持ち帰りばっかりで、店のなかで食べる客は少ないんやと思います。パイプの丸椅子に座らせてもろたら、狭い店のなかは満員電車みたいになりました。

「狭《せも》うてきたない店ですんませんなぁ。京都のお方にこんなとこに来てもろて申しわけないことですわ」

和子さんは、これ以上ないていうくらい恐縮してはります。よし乃さんとおなじTシャツには、小さな焼け焦《こ》げのあとがいくつも付いてます。毎日毎日ここで『ひとまる焼き』を焼き続けてはるんやろなぁ。

「どうぞ焼きたてを召し上がってください」

よし乃さんが赤いデコラテーブルに『ひとまる焼き』を置いてくれはりました。斜めに傾いた赤い板の上に十二個の明石焼が載ってて、その横にお出汁の入った小鉢が四つ置いてあります。どこにでもある、ふつうの明石焼に見えます。

「今日は『ひとまる揚げ』のほうを、ようけ食べてもらいたいさかい、とりあえず三個ずつにしときました。足らんかったら母に言うてください。わたしは『ひとまる揚げ』の支度をしてきます」

よし乃さんは顔じゅうを汗まみれにして、奥へ引っ込まはりました。そう言うたらエアコンは、ほとんど効いてへんみたいです。

「熱々で美味しおすな。お出汁も薄味でよろしいわ」

ねえさんは早速『ひとまる焼き』を口に入れて、はふはふしてはります。

猫舌の人には絶対無理やろなと思うほど熱々です。たこ焼きとは別ものですわ。ふわふわの生地にまったく粉っぽさはありません。出汁巻きに近い食感と味なんで、具のタコまで上品に感じます。十年ほど前やったか、適当に入った店で初めて明石焼を食べたときは、中途半端な食べもんやなぁと思ったんですが、この『ひとまる焼き』は立派な料理やと思います。

「少し味が変わりましたか?」

裕さんが目を輝かせてはります。

「よし乃から聞きましたけど、うちのむかしの味を知ってくれてはるんやったら、頼りないんと違います？　お出汁の化学調味料をなくしましたさかい」

和子さんが遠慮がちに答えはりました。

「やっぱりそうでしたか。ずいぶん味がナチュラルになったなぁと思いました」

納得したように、裕さんが何度もうなずいてはります。

二個目をよう味わってみると、味が深いことに気付きました。明石焼を食べた経験の少ない僕が言うことやないかもしれませんけど、非の打ち所がない明石焼なんです。割烹《かっぽう》の椀物《わんもの》に一歩も引けを取らん付け出汁やとか、タコの質のよさやとか、どんだけ原価と手間が掛かってるんやろう。

「いくつでも食べられそうやけど、『ひとまる揚げ』も食べんならんし」

三つとも平らげて、理恵ちゃんは物足りなそうにしてます。僕もおんなじですけど、ここは我慢のしどころです。

「もう一枚焼きましょうか。若い人には物足りんでしょう」

和子さんが言うてくれはりましたけど、本命の『ひとまる揚げ』が待ってるんで、辛抱することにしました。

「『ひとまる焼き』はまたあとでお出ししますんで、次に『ひとまる揚げ』のほうを食べてみてください。奥のほうへどうぞ」

和子さんがドアを開けはったら、お店の奥にキッチンが見えました。靴を脱いで上がらせてもらいます。

「たいして変わりませんけど、ここのほうがちょっとはましでしょ」

タオルで顔の汗を拭《ぬぐ》いながら、よし乃さんが椅子を並べてはります。ここはエアコンが効いてるので涼しいです。

八畳くらいはあると思います。一般家庭の台所ですけど、さっきよりうんと広いので、ダイニングテーブルを四人で囲んでも、狭い感じはしません。

すでにテーブルの上には四人分の器がセットしてあります。

取り皿は一枚ずつですけど、その横に小皿が三枚ずつ積んであります。三種類の『ひとまる揚げ』が出るんやろうと思います。

「主人が考えたのを、うちと母がアレンジして三種類の揚げダコを作ってみました。『ひとまる焼き』は焼き立てはもちろん、冷めても美味しいんです。おんなじように『ひとまる揚げ』も、冷めてから食べても美味しいように工夫しました」

キッチンペーパーを敷いたバットの上には、丸い揚げ物が山盛りにされてます。油をじょうずに切ってはるんで、キッチンペーパーには、あんまり油染みが付いてません。

「一個ずつ食べてみてください。最初は『タコキュウ』です。茹《ゆ》でダコとキュウリにパン粉を付けて揚げました。カレー味のソースを付けて食べてもろたらええと思います」

よし乃さんは、自信があるような、ないような、微妙な顔をしてはります。

「タコキュウて、よう考えはりましたね。タコの酢のもんから思い付かはったんと違いますか？」

「よう分からはりましたね。そのとおりです。タコを使うた料理で、なんかできひんやろかと思って最初に考えついたみたいです」

やっぱり思ったとおりの答えでした。

タコて言うたら酢のもん。それもキュウリと合わすしかないんやけど、それをフライにするていうのは思いつきませんでした。そもそもキュウリを揚げるてどうなんやろ。口に入れます。熱々のキュウリ、食べてみたら、けっこうイケるんです。カレー風味のソースには何が入ってるんやろ。複雑な味がします。

「ふたつ目は辛子《からし》だけ付けて食べてみてください」

よし乃さんが出してきはったんは、ひとつ目とおんなじカツですけど、さっきより色目が濃いです。

「やわらかおすなぁ。さっきのはタコらしい嚙みごたえがおしたけど、これはふんわりして、嚙んだら味が染み出てきます。おでんのタコみたいやわ」

ねえさんが言わはるとおり、さっきとは全然食感が違います。

「当たりです。おでんのタコにパン粉を付けて揚げてます」

よし乃さんがニコッと笑うてはります。

「それで辛子を付けるんだ。よく考えられてますね」

裕さんも感心してはります。

「おでんの出汁で一回煮込んでから、コロモ付けて揚げるんやから、手間掛かってますよね。足の先は細いさかい、この形にはなりませんし。無駄も出るんと違います？」

素人《しろうと》料理ではなく、商品として考えた場合に一番気になることを、おなじ料理人の立場から訊いてみました。

「そのとおりです。これまでの二種類は、足の太いとこしか使えません。そやさかい、足の先の細いとこやら、ドウビンは別の『ひとまる揚げ』にします」

「ドウビン、てなんどす?」

すかさず、ねえさんがよし乃さんに訊かはりました。

「タコの頭のとこを、ドウビンて言うんですけど、京都では言わないんですか?」

「僕ら料理人は使いますけど、京都の人はあんまりタコの頭を食べへんさかい、ドウビンていう言葉自体を知らんのやと思います」

「足の太い部分に比べて、見栄《みば》えもよくないので、京都の割烹ではほとんど使わない。立ち食い寿司や屋台のおでん屋でしか耳にしない言葉だから、ふく梅さんが知らなくて当然だよ」

僕の答えに裕さんが補足してくれはりました。

「そのドウビンを使うた『ひとまる揚げ』がこれです。から揚げの鶏《とり》の代わりにドウビンを使いました」

なるほど。よう考えてはります。裕さんが言うてはったように、ドウビンて見てくれも悪いさかい、うちみたいな店では使いにくいんですわ。けど、こうしてから揚げにしたら、うちでも出せそうです。勉強になりますわ。

「鶏とはまた違う美味しさどすな。歯ごたえも、ちょうどええ感じやわ。ショウガとニンニクがよう効いてて。今夜はお座敷がのうてよかったわ」

「そうでした。失礼しました。芸妓さんやていうことを、うっかり忘れてニンニク入れてしもてからに」

よし乃さんがしきりに謝ってはりますけど、ねえさんは平気です。

こんなふうにして、三種類の『ひとまる揚げ』を食べて大満足です。わざわざ新幹線を使うて明石まで来た甲斐《かい》がありました。

そして、いよいよ本丸です。『小堀商店』に来店してもらうかどうか。最後の決断は裕さんに一任することを、最初から決めてありますねん。僕もねえさんも、ちらちらと裕さんの横顔を見てるんですけど、表情からは判断できません。どうなるんやろ。ドキドキします。

「これまで食べたことない味でした。どれもほんまに美味しかったです」

理恵ちゃんが僕の気持ちを代弁してくれました。

「実は、僕らのボスがやってる『小堀商店』では、レシピの売買を行っています。後世にまで残しておきたい優れたレシピを買い取ったり、あるいは必要とされているかたにこちらが保存しているレシピをお譲りしたり、そんな仕事をしているのですが、こちらの『ひとまる揚げ』をお売りになるお気持ちはありませんか？」

裕さんが切りださはったんですが、よし乃さんは、キョトンとしてはります。そらそうですよね。レシピを売買するやなんて、冗談やと思わはって当然でしょう。

「言うてはる意味がよう分からへんのですが」

よし乃さんの問いかけに、裕さんとねえさんが交互に説明しはりましたけど、まだよし乃さんは半信半疑みたいです。

「まだ買い取らせていただくと決めたわけではありません。レシピの売却を希望される方には、『小堀商店』で試食させていただき、最終的にはボスの小堀が判断するというシステムになっています」

「もし買《こ》うてもらうんやったら、いくらぐらいになるんです？」

「それはまちまちどすなぁ。交通費ぐらいにしかならんこともありますし、お家《うち》一軒分になることもあります。すべて善さまが決めはることになってますねんよ」

ねえさんがこれまでの実例を挙げて説明しはったんで、ちょっとは理解してもろたみたいです。

「いずれにしても、お母さまともよくご相談なさってください。もちろんご主人の意思もたしかめる必要があるでしょう」

「分かりました。急なことなんで、頭のなかが混乱してますし、母とも相談してから決めさせてください」

「じっくりお考えいただいたうえでお返事ください」

なんとなくですけど、よし乃さんはレシピを売ってもええと思ってはるようです。きっとお母さんも反対はしはらへんやろし、あとはご主人の気持ち次第でしょうね。聞いた話では、刺したことを深く後悔してるみたいやさかい、反対しはることはないやろと思いますけど。

もしもボスが買取に難色を示すようなことがあったら、ちょこっとだけ真似《まね》させてもらおかなと思ってますけど、ルール違反かもしれませんな。

「『ひとまる焼き』を二人前持って帰りたいんどすけど」

「まだ食べはるんですか？」

「善さまにおみやげどすがな。お見舞いに持って行こうと思うてますねん」

さすがです。ねえさんの心遣いはボスにだけやのうて、よし乃さんにも向いてます。

焼きたてを箱詰めにしてもろて、お店をあとにしました。

「いい匂いがしてきたね」

『ひとまる焼き』の店を出て、魚の棚商店街を歩いていると、両側の店からいろんな匂いが漂ってきます。

「穴子を焼いてはるんと違うかな」

「さすが淳くん。匂いだけで分かるんや」

三軒先の店は焼穴子専門店みたいです。

「買って帰って穴子丼《どん》にでもしようか」

裕さんが大の穴子好きやったことを思いだしました。おとなの遠足はもう少し続きます。

4.『小堀商店』

よし乃から連絡が入ったのは、明石の店を訪ねてから三日後のことだった。

事件が起こってから、ちょうど二週間が経った今日は、多くの店が盆休みに入ったとみえて、祇園界隈《かいわい》は閑散としている。

『和食ZEN』は五山の送り火が行われる十六日まで営業し、翌日から三日間臨時休業することを恒例としている。

木原裕二がドアを開けて店に入ると、まだ昼過ぎだというのに、様々な料理の匂いが店のなかに充満している。

「おはようございます」

淳と理恵が声をシンクロさせた。

「忙しそうだね」

「明日まで常連さんで満席続きですねん。仕込みが追いつきませんわ」

簾《すだれ》で焼鱧の小袖《こそで》寿司を巻きながら、淳が嬉《うれ》しい悲鳴をあげている。

「ボスとねえさんは奥で待機してはりますよ」

寿司を巻き終えてラップに包んだら、今度は出汁の味見だ。仕込みの様子を見るのも愉しいものだ。

「じゃあ僕も奥で待ってるよ」

約束の時間までは、まだ十五分ほどある。昔と比べて、小堀はせっかちになってきたようだ。きっとそれを承知でふく梅も付き合っているに違いない。仕事としてだけでなく、芸妓ならではの気遣いが身に染みこんでいるのだ。

『和食ZEN』の奥にある『小堀商店』のドアを開けると、小堀の笑い声が聞こえてきた。

「すっかりお元気になられたようでホッとしました」

「木原くんにはずいぶん心配を掛けたね。おかげさまでこのとおりだ」

カウンター席から立ちあがると、小堀が膝《ひざ》を屈伸してみせた。

白いチノパンにかりゆしシャツを着た小堀は、顔色もよく、二週間前に刺傷事件に遭ったとは思えない軽やかさだ。

「無理しはったらあきまへんえ」

ふく梅はまだ心配そうな表情をしている。金魚の絵をちりばめた赤い浴衣《ゆかた》姿で、いかにも涼しげだ。

「今日もお仕事かね。ごくろうなことですな」

市役所での仕事を控えている身としては、クールビズがせいぜいで、涼し気な服装とまではいかない。

「市民の悩みごとにお休みはありませんからね」

いくらか愚痴《ぐち》っぽく聞こえるかもしれないが、正直な感想を述べたまでのことだ。

「因果は巡るというのを実感しましたよ。あの長田和央さんのお婿《むこ》さんに恨みを持たれるとは」

「ほんまに軽《かる》ぅ済んでよろしおしたなぁ。善さまもやけど、刺さはったほうも。罪もいくらか軽ぅなりますやろし」

「自分で言うのもなんだが、不幸中の幸いということでしょう」

どんなにネガティブなことでも、かならずポジティブに換えてしまうのが、小堀の強さである。

　窓の下を流れる白川が、夏の日差しを照り返し、外の熱気が広い部屋のなかまで伝わってくる。

「この前の鯖飯茶漬けもそうでしたが、料理とのご縁は、簡単に切れないものだということに、あらためて驚かされました」

「木原くんの言うとおりだね。新しい料理や店ばかりに注目が集まりがちだが、本当にいい料理というものは、そう簡単に消えたりしない。一瞬の輝きを見せる料理より、いぶし銀のように、鈍くとも長く輝き続けることが一番大切なんだよ」

「善さまも裕さんも、むかしからほんまもんの料理に目を付けてはったて、いうことどすな。それがずっと続いてるやなんて、たいしたもんや」

「だけどそれも、これまでの話で、ボスがおっしゃったような現状だから、未来がどうなるかはまったく分からないよ」

「だからこうやってレシピを買い集めているんじゃないか」

　最初に『小堀商店』の構想を聞いたときは、その意図が分からず、小堀の判断力に衰えが生じたのではないかと思ったものだ。

　今では淳もふく梅も、小堀の理念を深く理解し、その目的を遂げるために、後世に残すべき秀《ひい》でた料理を日々探索してくれている。

「お見えになりました」

ドアを開けて淳とよし乃が部屋に入ってきた。

「初めてお目に掛かります、長田丈一の家内、よし乃と申します。この度は主人がお身体《からだ》に傷をつけてしまいまして、お詫びの言葉もありません」

カウンター席に腰かける小堀を見つけるなり、駆け寄ってよし乃が土下座した。

今回は黒無地のTシャツと、黒いパンツ姿だ。

「このとおり、足もすっかりよくなりましたので、ご心配には及びません。警察の方からも、ご主人は深く反省してらっしゃると聞いておりますし、もう済んだことですから。今日はどんなお料理を食べさせていただけるのか、愉しみにしてますよ。どうぞご準備ください」

立ちあがった小堀が、よし乃の肩にそっと手を置いた。

「ありがとうございます。お許しいただいたうえに、こんな場まで設けていただき、どうお礼を言うたらええのか」

立ちあがったよし乃は、涙で顔をくしゃくしゃにしている。

「レシピの買取については、いっさい情をはさみませんよ。ふだんどおりにお作りいただいた料理を、率直に評価させていただきます」

柔和な表情を一変させて、小堀は鋭い視線をよし乃に向ける。

「はい。どうぞよろしくお願いいたします」

よし乃が最敬礼した。

『小堀商店』の厨房には、調理器具一式やら食材、調味料などが『ひとまる焼き』の店から届いている。まずは段ボール箱を開けて、それらを取りだすことから、よし乃の作業が始まった。

慣れない厨房で、まだそれほど作り慣れていないだろう『ひとまる揚げ』を作るのは、相当なハンディがあるに違いない。広い厨房のなかを右往左往しているよし乃を、カウンターの外から四人がじっと見守っている。

十五分ほども経っただろうか。準備が整ったようで、よし乃が真新しい白無地のエプロンを着けてカウンターに両手を突いた。

「よろしくお願いします」

「こちらこそ」

小堀が軽く腰を浮かすと、よし乃はフライヤーの油温をたしかめて、バットに並んだ食材を皿に移し替えた。

どうやら最初は、おでんのタコを使った『ひとまる揚げ』のようだが、明石の店で食べたものより、タコの色が濃いように見える。味付けを変えたのだろうか。

四人の目が集まるなか、よし乃は四枚の白い小皿に最初の『ひとまる揚げ』を載せて、カウンターにそっと置いた。

「練り辛子を付けて食べてみてください」

「いただきましょう」

両手を合わせた小堀が、たこ焼きとよく似た形の『ひとまる揚げ』に竹串を刺し、添えられた辛子を少し付けて口に運んだ。

揚げ立ての熱さを、口に含んだ息で冷ましながら『ひとまる揚げ』を味わっている。

小堀には初めてでも、我々は二度目だ。明らかに前回より進化した味わいに、淳とふく梅は気付いているだろうか。

前回は、ただのおでんにパン粉を付けて揚げただけのように思ったが、今回は桜煮に近い煮方で、揚げ物と煮物を両方同時に愉しめる趣向になっている。

「串揚げ屋などで、煮ふくめた食材を揚げて食べることがありますが、それより味に深みがあります」

小堀の評価も高いようだ。

「ふたつ目は、うちでタコキュウと呼んでいるものです。カレー味のマスタードソースを敷いてありますので、そのまま食べてください」

これも前回より進化していて、アンダーソースにしてあるのがフレンチのようで美しい。短期間でここまで完成度を高めるのは、そう簡単なことではない。よし乃の熱意がひしひしと伝わってくる。

「中華料理でも時折り炒《いた》めたキュウリが出てきますが、揚げ立てのキュウリというのは、なんとも新鮮に感じますね。タコとキュウリの取り合わせというのは、酢の物からヒントを得られたのですか？」

「はい。タコを揚げ物にしようとして、一番最初に思いついたのが、酢の物によくあるタコとキュウリの取り合わせやったと主人が言ってました」

「さきほどの桜煮ふうと言い、このタコキュウと言い、オーソドックスな日本料理から着想を得られたというのは、とてもいいことですね。創作料理は、とかく珍奇な取り合わせに陥りやすく、ただの思い付きに過ぎないものになりがちです。その点でもこの『ひとまる揚げ』は優れた料理だと思います」

二種類食べただけで、ここまで小堀が高い評価を下すのだから、買取が決まったも同然だろう。

三品目は、素揚げにしたタコを小さなココットに入れ、溶かしたガーリックバターと刻みパセリを掛けたもの。エスカルゴをヒントにしたのだろうが、実によくできた料理だ。小堀はこれについての感想を述べなかったが、何度もうなずいていたから、合格点を付けたに違いない。

まさに孤軍奮闘という言葉がぴたりと当てはまる、調理風景だ。初めて『和食ZEN』で見かけたときとは、別人のような精悍《せいかん》な表情で、迅速な動き、的確な手さばきは、まるでテレビ番組の料理対決を見ているようだ。

四品目は、ひとくち大に切ったタコをから揚げにしたもの。細かく包丁目を入れ、味を染みこみやすいように工夫は凝らしただろうが、これが一番凡庸な料理になっただろう。

五品目は和風コロッケ。最も手間が掛かっているのを最後に持ってきたのは、なかなかいい作戦だ。ベースになっている魚のすり身はハモだろうか。刻んだタコ足とレンコンの歯触りが小気味いい。

明石で食べたときより二種類増えているのは、やはり、よし乃の並々ならぬ意欲の表れだろう。

「このジュレ状のタレは出汁醤油《じょうゆ》ですか？」

小堀が訊いた。

「はい。『みざん』という青山椒《あおざんしょ》を薬味に使おうと思うたら、うまいこと出汁醬油に混ざらへんかったんで、ジュレにしてみました」

「なるほど。とてもいいですね。これで最後ですか？」

小堀の問いかけに、よし乃は不安そうな顔つきで、ゆっくりとうなずいた。

ふく梅と淳に目をやると、よし乃とおなじように、固い表情で小堀の顔色をうかがっている。肩入れしている表れだろう。

「長田よし乃さん」

しばらく天井を仰いでいた小堀が、おもむろに口を開いた。

「はい」

まるで教師から名指しされたかのように、よし乃が気を付けをした。

「あなたのご主人が考案され、あなたとお母さまが改良を加えられた『ひとまる揚げ』は創意にあふれ、しかも実に美味しい。後世に残すべき優れた料理であることは間違いありません。ではありますが、残念ながらこれを買い取るわけにはまいりません」

よし乃は言葉の最後で表情をこわばらせた。

ふく梅と淳は顔を見合わせて首をかしげ、わたしもそれに合わせた。

「なんでですの？」

ふく梅が単刀直入に訊《たず》ねた。

「料理そのものは優れているのですが、なにしろわたしを傷つけた加害者の考案した料理ですからね。被害者たるわたしが買い取るわけにはいかないじゃないですか」

そんなことは端《はな》から分かっていたことではないか。よし乃はもちろん、この場に集うみんながそう言いたかっただろうが、誰もそれを口にしなかったのは、小堀に何か考えがあるはずだと思ったからである。

「その代わりと言ってはなんですが、『ひとまる焼き』を買わせていただきたいと思っておりますが、いかがでしょう」

意外なひと言に、よし乃は困惑した顔で、助けを求めるように三人の顔を順に見た。

「でもボス、二十年前にダメ出ししはったんと違うんですか？」

「二十年前とたいして味は変わっていないと思うのですが」

淳の問いかけに質問を重ねた。

「長田和央さんとの約束について、もう話してもいいでしょう。わたしがなぜあのとき出品をお断わりしたか」

それを一番知りたかったのは、木原かもしれない。あのころの小堀には、いっさいの疑問を受け付けない迫力があった。直接主人に話すと言っていたが、どんな約束をしたのだろうか。

「今と違って、当時はタバコに寛容な社会だったせいで、料理人が喫煙者というのは決してめずらしいことではなかったんだよ。長田さんもそのひとりでね。『ひとまる焼き』をひと口食べただけで、そうとうなヘビースモーカーだと分かった」

小堀が語りかける相手は、カウンターのなかに居るよし乃ではなく、わたしたちのほうだった。

「僕はまったく気付きませんでしたが」

「きみも当時はけっこうな愛煙家だったからね」

「面目《めんぼく》ありません。今の時代だったら食品のバイヤーにはなれないでしょうね。デパ地下で買った、お弁当の包み紙からタバコの匂いがするだけで、返品してくるお客さんもおられるらしいですから。最近も、配送業者が喫煙者だったので、即刻交代させられたりしたみたいです」

「裕さんもむかしはタバコ吸うてはったんですか。考えられしまへんな」

この二十年ほどのあいだに喫煙事情は激変した。受動喫煙などという概念もむかしはなかった気がする。

「明石の店でお会いして、長田さんの手を見たらね、指先が黄色く染まってるんだ。どんなに念入りに手を洗っても、これではタバコの匂いは料理に移るだろう。それどころじゃ済まない。喫煙は長田さん自身の健康を大きく阻害しているはずだ。そう思って直談判《じかだんぱん》したんだよ。タバコを吸い続けているあいだは、『ひとまる焼き』をうちで扱うわけにはいかない。禁煙されたら連絡ください。『ひとまる焼き』からタバコの匂いが完全に消えたら、すぐに出品して頂きますから、と。長田さんは渋々うなずいてくれたが、いつまで経ってもご連絡はなかった。そうか。亡くなっていたのか」

気のせいか、小堀の目が潤《うる》んでいるようだ。

「お医者さんから言われて、母は何度もタバコをやめるように言ったみたいです。このままだと死んでしまうて。案の定肺ガンが見つかったときは、もう手遅れでした。入院してからも、隠れて吸い続けていたて聞いて、あきれましたわ」

よし乃が小さくため息をついた。

「先日いただいた『ひとまる焼き』には、まったくタバコの匂いはしませんでした。長田さんは亡くなったあとに、やっと約束を果たしてくれたんだなと思ったんですよ」

小堀がよし乃に視線を向けた。

いつものことながら、小堀の慧眼《けいがん》には感服するしかない。つい新奇な『ひとまる揚げ』に気を取られてしまったが、『ひとまる焼き』は長い時を経ても色あせないどころか、今もこれを越える明石焼はないだろう。よくよく考えてみれば、後世に残すべきレシピはこの『ひとまる焼き』なのだ。ひょっとすると、小堀は最初からそのつもりで、この場を設定したのだろうか。

「こんなん言うたら、なんどすけど、明石焼のお店はようけおす。魚《うおん》の棚《たな》を歩いてたら、行列のできてるとこもよう見かけました。お商売として考えたら、『ひとまる揚げ』のほうがええように思いますえ」

ふく梅の言葉に、小堀がわずかにうなずいた。

「母と主人から一任されていますので、お奨《すす》めにしたがいます」

よし乃が顔を明るくした。

誰も予想していなかったのに、絵に描いたような展開になるのが不思議だ。小堀マジックとでも呼びたくなる。

「木原くん」

促されたので、小切手帳を小堀に差しだした。

ためらうことも迷うこともなく金額を書き入れて、小堀は裏向けにした小切手を、カウンターの上に置いた。

「これでいかがですか。『ひとまる焼き』の屋台を『ひとまる揚げ』のお店に変えるには、これくらい必要でしょう」

小堀の言葉を聞いて、よし乃がおそるおそるといったふうに、小切手を表に向けた。

「ほんまに、こんな金額で買い取っていただけるんですか」

大きく目を見開いて、よし乃は小切手を持つ手を震わせている。

「過去は過去としてどこかの引き出しに仕舞われて、新たなスタートを切ってください」

ゆっくりと立ちあがった小堀は、よし乃に一礼してから『小堀商店』をあとにした。

ほんまに善さまは、いっつもハラハラさせてくれはります。『ひとまる揚げ』を買い取らへんて言わはったときは、びっくりしましたけど、今回も、最後はまぁるうおさまって、めでたしめでたしどした。

けど、法律いうもんは厳しいできてますんやな。善さまが申し出はって、示談は成立したんどすけど、起訴猶予《ゆうよ》にはならへんみたいどす。ふつうは初犯で、被害者のケガが全治二週間以内で、示談が成立してたら起訴猶予になるんやそうどすけど、ナイフっちゅう凶器を使うた場合は厳罰になるんやそうどす。

自業自得《じごう》ていうたらそれまでどすけどねぇ。

この前の鯖飯茶漬けもそうどしたけど、二十年ほども前の贖罪《しょくざい》で言うんどすやろか、罪滅ぼしで買《こ》うてあげてはるだけやない。そこが善さまのすごいとこどす。

『ひとまる焼き』はただの明石焼とはぜんぜん違いますねん。お父さんが書き残しはったレシピを、よし乃はんが清書して送ってきてくれはったんどすけど、それを読んだら、びっくりするほど手ぇが掛かってます。

明石焼いうのは、玉子と出汁と粉とタコ。主にこの四つでできてるんやそうどすけど、その四つそれぞれに、細かなこだわりがありますねん。玉子やとかタコの産地はもちろんどすけど、玉子の溶き方、タコの茹で方、出汁の引き方やら、そらもう、ものすご細《こま》こうに決めてはるんですわ。

明石だけやのうて、日本中ようけ明石焼のお店がおすけど、こない細かいとこまで気を使《つこ》うてはるとこはおへんのと違うやろか。

淳くんが言うてはりましたけど、あのレシピどおりに作って、あの値段やったら儲けはほとんどないみたいどす。せやからよし乃はんにとっては、『ひとまる焼き』を買うたげたほうがよかったんやと思います。お父さんが始めはったんを自分の代で止《や》めてしまうのも、なかなか思いきれへんかったやろし。レシピを売ってしもうたら、気持ちも切り替えられますやん。

けど、二十年以上前て言うたら、そないタバコのことをうるそう言わん時代どしたわねぇ。せやのに、ちょっとその痕跡《こんせき》を感じるていう程度で、断固出品を断らはった善さまは、先見の明があったていうことどすやろな。

そのときに善さまの言うこときいて禁煙してはったら、よし乃はんのお父さんも命が助かったかもしれまへん。もしかしたら、あの世へ行ってから、それに気付かはったお父さんが、善さまの命を救わはったんやないか思います。

ひいてはそれがお婿さんの罪を軽ぅすることにもつながったんどっしゃろ。

たかがレシピひとつやけど、人のいのちにかかわることもあるんどすなぁ。

なにがあっても、ナイフで人を刺すてなこと言語道断どすけど、料理人はんが心を込めた料理言うかレシピて、それくらい深《ふこ》ぅて大きいことですねんなぁ。

こないしてレシピを買い取るたんびに、いろんなことを学ばしてもろて、ほんまにありがたいことや思うてます。次はどんなレシピなんやろ。今から愉しみどすわ。

第四話

まる蕎麦《そば》

1. お茶屋『たけよし』

九月て言うたら、誰がなんちゅうてもお月見どす。どの日が名月やとか、満月がどうやとか、そんなんはちょっと横に置いといて、空に浮かんでるお月さんを、ちょこっと愛《め》でてからか、愛でる前にお座敷で愉《たの》しんでもらうのが、うちら花街《かがい》の人間にとってての九月ていうもんどす。

せやのに、どないですのん、今年の九月。もう半ば過ぎたていうのに、お月さんが顔を見せてくれはったんは、たったの三日しかおへんのどっせ。

かんにんしとうくれやすな。夏休みが終わった九月はタダでさえヒマやのに。宮川《みやがわ》町《ちょう》の皆が悲鳴をあげてます。

――芸妓《げいこ》殺すに刃物は要らん。雲の三日も出せばええ――

あんまりヒマやさかいに、うちが作った戯《ざ》れ歌どす。ようできてまっしゃろ。

そんなこと自慢してる場合やおへん。今夜も宮川町のお茶屋『たけよし』のお座敷はひと組だけどす。

男はんばっかり四人さんどすねんけど、なんや、あんまりええ空気やおへん。床の間を背にして座ってはるのは、東京の作家はんらしおすねんけど、お気に召さなんだことがあったようで、あぐらかいて、むすっとしてはります。

どんな事情があるのか、うちらには分からしまへんさかい、こういうときは首突っ込まんようにしてます。

「向こうの都合に合わせて、わざわざ昼どきを外して行ったのに、なんで追い出されなきゃいかんのか」

杯《さかずき》をぐいっと傾けて一気に飲みほさはったんは、門野泰造《かどのたいぞう》はんていう食通の小説家どすねんて。仕立ても生地もええお着物を着ておいやす。古希《こき》を過ぎてはるやろか。昔ふうのポマードで撫《な》でつけたような白髪からは、ちょっと加齢臭が漂うてきます。ほんま言うたら、うちの苦手なタイプどすけど、そんなことは、おくびにも出さんと、おもてなしさせてもろてます。

「マキの下調べが足りなかったようですな」

隣に座って、門野はんとおんなじような仏頂面《ぶっちょうづら》してはるのが松浦史郎《まつうらしろう》はん。文芸誌の元編集長で文芸担当の重役をしてはるそうどす。上等のグレーのスーツにノーネクタイ。金縁の眼鏡もお金掛かってますわ。けど、ちょっとくたびれてはります。役員定年間近ていうとこどすやろか。

「面目《めんぼく》ありません」

下調べが足らん、て言うて松浦はんから非難されてはるマキは、しょんぼりしてはる槙谷卓《まきたにすぐる》はんのことみたいどす。広げたあぐらの両膝《りょうひざ》に、手を置いたまま、うなだれてはります。

太い黒縁の眼鏡を掛けて、赤いポロシャツに蝶《ちょう》ネクタイを着けてはる槙谷はんは、グルメライターをしてはるらしおす。ちょっと見たとこは、お笑い芸人さんみたいどすわ。

お話の様子やと、どうやら槙谷はんお奨《すす》めの店に門野はんらを連れて行かはったら、追い出されはったみたいどす。なんやおもしろそうなお話どすやん。どこのお店のことなんやろ。気になりますわ。

「槙谷はんのせいと違います。門野先生に無礼なふるまいをした、あの店の主人が悪いんですわ。しがない蕎麦《そば》屋のくせに、何を思いあがっとるのか知りまへんけど」

槙谷はんを弁護してはるのは、末席に座ってはる三山智樹《みつやまともき》はん。細面《ほそおもて》でキツネ目をしてはる、この方のことは、よう存じてます。祇園町《ぎおんまち》で『みつやま』ていう割烹《かっぽう》屋はんをやってはるんどすけど、一年先まで予約で埋まってる人気のお店どす。三十代の半ばくらいや思いますけど、お店を開いて一年も経《た》たんうちに、超が付くような人気店に仕立てあげはったんは、たいしたもんどす。前のお店で修業してはったころは、腰の低い人やったんどすけど、飛ぶ鳥を落とす勢いのせいどすやろか、最近はお鼻が高《たこ》うなり過ぎてはるみたいどす。

グルメライターをしてはる槇谷はんのことを、三山はんがかぼうてはるのも、当たり前て言うたら当たり前どすわね。ヨイショ記事を書いてくれはるライターはんに、足を向けて寝られへん料理人さんは、たんとおいやすさかい。

「埋め合わせと言ってはなんですが、明日のランチは『みつやま』を貸切にして、特別料理を出してもらうことになってますので、それでどうか勘弁してください」

槇谷はんが上目づかいに門野はんの顔を覗《のぞ》き込んでから、三山はんに横目で合図してはります。

「それを愉しみに、わざわざ京都までやってきたんだから、よろしく頼むよ」

ちょこっとだけ機嫌を直さはったみたいです。門野はんは単純なお人みたいどすわ。

「それにしても、プラチナシートと呼ばれている八席のカウンターを、我々三人で借り切れるなんて、門野先生のご威光には絶大なものがありますな。贅沢《ぜいたく》の極みですよ。わたしなんか何度予約を断られたことか」

松浦はんは、門野はんを立ててといてから、嫌味ったらしい目つきを三山はんに向けてはります。

「申しわけありまへん。最近は海外の富裕層の方にも常連さんになってもろてまして、お越しになったときに、次の予約をして帰らはるもんですさかい、なかなか席が空かんのですわ。松浦はんだけやないんでっせ。こないだはヨーロッパの或《あ》る国の大使はんもお断りしたんですわ」

三山はんは、口調こそ恐縮してはるように聞こえますけど、うちには自慢してはるようにしか思えまへん。腰こそ低ぅしてはるけど、頭は高いとこに置いてはります。

「金はいくら掛かってもいいから、明日は最高の料理を出してくれよ」

どうやら、松浦はんが接待しはるみたいどす。出版社の経費払いどすんやろ。出版不況やて聞いてますけど、門野はんは別格なんやろね。

「おまかせください。日本中、いや、世界中の旨《うま》い食材を取り寄せて、腕によりをかけて料理しまっさかい」

三山はんがうちに目くばせしはったんは、門野はんにお酌《しゃく》せい、いう意味どっしゃろ。門野はんの隣に座らせてもらいました。

「おひとつどうぞ。お機嫌を直してくれはって、ホッとしましたわ。なんや近寄りがたい空気やったさかい、遠慮してましたんどす」

「ま、雨降って地固まる、ってやつだ。槇谷はときどきこういう不始末をやらかすんだが、ここ一番ってときには、頼りになるんだよ。きみは『みつやま』へ行ったことあるかね」

門野はんが杯を突きださはりました。

「うちらみたいなもんが行けるようなお店と違いますやん。ふく梅《うめ》言います。よろしゅうおたの申します」

お酌してから、花名刺をお渡ししました。

「ふく梅か。明日の昼だが、きみも一緒にメシを食わんかね。話を聞いてたと思うが、八席を男三人で借り切るんだ。きみのような美しい女性が加わると、場が華やかになって、料理もより旨くなる。どうだ？ ひとりぐらい増えたって問題なかろう」

門野はんが突然言いださはったんで、松浦はんと三山はんが、戸惑《とまど》うてはります。

「おおきに。お気持ちは嬉《うれ》しおすけど、突然のことで、『みつやま』はんにもご迷惑をお掛けしますやろさかい、遠慮させてもらいます」

きっぱりと辞退させてもらいました。

おなじみのお客さんやったらともかく、一見《いちげん》さんのお誘いに乗るわけにはいきまへん。

京都のお方どしたら、そのへんのことは、よう分かっとぉいやすけど、東京のお方はときどき、こういう無茶をしはります。そないいっつも、どなたはんともご飯食べしてたら、うちらの身体《からだ》が持たしまへんがな。

「さすが京都の名高き芸妓さんですな。予約困難な割烹を、このわしが誘っても、すげなく断るんだから」

思うてたとおり、門野はんはおへそを曲げてはります。こないなことは、ようありますさかい、さらっと受け流します。

「よう言うてはりますわ。逆ですがな。うちらみたいなもんをお誘いしてくれはるやなんて、おあいそでも嬉しおす」

お銚子《ちょうし》が空になってましたさかい、おかあはんに目くばせしました。

「えらい、どんなこって」

すかさずお銚子を持って、遠慮がちにおかあはんが門野はんに注いではります。

「あなたがこのお茶屋の女将《おかみ》かね。さっきから、この芸妓さんをお昼に誘ってるんだが、色よい返事をくれないんだ。なんとかしてくれんかね」

門野はんは、しつこそうなタイプどすわ。おかあはんに泣きつくて、ようツボを心得てはります。

「えらいすんまへんなぁ。お気を悪《わる》ぅせんといとぉくれやっしゃ。お座敷のことどしたら、なんとでもさせてもらいますけど、常《つね》の時間のことまでは口出しできまへんのどすわ」

「京都の舞妓《まいこ》や芸妓は、一筋縄ではいかんということを重々承知しておりましたが、まさに本日目《ま》の当《あ》たりにしましたな。大臣より扱いが難しい」

横から松浦はんが、たっぷり嫌味を足してくれはります。

「どうですやろ。ふく梅ねえさんを僕がお招きするいうことで」

思わんとこから三山はんのクセ球が飛んできました。おかあはんも、これにはマイッタていう顔をしてはります。

お世話になってはおりますねん。お食事を終わらはったお客さんをお座敷に送ってもろたりもしとるし、三山はんのお誘いを断るのは難しおす。

「ほんまにええんどすか。みなさんみたいな食通と違《ちご》うて、『みつやま』はんのお料理やなんて、味オンチのうちには猫に小判みたいなもんどすがな」

「何をおっしゃいますやら。ふく梅ねえさん言うたら、宮川町でも味にうるさいことで有名です。いっぺんうちの料理を食べてもらわんならんと思うてたとこですねん」

「よし。話はこれで決まりだ。明日は芸妓さんが花を添えてくれる『みつやま』祭り。こいつは愉しみだな。さぁ、そうと決まったら今夜はとことん飲むぞ」

門野はんは上機嫌どす。

「三山はん、えらい厚かましいこってすけど、あんじょう頼みますえ」

この場が丸《まる》ぅにおさまって、おかあはんもホッとした顔してはります。

正直なとこ、うちもちょっと嬉しい思うてます。『みつやま』はんにはいっぺん行ってみたい思うてましたんや。けど、予約が取れへん言うてはるのに、無理に頼んだりするのは好きやおへんし、そないして頼みこんでまで行かんでええわなぁと思うて。ちょうどええ機会どす。一年も先まで予約が取れへん料理て、どんなもんなんか、お手並み拝見ていうとこどすわ。

もうひとつ。食通て言われてはる門野はんらを追いださはった店のことも、詳しいに知りたいんです。

うちには芸妓のほかに、もうひとつ別のお仕事がありますねん。『小堀《こぼり》商店』ていうレシピの売買をする組織のスタッフしてます。京都を代表する『洛陽《らくよう》百貨店』の社長をしてはった小堀善次郎《ぜんじろう》はんが、後世に残さんとあかんレシピを集めるために作らはったんが『小堀商店』。うちの仕事はそのレシピを探すことですねん。それに繋《つな》がるやどうや分かりまへんけど、なんぞヒントになるような気《き》ぃもしてます。

グルメを気取ったお客はんを追いだすやなんて、今どき珍しい、気骨のあるご主人どすやん。どこのどんなお店の、どんなおかたなんやろ。明日はあんじょう訊《き》きださんとあきまへんな。

2．割烹『みつやま』

今日もすっきりせえへんお天気どす。

いっそ雨が降ってくれたらあきらめもつきますねんけど、中途半端《はんぱ》なお天気やとお着物選ぶのもひと苦労ですわ。九月の半ば過ぎですさかい、薄物にしときたいような気もしますけど、もう秋単衣《あきひとえ》にしたい気持ちもあります。

九月の舞妓ちゃんの花かんざしは、たいてい桔梗《ききょう》どっさかい、かんざし代わりの帯に、桔梗の花をあしろうて、浅黄色《あさぎいろ》のお着物にしました。

お座敷上がるわけやおへんさかい、ちょっと着崩したげたほうが、お客さんも気ぃが楽どすやろ。かと言うて、あんまり襟《えり》抜きすぎたら、品がおへんし。難しいとこどす。

祇園花見小路《はなみこうじ》の『みつやま』はんへ向かう道すじにも、ようけ外国人さんがやはります。今日は芸妓には見えへん恰好《かっこう》してるさかい、そないじろじろ見られたりはしまへんけど、舞妓ちゃんらは大変どす。立ちふさがって、前からバシャバシャ写真撮らはるわ、あっち向け、こっち向けて、ポーズを要求しはるわ、ほんまに迷惑なことですわ。

かと言うて怖い顔もできしまへんしねぇ。

京都は観光都市どすさかい。あっちゃこっちゃにご挨拶《あいさつ》しながら、ようようお店の前にたどり着きました。

古い町家《まちや》をじょうずに直してはります。ちょっとした前庭がおすねんけど、手水鉢《ちょうずばち》やら灯籠《とうろう》やらを置いて、雰囲気を出してはるとは思います。

ガラガラと引き戸を開けたら、八つの目がいっせいにうちのほうに向きました。

「おはようさんどす」

「ようこそ。おこしやす」

門野はんの横に立ってはった三山はんが、高下駄《たかげた》の音を鳴らして、玄関先まで迎えに出てくれはります。

「お言葉に甘えて寄せてもらいましたけど、ほんまによろしおしたんやろか。お邪魔やおへんか」

型どおりのご挨拶をします。

「何をおっしゃる。無理にお誘いしたようなことになってしまって、ご迷惑じゃなかったですかな」

お酒が入ってへんせいか、えらい門野はんは紳士的どす。

「芸妓さんと一緒に外でメシを食うなんて、初めてのことなのでドギマギします」

槇谷はんも意外なほど殊勝な態度をとってはります。

「じゃあ始めてくださいますか」

松浦はんがかすれ声で三山はんに言わはりました。えらい緊張してはる感じどす。

お三方ともゆうべとおなじ恰好してはるんやけど、あんまり服装には頓着《とんちゃく》しはらへんのやろか。ふつうは芸妓とご飯食べいうたら、張り切ってオシャレしはるんどすけど。この人らは花より団子みたいどす。

横一列に八席並んだカウンター席の真ん中に四人で座ります。ほんまは端っこがよかったんどすけど、皆さんのお奨めで、門野はんの隣に座らせてもらうことになりました。

「お飲みもんはどうさしてもらいましょ？」

白木のカウンターに両手を突いて、三山はんが訊いてきはりました。

「わしらは日本酒をお願いしてある。銘柄は主人まかせだ。あなたもそれでよろしいですかな」

門野はんのお言葉にしたがうことにしました。どんな日本酒を出してきはるのかも、チェックしとかんとあきまへんしね。

客席のカウンターと板場のあいだに段差も仕切りもありまへんさかい、大将の手元は丸見えどす。よっぽど食材と腕に自信がおありなんどすやろ。

左右に脇板《わきいた》はんをしたがえて、大将が料理をはじめはります。立派なお鯛《たい》さんがまな板の上に載りました。

魚をさばかはる腕は、『和食ＺＥＮ』の店長、森下淳《もりしたじゅん》くんとあんまり変わらしまへん。淳くんは、うちとおんなじ『小堀商店』のスタッフどすさかい、たぶん、ちょっと身びいきも入ってます。

ヒレをエラに仕舞《しも》うて、ウロコをはがさはります。内臓を取って、血合いをよう洗《あろ》うて、頭を切り落とさはりました。

取り立てて包丁が冴《さ》えてるようには見えしまへんけど、お三方はえらい感心してはります。

「さすがにみごとな手さばきですなぁ」

槇谷はんはいつの間にか、一眼レフカメラのレンズを向けてはります。

「おそれいります。今朝揚ったとこの、明石《あかし》の天然鯛ですさかい、よう身が活《い》かってますわ。包丁入れとっても気持ちええです」

三枚におろした鯛のアラのほうを、素早う脇板はんがざるに載せはります。

「旨そうな鯛ですなぁ。これはぜったい東京ではお目に掛かれまい」

松浦はんはスマートフォンで写真を撮ってはります。

「お造りはどないさせてもらいましょ。薄造りにしてポン酢で召し上がってもらうか、平《ひら》造りにしてワサビ醤油《じょうゆ》か塩で食べてもらうか。うちはおまかせコースしかおへんのですけど、お造りだけは選べるようになってます」

お造りを選べることにどれほどの意味がおすのか、よう分かりまへんけど、そんなことは言えしまへん。うちは薄造りをポン酢でお願いしました。

こちらのお店、先附《さきづけ》はなしどす。いきなり八寸《はっすん》がでてきました。話には聞いてましたけど、盆と正月がいっぺんに来たような派手なお料理どす。

「今の時季はなんと言うてもお月見です。八寸ぜんたいから月見の空気を味おうてもらえたら嬉しおす」

　三山はんが得意気な顔をうちらに向けてはります。よっぽど自信がおありなんやろけど、うちはこういうこけおどしは好きやないんですわ。黒漆《くろうるし》の折敷《おしき》にススキを敷き詰めて、吾亦紅《われもこう》やら、女郎花《おみなえし》を飾ってはります。その合間に小鉢やら小皿がちりばめてあるんどすけど、このお花は余計やと思いまっせ。

「さすが京都を代表する人気割烹だ。八寸に今の季節が見事に映しだされている。目で味わう、お手本だな」

　腕組みをして、門野はんがうなってはりますけど、東京の食通さんは、こういう派手な仕掛けがお好きなんどすやろなぁ。

「食べ終わると、すごいものが現れますぞ。この器だけでも幾ら掛かっているか」

　槇谷はんがススキを手でよけて、折敷の真ん中を見て目を輝かせてはります。おおかた金漆でお月はんが描いたぁるんでっしゃろ。見んでも分かりますわ。器にそのものズバリを柄として使うのは、あんまり上品やおへん。淳くんもいっつもそない言うてはります。

「八月の折敷は大文字《だいもんじ》焼きの柄だったそうじゃないか。それも見てみたかったたな」

松浦はんも、あんまり京都に詳しいないみたいどす。京都では大文字焼きてな言葉使いまへん。あれは五山《ござん》の送り火て言うんどっせ、て教えてあげよかしらん、とも思うたんですけど、辛抱しました。今日はお招《よ》ばれの席どっさかい、できるだけ余計なことは言わんようにしてます。

「さすが松浦さん。お耳に届いてましたか。先月はこんなんを使《こ》うてました」

カウンターの奥の水屋から、黒漆の折敷を取りださはった三山はんが、松浦はんに見せてはるのを横目にしてびっくりしました。

山が五つ並んで、そこに大やら妙法やら鳥居やらが、赤漆で描いてありますねん。分かりやすい絵柄どすけど、情緒もなんにもおへんがな。

「八月だけにしか使わない器に、これだけの細工をするのですから、贅沢の極みですよ。さすが祇園というしかないですな」

槇谷はんが自分のことみたいに自慢しはると、三山はんの鼻が、ますます高うなりました。

芸妓ごときがえらそうなこと言うみたいでっけど、この人ら、ほんまに食通どすんやろか。祇園の日本料理屋はんで、こんな品のない器使うたはるとこは、見たことおへん。今日び、修学旅行向けの土産もん屋はんでも、こんな柄行きやったら売れしまへんえ。

「どれも手の込んだ料理だね。おお、この団子はなにでできているんだ？」

九谷《くたに》ふうの小皿に、串刺《くしざ》し団子が載ってます。鴨《かも》のつくねと違うかしらん。

「フォアグラと近江牛《おうみぎゅう》のつくねです。鱧《はも》の出汁《だし》にひと晩漬け込んだフォアグラですさかい、味に深みがあると思います」

味に深み、てあんたが自分で言うか。突っ込みとうなりましたけど、ここもじっと我慢どす。

「鱧とフォアグラですか。三山さんしか思いつかないマリアージュですな」

槇谷はんは、これ以上近づけへんやろ、ていうぐらいに接写してはります。きっとたいそうな記事を書かはりますんやろねぇ。

いつからどすやろ。フォアグラやとかトリュフとかを、平気で日本料理に使わはるようになったんは。

そら、時代の流れがあるんどすさかい、かけらも使わんときやす、とは言いまへんえ。けどねぇ、鱧は鱧の持ち味がおすやんか。そこへ無理にフォアグラを足《た》さいでもええと思うんですわ。て、えらそうなこと言わしまへんえ。口にチャックどす。

善さまやったら、こんなレシピは絶対買わはらへんと思いますわ。

まだ八寸の料理がようけ残ってますけど、お造りがでてきました。なんぞ急《せ》かはる理由があるんどっしゃろか。

「門野先生は、料理が途切れるのがお嫌やと聞いてますので、重なってしまいましたけど、よかったですか」

三山はんが謎解《なぞと》きをしてくれはりました。

はあ。昔ふうの男はんですなぁ。うちらのお座敷でも、ときどきそういうかたがおいやす。いっつもお膳《ぜん》の上に料理が載ってんと機嫌悪いていう旦那《だんな》はんは、昔はようけおいやしたそうどす。ご馳走《ちそう》いうのは目の前にようけ料理が並んでることを言うんや。もう亡《な》くならはりましたけど、和装業界のドンもそない言うてはりましたわ。

「お声掛けてもろたら、お椀《わん》も出させてもらいますんで」

せっかちな門野はんに合わせてはりますんやろな。三山はんも大変どす。

「もう出してもらってもいいぞ」

門野はん、ほんまにせっかちなお人やなあ。まだお造りはほとんど残ってますやん。

そこへお椀が出てきたら、どっちを先に食べてええもんやら迷いますがな。

お椀は熱いうちにいただきたいし、かと言うてお造りを後回しにしたら、ぬるうなってしまいます。うちだけお椀はあとから出してもらうようにお願いしよかしらん。

いや、お招ばれしてる身《み》ぃで、そんなわがままは許されしまへんやろな。

「椀ものは京料理の華ですからね。愉しみです」

松浦はんもせっかちなお方みたいどす。

「九月のお椀は月見仕立てです。蓋《ふた》を開けてもろたときのお愉しみやさかい、中身は内緒にしときます」

三山はんが合図しはると、ふたりの脇板はんが、蓋付きのお椀をカウンターに四つ置かはりました。

「そう来ましたか。なるほど、月見にはぴったりですな」

槇谷はんがにやりとしはったんも、なんとのう分かります。黒漆のお椀に透き通ったお吸いもん。椀種《わんだね》は丸ぅて黄色い蒸しもん、すっぽん豆腐やと思います。この時季のお椀に淳くんも『ZEN』でよう使わはります。黒いお椀に透き通った吸い地が薄雲に見えて、すっぽん豆腐は満月に見えますねん。

「丸豆腐のなかには刻んだすっぽんの身と、キャビアが入ってます。スプーンで掬《すく》うて食べてください」

フォアグラの次はキャビアやそうどす。次はトリュフが出てくるんと違いますやろか。

それは横に置いといて、肝心のことをそろそろお訊きせんとあきまへん。

「今日は昨日と違うて、ええお昼ご飯になってよろしおしたなぁ」

お椀を食べながら、どなたはんにとものう、水を向けてみました。

「まったくだ。昨日の店は思いだすだけでも、腹が立ってくる」

思うたとおり、真っ先に門野はんが反応しはりました。よっぽど気に入らなんだんどすなあ。

「お客さんをお店から追い出すやなんて、ただごとやおへんねぇ。どこのどんなお店やったんか、参考に聞かせとぉくれやすか。そんなひどいお店が京都にあるやなんて、うちには信じられへんのどすけど」

「ねえさんの言わはるとおり、ほんまに京都のお店にあるまじきことです。東村《ひがしむら》も割烹をやってたころは、まともな男だったと思うのですが」

三山はんが鱧の骨切りをしながら、眉《まゆ》をひそめてはります。

京都の鱧て言うたら七月が旬《しゅん》やとされてます。それは魚自体の旬ていう意味やのうて、別名を鱧祭りて呼ばれてる祇園祭の時季やさかいどす。その鱧を京都の割烹屋はんが九月に使うとなると、なんぞ工夫せんとあかんて、よう淳くんが言うてはります。旬は直球やけど、名残りになったら変化球を出すんやて。さて、三山はんは、どんな鱧料理を出してきはるんか、愉しみどすわ。

それはさておき、どうやら門野はんらが追い出されはったんは、東村はんというかたのお店みたいです。御所《ごしょ》の南のほうで『ひがしむら』ていう割烹をやってはった、東村卓矢《たくや》はんのことと違うかしらん。二回ぐらいお邪魔しましたけど、ええお店どした。去年の夏ごろやったか、突然店仕舞いしはって、びっくりしました。うちらの耳には届きまへんどしたけど、どっかで別のお店をやってはるみたいどす。

「わしはその割烹時代を知らんのだが、評判は聞いておった。あんまりいい評判じゃなかったがな」

門野はんが鼻で笑わはりました。

気立てのええ女将さんとふたりで切り盛りしてはって、コースやのうてアラカルト専門でやってはったさかい、料理が出てくるのが遅かったりは、ようありました。お馴染《なじ》みはんらは、事情が分かってはるさかい、なんにも言わんとじっと待ってはったんどすけど、おまかせコースに慣れてはる一見《いちげん》さんらは、辛抱できなんだみたいで、怒って途中で帰ってしまわはるお客さんもやはったらしいですわ。たしかに、せっかちな門野はんには向きまへんわ。

そういう人らはネットでもクソミソに書かはりますやろ。そやさかいグルメサイトの点数も、あんまり高いことはおへんどした。

「『ひがしむら』には一度行きましたが、オペレーションがまずくて、料理に間が空いてしまうんですよ。無理してアラカルトにせず、コース料理にすればいい、とアドバイスしてやったのに、頑固な男でね。腕は悪くなかったので、蕎麦屋に転身したと聞いて、期待してたんですが。彼の性格はそもそも料理人向きじゃありませんな」

槇谷はんが、苦虫を嚙《か》みつぶしたような顔でお酒を飲んではります。いっつもお膳の上に料理が並んでんとあかんていう、このお三方には、たしかに不向きなお店どしたわ。

「だいたい、取材拒否なんて、えらそうなこと言ってる料理人は、その時点で店を持つ資格がありませんよ。こっちはタダで宣伝してやるって言ってるのに、それを断るなんぞ、不遜《ふそん》もいいところです」

松浦はんもおんなじような顔をして、お椀を食べてはります。取材拒否してはったかどうかは分かりまへんけど、赤い格付け本の掲載は辞退してはったて聞いたことがあります。

おおかた、このお三方の考えかたが分かりました。想像どおりて言うたら、生意気に思われるやろけど、食通ぶってはるかたやとか、マスコミ関係のかたには、こんな感じの方がようけいらっしゃいます。

取材してやるさかい、タダで飲み食いさせろて言わはる人は少《すく》のうないみたいどす。淳くんがよう嘆いてはります。

「鱧の源平焼《げんぺいやき》です。焼きたてですさかい、熱いうちに召しあがってください」

脇板はんが四人の前に置かはったんは、織部《おりべ》の角皿に載った焼鱧どす。

「付け焼と白焼を、それぞれ平家と源氏に見立てて源平焼と呼ぶのですが、これもまた京都ならではの粋《いき》な趣向ですな」

槇谷はんの解説にうなずいてはるとこを見ると、門野はんは源平焼をご存じなかったみたいどす。今どきめずらしいこともない思うんどすけど。うちらの『小堀商店』には、もっと深みのある源平焼のレシピがあるんどっせ。そう言いとうて堪《たま》らんかったんどすけど、我慢しました。

「付け焼のほうには粉山椒《こなざんしょ》を振ってもろて、白焼のほうはワサビを載せて食べてください」

三山はんも得意げな顔をしてはります。

そう言うたら、『小堀商店』に、鱧の源平焼のレシピを売ってくれはった玉村《たまむら》はん、どないしてはるやろ。いっぺん訪ねたげんとあきまへんな。て、肝心の話が途中でした。続きを訊《たず》ねんとあきまへん。

「東村はんて、たしか御所の近くで割烹屋さんをやってはりました方どすな。突然お店を閉めはってびっくりしてたんどすけど、別のお店をしてはるんどすか？」

「芸妓さんたちの情報網は京都中に張り巡らされているそうだから、てっきりご存じだと思っていたのですが、彼が蕎麦屋をやってることは知りませんでしたか？」

スマートフォンを取りだして、松浦はんがお店の外観写真を見せてくれてはります。

『ひがしむら』はんは町家を使うた洒落《しゃれ》たお店どしたけど、写真で見る限り、こちらのお店は見る影もおへん。お蕎麦屋はんていうより、倉庫ていう感じどす。どないしはったんやろ。けど、こんな、て言うたら失礼やけど、鄙《ひな》びたお店に食通はんらが、なんで行かはったんかが、ますます気になります。

「いまだに僕は納得がいきません。なぜ門野先生が蕎麦やすっぽんの産地を訊いただけで、あの主人が機嫌を損ねたのか。いや、損ねるぐらいなら許せなくもないが、客を追い出すことまでしたのか」

鼻息を荒《あろ》うして、松浦はんが憤慨してはります。

「あの値段ですから、おおかた人には言えんような食材を使うとるんでしょう。痛いとこを突かれて逆切れしよったんやと思いまっせ。いつまでも気にしはるようなことやおへん。京都にはときどき、あの手のヘンコな料理人がおるんですわ」

鼻で笑いながら、三山はんが小さい土鍋《どなべ》を飛驒《ひだ》コンロに載せてはりますねんけど、なんの鍋どすやろ。

「昨日の口直しと言ってはなんですが、今日は旨いすっぽんを出してくれと、しっかり頼んでおきました」

槇谷はんが板場を覗きこんではります。

やっと話の筋が見えてきました。

お蕎麦屋はんに転身しはった『ひがしむら』はんとこへは、すっぽん蕎麦を食べに行かはったんや。ほんで門野はんが、すっぽんやとか蕎麦の産地を訊かはったんで、東村はんが追いださはった。そういうことみたいどす。

けど、ほんまにそれだけのことで、お客はんを追いださはったんやとしたら、東村はんも大人げないいんと違うやろか。今日びのお客はんは、よう、そういうことを訊きたがらはりますやん。適当に答えといたらええんと違いますのん。ここだけの話どすけど、淳くんなんかいっつもそんな感じどすえ。それでお客はんも納得しはります。

客商売は気ぃ短《みじこ》うしたら負けどす。

「なるほど。さっきのすっぽんは露払《つゆはら》いだったのか。この香りだけでも、横綱の風格を感じられるじゃないか」

土鍋のふたを取って、門野はんが鼻を近づけてはります。思うたとおり丸鍋みたいどす。

「先生、さすがです。この深い味を出すには、相応の原価と手間がかかる。まがい物のすっぽんなど食べなくてよかった。江戸の敵《かたき》を長崎で討つ、ってところですかね」

丸鍋を食べながら、松浦はんはご満悦のようです。

たしかに文句はありまへん。泥臭さもおへんし、化学調味料の味もしまへん。すっぽんらしい深みもおすけど、丸鍋いうたら、どこのお店でもこれぐらいのもんはいただけます。また身びいきやと思われるやろけど、淳くんの丸鍋も全然負けてしまへん。

「ほんまに美味《おい》しい丸鍋どすなぁ。こんなんいただいたら、よそのお店で食べられしまへんやん」

これくらいは言うとかんとあきまへんやろ。

「芸妓さんの口のうまさは聞きしにまさるな。三山くんも料理人冥利《みょうり》に尽きる、っていう顔をしてるじゃないか」

門野はんが言うてはるとおり、三山はんはほっぺたを紅《あこ》うさせて、鼻息を荒うしてはります。おせじが過ぎたかもしれまへんな。

「おじょうず言うてるんと違いますえ。うちは宮川町一の正直もんで知られてますねんよ」

ええ、芸妓の役目は最後までまっとうせんと。

「まぁ、花街《はなまち》の女性の言葉を、額面どおりに受け取ったら恥をかくと言われているからね」

松浦はんの言うてはるとおりどすけど、花街は、かがい、読みますねんで。

丸鍋のあとはお肉どす。最近の割烹はどちらさんも牛肉を主役にしてはります。今日は近江牛の赤身の角切りステーキですわ。フォアグラやら生ウニやら、キャビアてな高級食材をトッピングしてはるのも、最近の流行《はや》りどす。

「四十日寝かせた熟成牛です。懇意にしてる草津のお肉屋さんから仕入れたもんですから、きっと他では味わえん旨みがあると思います」

カウンターに両手をついた三山はんは自信たっぷりです。

草津て聞いて、ピンときました。最近えらい人気になってるお肉屋はんのことや思います。お肉を売ってはるだけやのうて、レストランもやってはりますねんけど、日本中から食通の人が集まってきはる人気店どすわ。ご主人もテレビに出てはって、今では肉のカリスマて呼ばれてはります。

けどねぇ、なんや腑《ふ》に落ちんのどすわ。ずっと前から、美味しい近江牛売ってはるて、知る人ぞ知るお店どしたけど、近くに行ったら買《こ》うて帰らんとあかん、ていうくらいのもんどした。

それが今では草津詣《もう》で、て言うてもええような感じどす。こちらのお肉を食べるためだけに、わざわざ東京から草津へ来はるんどっせ。けったいな話どすがな。ブームかなんや知らんけど、天ぷら食べるためだけに静岡行ったり、お肉食べるためだけに近江の辺鄙《へんぴ》な場所へ行くて、やっぱりおかしい、て、よう淳くんが言うてますけど、うちもそう思うてます。

「こうして味を重ねると、ますます料理が輝きますな。生ウニにキャビアを載せると、肉の旨みが三重奏になります」

槇谷はんはバシャバシャ写真を撮ってはります。

お肉のあとは伊勢海老《えび》のフライ。何度の油で何分揚げて、何秒寝かすんやて、三山はんが説明してはりますけど、いちいち覚えてられしまへん。松浦はんと槇谷はんはいそいそとメモしてはりますわ。そんなん聞いてどないしはるんやろ。真似《まね》して料理しはるようには思えしまへんし、ただ知識をひけらかしたいだけやないか思いますねん。プロの料理人さんどうしなら、分からんことおへんけど。

て、口に出すことはおへなんだけど、今日は心のなかでずっとボヤいてました。

ご馳走になった上に、ええ勉強させてもらいました。東村はんのお店の場所も聞いたことやし、これから淳くんと木原《きはら》の裕《ゆう》さんに連絡して、行ってみよと思うてます。

すっぽん蕎麦しかメニューがないていうのは、おもしろいですやん。ふつうにお店をやってはるんやから、レシピを売るてなことは、まったく考えてはらへん思いますけど、話のタネに、いっぺんは食べてみとぉす。あの人らを追いださはったいうのも、なんやしらん、気持ちのスカッとする話やし。あの東村はんが、どんな理由で割烹から蕎麦屋はんにならはったんかについても、気になりますやん。

3.『蕎麦ひがしむら』

今にも雨が降りだしそうな曇り空を見上げてから、〈京都市なんでも相談室〉の副室長を務める木原裕二《ゆうじ》は、地下鉄東西線京都市役所前駅へ通じる階段を駆け下りた。

ふく梅から『蕎麦ひがしむら』の話を聞いた木原は、三日後のランチを提案し、淳と三人で〈まる蕎麦〉と名付けられた蕎麦を食べに行くことになったのである。

午前中最後の相談を我ながら見事に解決したものの、約束の時間から十分近く遅れている。駆け足で改札口を通り抜けると、ホームへ続く階段を全速力で駆け下り、太《う》秦天神川行《まさてんじんがわ》きの車両に乗りこんだ。

「危険ですから駆け込み乗車はおやめください」

車内アナウンスを耳にして、いたたまれなくて肩をちぢめた。

ふく梅からの話を聞いて、一も二もなく『蕎麦ひがしむら』を訪ねようと思ったのは、〈まる蕎麦〉を食べたかったのももちろんだが、かつての人気割烹を突然やめて、ひっそりと蕎麦屋をやっていることに、強い興味を抱いたからでもある。

おまかせコース全盛の京都の割烹界にあって、豊富なアラカルトメニューを揃《そろ》え、リーズナブルな価格で料理を提供していた『割烹ひがしむら』は、観光客よりも地元客でにぎわう店だった。

常連客に連れられて二度ほど夕食を摂《と》ったが、物腰の柔らかい主人と、快活な女将のていねいな接客は心に残るものだった。

食材の産地自慢をするでもなく、旬の素材を素直に調理し、酒を適価で提供してくれる理想的な割烹だったのが、なんの前触れもなく、去年の夏に突然店を閉めてしまった。

いろんな噂《うわさ》が飛び交ったものの、その後の動向を知らぬまま一年が過ぎ、とうに脳裏から消え去っていただけに、ふく梅から聞いた話には少なからずショックを受けた。〈まる蕎麦〉のみを供する蕎麦屋というだけでも興味津々《しんしん》なのだが、それをあの『割烹ひがしむら』の主人がやっているということ。更には祇園でも先斗町《ぽんとちょう》でもなく、西《にし》大路御池《おおじおいけ》近くという、風変わりな場所にあるということも大いに木原の興味を引いた。

待ち合わせ場所は『高田商店』という、角打《かくう》ちも兼ねた酒屋だ。地下鉄東西線の西大路御池駅で降りた木原は地上に出、広い御池通をわたって春日通《かすがどおり》を北に向かった。

「待たせて悪かったね。ちょっと仕事が長引いてしまって」

額に薄《うっす》らと汗をかいた木原は、ふく梅と淳に向かって頭をさげた。

「お仕事やさかい、しかたないですやん。お腹《なか》減りましたね。早速行きましょか」

淳が西に向かって歩きだした。

ジーンズに黒いTシャツを着ており、背中には大きな黄色い丸が描かれている。淳にしては野暮《やぼ》ったい絵柄のTシャツだなと思いながら、木原はそのあとをついて歩く。

「裕さん、気付いたげんとあきまへんやん。淳くんがシャレで着てはるのに」

薄緑色のフレアースカートに、白いブラウスを合わせたふく梅が、淳の背中を指さした。

「そうか。月とすっぽんというシャレだったのか。失敬」

淳の背中をポンとはたいた。

「秋やのに梅雨みたいなうっとうしい時季ですし、これぐらいの遊びしてんと、気が滅入《めい》ります」

振り返った淳がにこりと笑った。

「ぼちぼちお天道《てんと》さんに顔出してもらわんと、お月見どころやありまへんやん。頼んまっせ」

厚い雲に覆《おお》われた空をにらむようにして、ふく梅がボヤいた。

聞いていたとおり、看板もなければ暖簾《のれん》も出ていない。トタン張りの建屋《たてや》は、どうみても古びた倉庫だ。

「なんかの間違いやないですか？　どっから見ても蕎麦屋には見えませんよ」

淳の言うとおりだが、ドアの向こうからは芳《こうば》しい出汁の香りが漂ってくる。

「ドアの横に植木鉢がありますやろ。そこに置いてあるすっぽんの甲羅の、背中が上向いてたら営業中らしおっせ。三山はんがそう言うてはりました」

ふく梅に言われ、淳が南天《なんてん》の植わった鉢を覗いて、指でＯＫサインを作った。

まるで甲羅干ししているかのような、すっぽんの甲羅が看板代わりということらしい。

「こんにちは。よろしおすかいな」

ふく梅は、おそるおそるといったふうに、薄っぺらいアルミのドアを引き、なかを覗きこんでいる。

「いらっしゃいませ」

聞き覚えのある声だ。ふく梅がまず店に足を踏み入れる。様子を窺《うかが》ってからあとに続いた。

古びた外観からは想像もできない空間が広がっているのに目を奪われた。声を発することもできず、ぽかんと口を開いたまま、店のなかを見まわす。

以前は本当に倉庫だったのだろう。高い天井には太い木の梁《はり》が交差し、配線や配管がむき出しになっているが、無機質の部材が実にいい味わいを醸《かも》し出している。二十畳ほどの広い空間の大半は厨房《ちゅうぼう》になっており、結界の役目を果たしているだろうカウンターが、ひときわ目を引く。外観からは、まったく想像できないほど立派な設《しつら》えだ。

白木の一枚板のカウンターには六つの椅子《いす》が並び、その一番右端の席に先客が腰かけ、蕎麦をすすっている。

「予約をせずにお邪魔してしまったのですが、三人で蕎麦を食べさせていただけますか」

「どうぞどうぞ。うちは予約をお受けしておりませんので、材料がなくなるまでは、どなたでもお召し上がりいただけます。ただ、〈まる蕎麦〉しかメニューにありませんので、すっぽんが苦手な方には、申しわけないのですが、お出しできるものがありません」

尼僧《にそう》を思わせる柔和な顔立ちの東村は割烹店のときと同じ白衣を着て、白い和帽子をかぶっている。

「もちろんです。その〈まる蕎麦〉を食べたくて伺ったんですから」

木原がそう言うと、東村は笑顔で着席をうながした。

周りの様子を窺いながら腰かけると、箸《はし》を置いた先客が腰を浮かせた。

「ごっつぉはん。これで今日も昼から頑張れるわ」

作業着を着た恰幅《かっぷく》のいい紳士は、近所の商店主か、町工場の社長だろうか。ハンカチで額の汗を拭《ぬぐ》いながら支払いをしている。

ちらっと盗み見をすると、料金は千三百円のようだ。

値段のことは聞き忘れたと、ふく梅から聞かされて、自分なりに想像を立ててみたが、予想していた金額よりはるかに安い。

「おおきに。いつもありがとうございます」

東村は男性客に深々と頭を下げている。

ドアが閉まると、東村は三人分の蕎麦をゆで始める。大きな鍋のなかで蕎麦が踊り、東村は目を凝らして、その様子をじっと見つめている。木原はわずかに腰を浮かせ、鍋をのぞき込んだ。

余計なことを言って追い出されてはいけないので、いっさい言葉を発せず、じっと調理の様子を見守る。

一分経つか経たないか。菜箸で一本の蕎麦を掬いとった東村は、指で感触をたしかめると、素早く網杓子《あみじゃくし》で蕎麦を手繰《たぐ》り寄せた。

湯切りをして氷水でしめる。指と蕎麦と氷が混ざり合う音が店のなかに響く。

コンロには鉄鍋が掛かっていて、ごま油の匂《にお》いが立ち上っている。天ぷらを揚げるようだ。

ボウルのなかから、小さなお玉で天だねを掬いとり、油のなかにそっと落とす。少し間を置いて、三度それを繰り返す。かき揚げに違いない。菜箸で形を整えながら揚げる手付きは、熟達の割烹料理人そのものだ。

外側は黒漆、内側は朱漆に塗り分けられた、大ぶりの木椀に蕎麦を盛る。最近の蕎麦屋の蕎麦はしごく控えめな量だが、たっぷりでなんとも嬉しい。

つゆが入っている鍋は煮立つ寸前だろうか。なんとも言えない芳しい香りが鼻をくすぐり、いやが上にも食欲が刺激される。

葛粉《くずこ》を水で溶き、鍋に流し入れる。餡《あん》かけなのだ。

とろみの付いた蕎麦つゆをたっぷりと木椀の蕎麦に注ぐ。そこへ揚げたてのかき揚げを載せると、じゅーっと音が上り、蕎麦つゆがあぶく立つ。おろしショウガを天盛りにして〈まる蕎麦〉ができあがったようだ。

「おまたせしました」

カウンター席で待ちかまえる三人の前に、いよいよ真打ちが登場した。

「これが〈まる蕎麦〉どすか。思うてたんとは違いますけど、ええ顔してはる。お写真撮らせてもろてもよろしおすか」

「どうぞどうぞ。地味な絵づらだと思いますけど」

片付けの手を止めて、東村は苦笑いを浮かべている。

「ねえさん、写真撮ってる場合と違いまっせ。蕎麦は早《はよ》う食べんと」

淳が手を合わせてから箸を手に取る。

「ほんまや」

ふく梅は慌《あわ》ててスマートフォンを横に置いて合掌している。

しばらくのあいだ言葉を発する者はいなかった。

するすると蕎麦をすする音、ごくりと蕎麦つゆを飲む音、さくりとかき揚げを噛みしめる音だけが、何度も繰り返される。ときおりそこに交じるのは、交互に発する感嘆のため息だ。

手際《てぎわ》よく片付けをする東村は、我々の反応など気にかける様子もなく、淡々と鍋を洗い、ガス台を拭《ふ》き、床にそっと水を流す。

人気店にありがちな緊張感はみじんも感じられない。気に入らない客だからといって、店から追い出すような主人にはとても見えない。どういった状況だったのか。蕎麦を食べ終えかけて、木原はただそのことだけが気になっている。

「ほんま美味しかったわ」

真っ先に箸を置いたのは淳だった。

「おそまつさまでした」

東村が淳に笑顔を向けた。

「ひとつお訊きしてもいいですか？」

淳の口調が遠慮がちなのは、先日の二の舞にならないようにという気遣いからだろう。

「なんでしょう。分かることでしたらなんでもお答えします」

「かき揚げに入ってる具もすっぽんですよね？」

「はい。刻んだすっぽんです。肉でいうところの切込み、布に喩《たと》えるなら端切《はぎ》れでしょうか。そんな部分を集めて、刻みショウガと一緒にかき揚げにしてみました」

東村が即答した。

もちろんスープはすっぽんから取っているのだろうが、かき揚げがなければ物足りなさを感じるだろうことは否《いな》めない。端材《はざい》を使うことで原価を下げ、一杯千三百円という価格を実現させたのだろう。

「よく考えられましたねぇ。丸鍋ならさほど珍しくもありませんが、すっぽんの蕎麦となると、あまり聞いたことがありません。初めて食べる料理というのは感動しますね」

木原の言葉に、淳とふく梅は揃ってうなずいてくれた。

「ありがとうございます。そう言っていただけると何よりの励みになります」

神妙な顔つきをして、東村が深く腰を折った。

「割烹をやってはったときに、お店におじゃましたことがあるんどすけど、お蕎麦のお味がやさしいのは、前とおんなじどすな。ホッとしますわ」

「ありがとうございます。たしか宮川町の芸妓さんでしたね。お名前を忘れてしまって申しわけないのですが」

「こんな恰好してるのに、ようお分かりにならはりましたなあ。顔さえ覚えててくれはったら、それだけで嬉しおす。ふく梅言います。どうぞよろしゅうに」

ふく梅が花名刺を差しだすと、濡《ぬ》れた手を腰手ぬぐいで念入りに拭きながら、両手で受け取った。

「こんな店なので、あいにく名刺も作っておりません。改めて、東村卓矢と申します。どうぞよろしく」

東村が三人に顔を向けた。

「市役所の木原裕二です。わたしも以前のお店には伺ったことがあります」

「森下淳て言います。同業です」

ふたりで名乗った。

「そうでしたか。みなさんのお口に合いましたでしょうか」

東村の問いかけに、そろって首を大きく縦に振った。

「不躾《ぶしつけ》で申し訳ありませんが、なぜ割烹をやめて、このお蕎麦だけのお店になさったんですか？」

訊きたかったことを、いきなりストレートに口にした木原を、ふく梅と淳は驚いた顔でまじまじと見ている。

「家内とふたりで切り盛りしていたんですが、無理がたたって、家内が身体を壊してしまいましてね。子どもが小さいこともあって、家事に専念してもらうことにしたんです。そうなると、僕ひとりでできるお店って限られてきますよね。いろいろ考えた結果、こんな形になったんです」

気負うこともなく、率直に東村が思いを語った。

門野たちはたしかに面倒な客であっただろうが、店が客を追い出すというのは、決してほめられたことではない。以前の印象では腰が低く見えたが、性格が変わってしまったのではないかと危惧《きぐ》していた。それが杞憂《きゆう》に終わったことにホッとするとともに、門野らが追い出された理由を、ますます知りたくなった。

「お人さんを雇うてお仕事しはるのは、苦手な性格なんどすやろねぇ」

「はい。本当なら若い料理人を育てないといけないのでしょうが、周りの者に自他ともに厳しすぎる性格だなどと言われておりまして、今の時代には向かないだろうと思います。家内と一緒に仕事するのがせいぜいです」

東村が苦笑いした。

「僕はまだまだ育ててもらう側ですけど、歳《とし》とっても、たぶん料理人を雇うことはせえへんやろと思います」

「理恵《りえ》ちゃんを雇うてるやんか」

淳の言葉にすぐさまふく梅が反論した。

「理恵ちゃんは料理人と違いますやん。料理も勉強してますけど、あの子は料理人を目指してるんやないと思います」

淳が理恵に対する思いを口にした。

「ここでそんな話になるとは思わなかったよ」

内輪話をこれ以上続けないようにという意を込めて、やんわりと釘《くぎ》を刺した。

「うちのことは、どこでお知りになられたんですか」

器を下げながら東村が訊いてきた。

「あるお客さんからお聞きしましたんどすわ。食べる前に追いだされた蕎麦屋があるて。よっぽど気骨のある方やないと、今どきそんなことはできしまへんやん。こちらのおふたりにその話をしたら、えろう興味を持たはって」

ふく梅の言葉にどう反応するか、東村の表情をうかがってみる。

「そうでしたか。あの人たちなら、さんざん僕の悪口を言っておられたんじゃないですか」

半笑いというのだろうか。右側の顔は笑っているようで、左側は険しい顔つきをしている。

「たぶんご想像どおりやと思います」

ふく梅が真顔で答えた。

「正直、僕らもお客さんに帰って欲しいて思うときありますけど、ほんまに追いだされるなんて、よっぽどのことやったんでしょうね。ラーメン屋の主人なんかで、気に入らんかったら帰れ、てなこと言う人いますけど、東村さんは、全然そんなふうに見えませんもん」

淳が言い終わるのを待っていたように、東村は厨房を出て、玄関のドアを開けた。

「今日の営業はおしまいです」

すぐに戻って、誰に言うでもなくつぶやいた東村は、和帽子をかぶり直した。

すっぽんの甲羅を裏返してきたのだろう。ほかの客には聞かせたくない話をしてくれるのだと、期待に胸がふくらむ。

「芸妓さんなら、きっとあの方たちの素性はご存じだろうと思いますが、一番苦手な人たちなんです。あのなかのおひとりは、前の店のときにもお越しになって、料理が遅いとか、食材の質が悪いとか、なんだかんだ文句を言って、私も家内もつらい思いをしました。もちろん、他にもわがままをおっしゃるお客さまもおられましたが、あくまで美味しいものを食べたいという前提のもとでのわがままなんですよ。でもあの人たちは違いました。こちらを試す、というか、困らせようという意図が透けて見えるのです。店がお客さまをえり好みしてはいけない。そんなことはよく分かっているのですが。どうしても我慢ができなくて、つい」

うつむき加減の東村が、唇を噛んだ。

「お気持ちはようよう分かります。うちにもときどき、その手のお客さんが来はりますわ。すぐによその店と比較したり、産地証明を見せろて言うたり」

淳は東村に心を寄せているようだ。

「なんやのん？ その産地証明て」

ふく梅はよく知らないようだ。

「カニやったらタグが付いてるでしょ？ あれとか牛肉やったらトレーサビリティとか、野菜はどこの産地のどこの農家やとか。まぁ、そら根掘り葉掘り訊かはるお客さんが、ようやはります。そういうことを自分は知ってるんやで、食通なんやで、て自慢したいだけや思いますけど」

「四日ほど前でしたか。店に入るなり、こんな汚い店で商売するほど金に困っているのか、とか、一人ということは女房に逃げられたのだろうなどと言いたい放題でした。それでも我慢していたのですが、すっぽんの産地を教えろと言われて、安心院《あじむ》だと答えますと、そんな田舎の泥臭いすっぽんをよく使ってるなと言われまして。家内の実家から無理を言って送ってもらっているすっぽんにまでケチを付けられたので、さすがに我慢ができずに、お帰りくださいと口にしてしまいました」

「ようそんなひどいこと言わはりますなぁ。何が目的でそないなことを」

ふく梅の声に怒りが混じっている。

「安心院は立派なすっぽんの産地です。何を根拠に泥臭いと言ったのか、理解に苦しみますね」

木原もふく梅と同様に、不快感を表明した。

「あの方たちは、値段が高いほど上等だというイメージをお持ちのようで、うちのような値ごろな価格で料理を出していると、それだけで安物の食材を使っていると決め込んでしまうのです」

東村が深いため息をついたのは、歯がゆさゆえのことだろう。安かろう悪かろう、という考えは広く浸透しているところだが、食の世界においては近年ますますその傾向が顕著になってきている。

高額食パンブームなどもその典型だ。高ければ高いほど美味しいと思い込んでいる消費者が安易に飛びつき、やがてその味に飽きて忘れ去ってしまう。幾度こういう愚を繰り返してきたことか。木原の脳裏には、いつもそれを嘆いている小堀の顔が浮かんだ。

「たしかにこの価格で、真っ当なすっぽんを使うのは難しいと思います。五十年にわたって、すっぽんの養殖を続けてきた、家内の実家から直接卸《おろ》してもらっているからできる価格です。それも高級料理店に卸しているすっぽんの端肉を、破格の値段で卸してもらっているからなんです。でもそんなことまで、いちいち説明する必要もありませんしね。聞く耳を持たない人たちには何を言っても無駄です」

お手上げだと言わんばかりに、両手のひらを天井に向けた。

東村が言うように、すっぽんには高級食材のイメージがある。すっぽん鍋専門の老舗《しにせ》料理店が京都にはあり、つとに名高いが庶民には縁遠い価格だ。それに比べれば、この店の〈まる蕎麦〉は破格の値段である。

「お話を聞いて納得しました。僕もさっきから、そこに引っかかってました」

淳が何度もうなずいている。

「ところで、なぜ〈まる蕎麦〉一本のお店を、失礼ですが、こんな辺鄙な場所で、それも隠れ家のようにして開こうと思われたのですか？　割烹店は至極《しごく》順調だったようにお見受けしたのですが」

　単刀直入に訊いた。

「裕さん、どないしはったんどす？　さいぜんもおんなじこと訊いてはりましたえ。無理がたたって奥さんが身体壊さはったんで、ひとりでできる蕎麦屋にしたんやて、答えてはりましたやんか」

　ふく梅は、さっきのやり取りを忘れてしまったのかと嘆いている。

「まだボケてはいないよ。もっと深い理由があるんじゃないかな、と思っただけだ」

　苦笑しながら、東村に視線を向けた。

「深いかどうかは分かりませんが、たしかに、他にも理由はあります」

　木原に視線を返し、東村はコップの水を飲みほしてから続ける。

「ひと言で言うと、今の食のあり方に嫌気がさしたんです。特に京都の割烹の現状は、どう見ても異常です。僕も危うくその波に飲み込まれそうになりましたが、家内の助言もあって、なんとか踏み留まることができました。もうこれ以上、この世界に身を置いていてはいけない。そう思ったんです」

こちらの目をまっすぐに見つめながら、東村は思いを語りはじめた。

「すんまへん。分かったような分からへんお話どす。うちみたいなもんにも分かるように、かみ砕いて言うてもらえますやろか」

話の筋道は分かっているだろうに。ふく梅は詳細を訊きだそうとしているに違いない。

「みなさん、よくご存じのように、料亭と違って、割烹の醍醐味《だいごみ》はお客さんの好みに応じて、臨機応変に料理するところにあります。一匹の鯛を、造りにするのか、焼くのか煮るのか、そのときのお客さんのご希望に応じて料理するのが割烹の役割なんです。それが今では大半の店が、おまかせコースだけにしてしまっていて、お客さんのほうも、それが割烹だと思いこんでしまっています。東京からお見えになった食通で知られるタレントさんが、座敷で食べるのが料亭で、カウンターで食べるのが割烹だ、とお連れの方に説明されているのを聞いて、がっかりしました。こうなってしまったことの一端は、僕ら料理人にあると思っています。その責任を感じていたからこそ、コースを作らずアラカルトだけでやっていたのですが、ほとんどのお客さんは、コースをやっていないと言うと、がっかりされていました。いちいち注文をするのが面倒だとおっしゃるのです。これにはまいりました。啓蒙《けいもう》なんて偉そうなことは考えていません。少しでも誤解を解くことができればと思ってやってきたのですが、もはや無駄な抵抗だと悟ったんです」

「そこで思いつかはったんが〈まる蕎麦〉やったんですね」

淳が合いの手を入れた。

「ただ、これも言ってみれば、つなぎなんです。料理人として、生涯これを続けていく意思があるかと自問したら、自信を持ってそうだとは言えません。本当に自分が作りたい料理はほかにあることも分かってきました」

「ヘンな言い方になりますけど、なんや東村さんがうらやましいです。常に自分に問いかけて、自分がどんな料理を作りたいかを考えるて、なかなかできひんことです。自前の店でも難しいやろに、雇われもんにはとっても無理ですわ。店をやっている以上、何がどうあっても利益を上げんならん。すべてはそこからスタートしますやんか。幸いうちのボスは理解があって、損失さえ出さなければいい、て言うてくれはるんですけど、ふつうはそうはいきませんわね。自分が出したい料理より、お客さんにウケる料理を出してしまいます」

「趣味でやってるわけではありませんから、当然利益を上げなければなりません。ただ、儲《もう》けるためなら、自分の主義主張を曲げていいとは思えないんです。やり続けるのであれば、本来の割烹の姿を貫きたい。世の中の流れに迎合したくないんです」

ふく梅が小さく拍手した。

「ええお話ですやん。ほんまに言わはるとおりやわ。ちょっと前までは、そんなことおへなんだと思います。予約なしで、ふらっと暖簾くぐって、ちょこちょこっとつまんで飲んで、みたいな割烹屋はんが、ようけあったのに、いつの間にやら、おまかせコース一辺倒になってしもうて。それも急に値段上げはって。ちょっとお酒飲んでコース食べたら、三万、五万が当たり前になってきてますやんか」

ふく梅が憤慨すると、東村が大きくうなずいた。

「割烹はあきらめて、これからずっとこの〈まる蕎麦〉一本でやっていくわけではない、と。今後はどうされるつもりなのですか」

そう問いかけると、東村は少し間を置いてから口を開いた。

「僕がほんとうにやりたいのは、家庭料理とプロの料理の中間なんです。料理の基本はオフクロの味にあると思っていますが、そこにプロの技を加えれば、ベストな料理ができるんじゃないかと考えています。そしてそれが一番似合うのは民宿だろうと。かっこよく言えば、和風オーベルジュでしょうか。一日ひと組のお客さんだけをお泊めして、夜はカウンター席でアラカルトを食べてもらう。そんな小さな宿をやりたいんです。お話ししたように、家内の実家が安心院にありまして、畑のなかの一軒家なんですが、空気も水もいいし、そこでやりたいと思っています。家内の両親も大歓迎だと言ってくれています。一緒に住んで、娘夫婦と民宿やるなんて最高に愉しい老後だと言って」

東村の目がきらきらと輝きはじめた。先ほどまで、濁った目を沈ませていたのが嘘《うそ》のようだ。

「こんな美味しい〈まる蕎麦〉を食べられへんようになるて、ほんまに寂しいことや。ねえさんもそう思わはりますやろ?」

淳がふく梅に目くばせした。『小堀商店』でのレシピ買取を目論《もくろ》んでいるに違いない。

「その民宿でも、この〈まる蕎麦〉をメニューに載せはるんですやろ？　きっと人気が出る思いますえ」

阿吽《あうん》の呼吸で、ふく梅が探りを入れた。

「すっぽんは使うつもりですが、〈まる蕎麦〉はやりません。というか、蕎麦は使えないんです。残念ながら、家内の母親が蕎麦アレルギーなのです。蕎麦アレルギーは命に関わるって言いますから。民宿は民宿らしく、凝ったものではなく、素朴な料理を作ろうと思っています」

「よう分かります。うちの田舎にも、海水浴に来はる人向けの民宿が何軒かありましたけど、新鮮なお魚が一番のご馳走どした。あとはほんまの家庭料理やったように思います。温泉旅館の会席もええけど、素朴なお料理がでてくると、なんやホッとしますやん。東村はんの民宿てどんなんやろ。泊まってみとぉすわ」

「とても、京都の方に泊まりに来ていただけるような立派な宿にはなりません。そんな宿を作りたくても作れるわけないんですよ。ご覧の通り、こんな商売を続けてきましたから、貯金なんてものはほとんどありません。男として不甲斐《ふがい》ない話ですが、たくわえをしてこなかったのですから、借金するしかありません。それも最低限に留めて、あとは家内の実家の好意に甘えるしかないんです。……でも後悔はしてませんよ」

東村の目には、きっと三人が憐《あわ》れんでいるように映ったのだろう。前屈《まえかが》みになっていたのが、胸を張り、晴れやかな表情を作った。

「せっかく素晴らしいメニューを完成なさったのですから、どなたかにレシピを教えて、あとを継いでもらってもいいんじゃないですか。〈まる蕎麦〉が消えてしまうのは、いかにも惜しいですよ」

言葉に力を込めた。

「それも考えたのですが、〈まる蕎麦〉だけだと、たいして利益も上がりませんし、行列ができるような料理でもありません。今流行りのインスタ映えもしませんしね。こんな地味なものを引き継いでやろうと思う物好きな人はいないでしょう」

東村が寂しげにため息をついた。

「もしもこの〈まる蕎麦〉のレシピを買いたいという人が現れたらどうされます？」

質問を投げかけてみた。

「レシピを買う？　なかなかおもしろい発想ですね。マンガだったらありそうです」

鼻で笑った東村は、冗談だと思いこんでいるようだ。

「マンガやのうて、ホンマの話どすねん」

背筋を伸ばしたふく梅がそう言うと、一瞬けげんな表情を見せた東村は、あきらかに不機嫌そうな顔をふく梅に向けた。

「からかうのはやめてください。レシピを買うなんて話、聞いたことありませんよ」

吐き捨てるように言って、三人に背中を向ける。

「冗談やて思わはるのも、もっともやと思いますけど、ホンマにレシピを買い取って集めてる人がおいやすねん。それがうちらのボスの小堀善次郎です」

「うちらのボス？　あなたたちは何かの組織に属してらっしゃるんですか？　さっきから話をさせていただいていて、うそを吐《つ》かれているようには見えませんが、どうにも信じがたくて」

東村は少しばかり興味を持ちはじめたようだ。

「僕は小さな和食屋の店長、ふく梅ねえさんは宮川町の芸妓、木原の裕さんは、京都市役所〈なんでも相談室〉副室長と、三人とも本業はあるんですけど、それとは別に『小堀商店』のスタッフなんです」

「その『小堀商店』いうのは、さいぜん言うた小堀善次郎がボスを務めてる、料理レシピの売買組織どすねん。組織て言うたら、なんやアヤシイ聞こえるかもしれまへんけど、真っ当な料理を残して伝えていかなあかん、と思うて、ホンマに真剣なんどすえ」

「小堀はかつて『洛陽百貨店』の社長を務めていて、わたしはその部下だったんです。決してふざけているのでもありませんし、冗談でもうそでもありません」

こちらの説明を聞きながら、東村は目を丸くしている。

「真剣な話だということはよく分かりましたが、まだ仕組みがよく理解できません。なぜレシピを集めておられるのか。目的はなんなのか。もう少し詳しく話していただけますか」

東村は茶筒から掬った茶葉を急須《きゅうす》に入れた。

「最初にお断りしておきますが、今日わたしたちがこの店を訪れたのは、純粋に〈まる蕎麦〉を食べるためでして、レシピ買取についてはまるで頭にありませんでした。それがお話を聞かせていただいているうちに、これは『小堀商店』の仕事だと思って、切りだした次第です。それをご理解いただいたうえで、説明いたしますと、まず、小堀がレシピを集める切っ掛けとなったのは、東村さんと同様の危機意識からです。このままでは、おかしな料理ばかりがはびこり、後世に残すべき、秀《ひい》でた料理が消えていってしまう。そうならないためには、自分で集めるしかない。その過程のなかで、きちんと次代に伝えていってくれそうな人と出会えればレシピを譲り渡す。そういう考えなんです。そして、優れたレシピを捜しだすのが、われわれ三人の役目です」

「なるほど。お考えは分かりました。実際には、どんなふうに売買が行われるのですか？」

「うちが説明させてもらいまひょ。この淳くんが店長してる『和食ZEN』ていうお店が祇園白川にあるんどすけど、その奥に『小堀商店』があります。そこの厨房で、実際に料理を作ってもらいますねん。それを食べて、善さまが買い取るかどうかを判断しはります」

「もちろん、大前提として、東村さんにレシピを売ろうというお気持ちになっていただかないといけませんが」

そう念を押した。

「あまりに急な話で、しかも思いも掛けないことなので、少し頭が混乱しています」

東村が天井を仰いだ。

「すみません。突然こんな話を切りだしてしまって。急ぐ話ではないので、奥さまともご相談されて、ゆっくりお考えください。お気持ちが固まりましたら、こちらにご連絡いただけるとありがたいです」

木原は市役所の名刺を差しだした。

「民宿はいつごろから始めようと思うてはるんですか？」

ふく梅が立ち上がりながら言った。

「実は二人目の子どもを授かりまして、紅葉のころが予定日なんです。家内は実家で産みたいと言ってますので、それをひとつの目途《めど》にしています」

「それはおめでとうございます。あんまり時間がないみたいですけど、決して急かせたりしませんので、じっくりと考えてください」

「つかぬことを伺いますが、仮に〈まる蕎麦〉のレシピを買い取っていただくとなると、いかほどの金額になるのでしょう」

東村が、おそるおそるといったふうに訊いた。

「うちらにも予測がつかしまへんのどすわ。すべてが善さまのお気持ち次第どすさかい。買取を決める場までお越しいただく交通費くらいにしかならんときもあるやろし、民宿にしはる際の改装費を充分まかなえる金額になるかもしれまへん。申しわけおへんけど、そんなお答えしかできまへんのどすわ」

「分かりました。家内にも相談して、考えが決まりましたらご連絡させていただきます」

神妙な顔つきでそう言ってから、東村が唇を一文字に結んだ。

店を出た三人は、昼間から角打ち客でにぎわう酒店を横目にして、地下鉄の駅に向かっている。

「思いがけん展開になりましたなぁ。まさか『小堀商店』の案件になるやなんて、思うてもいまへんどしたわ」

ふく梅の言うとおりだ。素直に〈まる蕎麦〉を食べてみたいと思っただけで、気骨のある主人の話も聞いてみたいというのは、付録のようなものだった。少し大げさかもしれないが、人生というのはわずか一時間先の予測もつかないものだと知った。

更に言えば、ふく梅が門野たちの宴席につかなければ、東村の店を訪ねるどころか、その存在すら知らないままで終わっていたかもしれない。

たった三日で三人が揃ったというのも、何かの糸に導かれていたのだろうと思わざるを得ない。

東村もきっと、その縁に気付いているはずだ。

「きっと乗ってきはりますわ」

前を歩くふく梅がそう言って振り向いた。

「料理人としての矜持《きょうじ》をしっかり持った人だから、お金でレシピを売るということに抵抗を感じるかもしれないね」

「けど、買取金額を訊いてはったから、まったく脈がない、ことはないと思います」

木原と淳のやり取りを聞いて、ふく梅がくすりと笑った。

「ねえさん、何がおかしいんです？　へんなこと言いましたか」

淳が気色《けしき》ばんだ。

「すんまへん。やっぱりおふたりとも、よう分かってはらへんなぁと思うて」

ふく梅の返答は火に油を注いだようで、木原も参戦することにした。

「何が分かっていないと言うんです？」

「なんですの、裕さんまで怖い顔しはってからに」

ふく梅がたしなめるような視線を向けてきた。

「よう分かってはらへん、というのは、どうにも聞き捨てならん、のですが」

「うちは、間違いのう東村はんがレシピを買い取って欲しいて言うてきはる思いますえ」

ふく梅がしれっと言った。

「ほお。言い切りましたね。いったい何を根拠に？　ふく梅さんこそ、東村さんの性格をよく分かってないんじゃありませんか？」

「淳くんはともかく、お子さんがふたりもやはる裕さんやったら、きっとお分かりやと思うたんどすけどなぁ」

ふく梅がそう言い終えると、木原はハッとして立ち止まった。

「さすがだ。〈まる蕎麦〉のことばかり考えていて、スルーしてしまっていた。たしかにそのとおりだ」

「ええ？　何がそのとおりなんです？　僕にはなんのことかさっぱり」

歩きながら淳は何度も首をかしげている。

「淳くんも早《はよ》うええ人見つけて所帯持たんとあきまへんなぁ。理恵ちゃんとはどないなん？」

「ねえさん、何言うてはるんですか。僕らはそんなんと違いますよ」

歩みを止めて、淳がきっぱりと否定した。

「早めにボスに連絡して、詳しいいきさつを話しておくことにするよ」

「そうしとうくれやすか。こっちから持ち掛けといて、ちょっと待って欲しい、てな不細工な返事できしまへんさかい」

「ほんまにそうなるんですかねぇ」

ひとり置いてけぼりを食った淳が、不満そうに小鼻を膨らませた。

4.『小堀商店』

芸妓という仕事柄、人の心を見抜くことに秀でているのか、おなじ女性ゆえ東村の妻の心理を理解してのことか。きっとその両方なのだろう。ふく梅の予言どおり、三人で『蕎麦ひがしむら』を訪れた翌日の夜には早速、東村卓矢から連絡があった。ぜひともレシピを買い取って欲しいということだった。

明けた朝、詳細を伝えると、一も二もなく、小堀は試食会の開催を決めた。

もろもろ鑑《かんが》みるとできるだけ早いほうがいいだろうという話になり、三人で〈まる蕎麦〉を食べてから五日目に、『小堀商店』でのレシピ試食が行なわれることになった。

九月に入ってから、ぐずついた日が続いていたが、今日は久しぶりに秋晴れとなった。爽《さわ》やかな初秋の風が頰に心地いい。

きっといい結果が出るだろうと、木原は晴れやかな気持ちで『和食ＺＥＮ』のドアを開けた。

「おはようございます。いいお天気になってよかったですね」

グラスを磨きながら、理恵が出迎えてくれた。

「今日はお休みだと聞いていたんだけど」

木原はスーツの上着を脱いで、ハンガーにかけた。

「その予定やったんですけど、連休が忙しくなりそうなので、仕込みをお手伝いすることにしたんです」

先日の、淳とふく梅のやり取りが一瞬あたまに浮かんだ。

「肝心の淳くんがいないじゃないか」

「ふく梅ねえさんと一緒に、もう奥のほうに行ってはります。東村さんが早くお越しになったので」

「みんな早いんだなぁ」

「初めてお会いしましたけど、東村さんて感じのええ人ですね。すごく緊張してはるようでしたけど」

「ボスはまだだよね」

「はい。お約束の時間までまだ十分ほどあります」

理恵が時計に目を遣《や》った。

「僕も奥へ行ってるから、ボスがお越しになったら案内してください」

脱いだ上着を手にして、店の奥へと向かった。

『小堀商店』は『和食ZEN』の奥にあるが、その存在を知る者はほとんどいない。トイレの隣にある二枚の扉を開くと、いつもの別世界が待ち受けている。

「おはようさんどす」

薄桃色の着物に身を包んだふく梅に声を掛けられた。

「よろしくお願いします」

店で会ったときとは、別人のように声を震わせる東村は、極度に緊張しているようだ。しわひとつない白衣は、おそらく奥さんがアイロンを当てたのだろう。和帽子にいたっては新品かもしれない。

「そんなに緊張なさらず。平常心でいきましょう」

木原が笑顔を向けた。

「緊張するなと言われても無理ですよ。実は家内にこの件を相談したら、小堀善次郎という方は大変有名な方だと聞かされまして。家内はデパートの食品売場に勤めていたことがあるんです。『洛陽百貨店』の小堀さんと言えば、泣く子も黙る神さまのような存在だったと、興奮しながら話してました。そんな方にレシピを買ってもらえたらどんなに名誉なことかと、家内は目を輝かせていました。それだけに、もしも失敗したらどうしようと思うと、足が震えてしまって。昨夜は一睡も出来ませんでした」

言葉どおり、東村は目を真っ赤に充血させ、青白い顔で頼りなげに立っている。

「ほれほれ、その神さまがお越しになりましたえ」

ゆったりと微笑《ほほえ》むふく梅の視線をたどると、理恵に先導されて部屋に入って来る小堀の姿があった。

「お待たせしました」

杖《つえ》を突いてゆっくりと歩く小堀は、ベージュの麻のスーツ姿で、けがの後遺症のせいか、以前に比べるといくらか足取りが重くなったように見える。

「はじめまして。東村卓矢と申します。本日はこんな機会を与えていただき光栄です。どうぞよろしくお願いいたします」

まるで機械仕掛けの人形のような、ぎこちない動きで、深々と頭を下げた。

「小堀です。そう固くならずに。いつもどおりにやってください」

一礼して、小堀はいつものカウンター椅子に腰をおろした。

『小堀商店』には、祇園白川の清らかな流れを真下に見下ろす大きなガラス窓があるのだが、〈まる蕎麦〉で頭がいっぱいになっている東村の視界には、まったく入っていないようだ。

広い厨房のなかを、右に左にと動き回り、ときに顔をしかめ、ときに首をかしげながら、東村が下準備を進めてゆく。

厨房を囲むように設えられたカウンター席の中央には小堀が座り、右隣には木原が控え、左隣はふく梅、その横には淳が座る。八つの目が東村の一挙手一投足に注がれることになる。

『小堀商店』には最先端の調理器具が備わっているが、残念ながら蕎麦を打つスペースはない。

「蕎麦は先ほど打ったものを使わせていただきます。挽《ひ》き立て、打ち立て、湯がき立てでないと、本来の蕎麦の味が出ないかもしれませんが、そこはご容赦ください」

木箱に入った蕎麦に粉を打ちながら、東村が額の汗を拭った。

「できる限りの設備は作ったのですが、蕎麦を打ってもらうことだけはできなくて」

木原の言葉は耳に入っていないようで、息を荒くしながら、東村は束ねた蕎麦を整えることに、気持ちを集中させている。

「どちらの蕎麦粉をお使いになっているのかをお訊ねしてもよろしいでしょうか。いや、余計なことをお訊きして、追い出されると困りますからね」

「そんな皮肉をおっしゃらないでくださいよ。なんでもお訊ねください。冷や汗がでます」

小堀のジョークに答える東村は、その言葉どおり、額に玉の汗を浮かべている。

「戸隠《とがくし》の夏蕎麦です。新蕎麦が出るまでは七月に収穫したこれを使っています」

そう言うと、袋から蕎麦粉を出し、小皿に載せて小堀の前に置いた。

「夏の蕎麦は香りが弱いのではと思っていましたが、なかなかどうして。新蕎麦に負けてませんね」

手のひらに蕎麦粉を載せて、鼻を近づけた小堀はうっとりとした表情を見せている。

「ほんまどすな。ええ香りしてるわ」

小堀から手渡されたふく梅もおなじような顔つきをした。

「蕎麦は三立てが命だと言われますが、挽く作業だけはプロにまかせております。必要な分だけ石臼《いしうす》で挽いて、その都度クール便で送ってもらっています。打つほうも店を開ける三十分前に済ませておきます。本物の蕎麦屋さんから言わせれば邪道だそうですが」

思っていた以上に饒舌《じょうぜつ》なのは、奥さんのアドバイスなのだろうか。門野にもこういうふうに接していれば、今日のような出会いはなかったわけで、本当に縁というものは不思議だと思わざるを得ない。

「十割ですか？」

小堀が訊いた。

「いえ。外一《そといち》です。〈まる蕎麦〉は餡かけにするので、十割だと蕎麦がへたってしまうんです」

「外一てなんどすの？　初めて聞きましたわ」

「蕎麦粉十に対して、つなぎが一ていう割合のことです」

ふく梅の問いに淳が代わりに答えた。

「十対一やったら九割にはならへんのやね。お蕎麦はややこしおすな」

ふく梅が肩をすくめる。

「蕎麦つゆのほうは、ラーメンで言うところのダブルスープでしょうか。すっぽんのスープが六割、宗田節《そうだぶし》といりこを使った出汁が四割です。つゆは前日取り、昼の営業を終えてから仕込みます。味付けはごく一般的なものです。塩、みりん、日本酒、醤油の四つの調味料だけを使いますが、その分量は日によって変えてます」

本日の配分を聞き出すと、ノートPCに打ち込んだ。小ぶりの寸胴鍋《ずんどう》を、東村がそーっとかき回すと、なんとも言えず芳しい香りが広がった。

「すっぽんスープとお出汁のミックスやったんどすか。食べたことのないお味やと思いましたわ」

「そうか。このなかで〈まる蕎麦〉を食べていないのはわたしだけだったんだ。みんな、ずるいなぁ」

小堀が少年のようないたずらっぽい笑顔を浮かべた。

「それだけ愉しみが大きいていうことどすやんか」

ふく梅がやわらかく受けとめた。

「蕎麦、蕎麦つゆ、そしてかき揚げ。この三つだけで〈まる蕎麦〉はできていますから、具のかき揚げも蕎麦やつゆに劣らず、たいせつな要素だと思っています。すっぽんの端肉と、甘酢に漬けたショウガを刻んで、それをタネにしてかき揚げにしています」

「揚げ油はなにですか？」

「太白《たいはく》のごま油が七、こめ油が三の割合にしています。最初はごま油だけで揚げていたのですが、油の香りが強すぎて、すっぽんが負けてしまうと思ったんです」

「なるほど。よく考えられていますね。質問はこれくらいにしておきましょう。あとはいただいてから」

小堀の言葉に小さくうなずいて、東村は〈まる蕎麦〉の仕上げに取りかかった。

慣れない厨房ながら、蕎麦を茹《ゆ》で、かき揚げを揚げ、蕎麦つゆの味を調えてゆく。手際よく仕事をこなし、四杯の〈まる蕎麦〉を作り、カウンターの上に並べた。

「どうぞお召し上がりください」

東村の言葉が終わるのを待って、四人で手を合わせ、箸を手に取った。

揚げたてのかき揚げが、餡でとろみのついた蕎麦つゆに浮かんでいる。ちりちりとはぜるような音が聞こえ、その蕎麦つゆはどろりとしているが、澄み切っているせいで、なかの蕎麦がくっきりと見える。湧《わ》き水ででもあるかのように、蕎麦つゆの表面に、ぷくりぷくりとあぶくが丸く浮かんでは消える。

息を吹きかけて、慎重に蕎麦を口に運ぶ小堀は、表情ひとつ変えることなく、淡々と箸を上下させている。

時折り箸を置き、木椀を持ち上げて蕎麦つゆをゆっくりすする。思いだしたようにかき揚げを箸でつまみ、見まわしてからかじる。そしてまた蕎麦をたぐる。

その様子を正視できぬとばかり、東村は厨房の床に目を落としている。

木原自身は食べるのが二度目とあって小堀の様子を横目にしながら、味をたしかめるようにして〈まる蕎麦〉を食べている。

丸鍋のように、すっぽんが強く主張することはなく蕎麦の引き立て役に徹している。すっぽんと蕎麦のバランスが完璧《かんぺき》に取れている。やはり、見事だ。

蕎麦一杯を食べるだけだから、さほど時間は経過していないが、東村にとっては、とてつもなく長い時間に思えるのだろう。時折目をやると、指を折ったり、首をまわしたり、目をしばたたかせたりと、なんとも落ち着かない様子だ。

箸を置き、最初に手を合わせたのは小堀だった。

「ごちそうさまでした」

「おそまつさまでした」

カウンターに両手を突いて、東村が深々と頭をさげた。慌てて木原も箸をせかせかと動かす。

小堀の器をさげ、ほぼ空になっているのをたしかめると、東村はホッとしたような顔つきで、静かに洗い場に置いた。

「たいへん美味しくいただきました」

部下が食べ終えるのを待ちきれないかのように、小堀が感想を述べ始めた。

「ありがとうございます」

東村が直立不動の姿勢を取ったので、座りなおした。

「すっぽんを使った蕎麦。どこかにありそうで、しかしわたしは一度も食べたことがありませんでした。いただいてみると、実に自然な組み合わせで、何ほども抵抗感がない。コース料理や鍋で、すっぽんは何度も食べてきましたが、たいていメ《しめ》は雑炊で、餅《もち》を入れることはあっても、蕎麦と合わせる店はなかったように思います。いや、わたしが知らないだけで、すっぽん蕎麦を出す店も、広い日本にはあるかもしれません。しかしながら、きっとこれほど完成されたメニューではないでしょう」

ひと息に語って喉《のど》が渇いたのか、小堀がふたつ、みっつと咳《せき》ばらいをした。東村が水の入ったコップを差しだす。

「ありがとう」

喉を鳴らし、水を飲みほした小堀が続ける。

「端肉をうまく使うことで、値段を抑えたところも素晴らしいと思います。更には蕎麦を外一で打ったことも大いに評価したい。蕎麦はなんでもかんでも十割にすればいいというものではない。餡かけの蕎麦つゆには、ちょうどいい按配《あんばい》だ。非の打ちどころのない料理だと言えるでしょう」

小堀が相好《そうごう》を崩した。

ボスがここまで料理をほめちぎるのは珍しい。買取は決まったも同然。東村もホッとしたように緊張を解いて、小堀の次の言葉に大きな期待を寄せているようだ。

「これほど素晴らしいレシピが消えてしまうのは、まことに惜しいことです。ついてはレシピを買い取らせていただきたいのですが、ひとつだけ確認しておきたいことがあります」

「なんでしょう?」

突然の問いかけに全身をこわばらせている。

「買い取らせていただいたあと、〈まる蕎麦〉の価格はこちらで自由に設定させていただくことになります。すっぽんの仕入れ価格によっては、今の二倍、三倍、いや五倍の価格になるやもしれません。それをご了承いただけますか?」

思いもかけない言葉が、小堀の口から出たことに、木原は驚きを隠せずにいて、それは淳もふく梅もおなじのようだ。二人が小首をかしげているのは、小堀の問いかけの意味を理解できないからだろう。

即答するかと思われた東村は、眉《まゆ》をくもらせ、じっと無言で考え込んでいる。

東村がどう答えるのか、固唾《かたず》をのんで見守った。

一分ほど経って、ようやく口を開いた。

「もちろん、諸般の事情で価格を変えざるを得ないこともあるでしょうが、三倍、五倍となると話は別です。それを想定されての買取であれば、まことに残念ですが辞退させていただきます」

東村がそう言い切ると、小堀が愁眉《しゅうび》を開いたような顔付きで大きくうなずいた。

「それを聞いて安心しました。ぜひ〈まる蕎麦〉を買い取らせてください」

「どういうことなのですか?」

東村は狐《きつね》につままれたような顔で小堀に訊いた。

「わたしはね、東村さん。〈まる蕎麦〉の話を三人から聞いたとき、蕎麦そのものよりも、あなたの料理人としての姿勢や考え方にたいへん興味を持ったんです。京都の今の料理界について、常々わたしが疑問に感じていることを共有できる方だと思いました。おまかせという名の押し付けコース一本やりだったり、日常とかけ離れた高級食材を考えもなく多用したり、という今の割烹店のあり方に疑問を持たれ、ご自分のお店を閉めてしまわれた。そして〈まる蕎麦〉だけのお店を経て、安心院《あじむ》で民宿を営もうとされている。その料理人としての考え、行動力に共感したのです。

今回買い取ろうと思ったのは、〈まる蕎麦〉のレシピというより、むしろあなたの料理人哲学と言いますか、生き方なのです。言い換えれば東村卓矢というレシピを買い取りたいと思ったのです。そこでひとつ引っかかったのが、すっぽんという食材です。すっぽんは決して廉価《れんか》な食材ではありません。あなたも、そしてわたしも、多用することを快く思っていない、トリュフやフォアグラ、キャビアなどとおなじ仲間でした。一方でそれらの濫用《らんよう》を否定しておきながら、おなじ高級食材であるすっぽんを使った蕎麦専門のお店を開かれたことに、矛盾を感じなくもありません。その矛盾を解消する、ただひとつの要素は価格だと思っております。

もしもあなたが〈まる蕎麦〉に三千円ほどの価格設定をしておられたなら、レシピを買い取ろうという気持ちは起こらなかった。また、レシピを売り渡してしまえば、あとはどんな値段で売られても我関せず、というお考えをお持ちだとしたら、買取はあきらめるつもりでおりました。レシピというものは、それを編み出した料理人にとっては、我が子も同然であるはずです。自分の手元を離れてしまえば、あとはどうなってもいい、などと思えるものではないでしょう。千三百円という価格設定ありきの〈まる蕎麦〉であれば喜んで買い取ります」

小堀が強い口調でしめくくると、東村は薄らと目に涙を浮かべて、深々と頭を下げた。

「ありがとうございます。買い取っていただきたい気持ちが強くて、一瞬ですが迷ってしまいました。まだまだ未熟者ですね。何のたくわえもなく、家内の実家を頼りにしようという、不甲斐ない男なので、どうであれ、レシピを買い取っていただくべきではないかと思ってしまったのです」

「迷われたけれども、最後は正しい判断をされたことに敬意を表します。それともうひとつ。たくわえがないと仰《おっしゃ》いましたが、たくわえというものは、金銭のみを指すのではありません。あなたがこれまで培《つちか》ってこられた料理人人生そのものが、立派なたくわえじゃありませんか。そのたくわえを金銭に換えるのは野暮な話かもしれませんが、現実として、民宿を開かれるには、ある程度の資金が必要です。木原くん」

手早く小切手帳を差し出した。

迷うことなくそれに金額を書きこんだ小堀は、裏向けにしてカウンターの上を滑らせた。

「〈まる蕎麦〉のレシピ、いや料理人東村卓矢の心意気を、この金額で買い取らせていただきたいのですが」

押しいただくようにして小切手を受け取った東村が、記入された金額を目で追いながら、小刻みに手を震わせはじめた。

「夢ではありませんよね」

手だけでなく、声も震えている。

「さきほども申し上げたように、これまであなたがたくわえてこられたものを、お金に換えさせていただいただけのことです。ご異存がなければ、わたしはこれで」

小堀が腰を浮かせると、東村は声を絞りだして、深々と腰を折った。

「ありがとうございます。このご恩は一生忘れません」

顔を上げた東村は去ってゆく小堀のうしろ姿をまぶしげに見つめている。

こないして、今回も『小堀商店』のレシピ買取は無事に終わりました。

それにしても、善さまはいっつもハラハラさせてくれはります。今回も〈まる蕎麦〉の値段を上げてもええかて、東村はんに訊ねはったんには、びっくりさせられました。これまで、売値ていうか、料理の値段どうこうて言わはったことがないさかい、善さまはどないしはったんやろ、て心配どした。あとで訊いたら、淳くんも裕さんもおんなじ気持ちやったそうどす。けど、やっぱり善さまはすごい人どす。うちらが見逃してたことに、ちゃんと気付いてはって、そこをたしかめはった。釘を刺すいうお気持ちもあったんどすやろな。民宿て名乗りながらも、けっこうなお値段を取ってはるとこもあるらしおすやん。それはならんぞ、ていう意味を込めてはったんと違うかしらん。ほんまに善さまて深いとこまで、よう読んではります。ものすご勉強になるし、感動します。東村卓矢というレシピを買う、てなこと、なかなか言えまへん。きっと東村はんは今日のことを一生忘れはらへんやろね。

第五話
もみじ揚げ

1．『一条食堂』

うちら花街《かがい》の人間いうのは、ほんまに勝手なもんで、ひまなときは、ひまや、ひまや言うて嘆いて、忙しなったら忙しなったで、ちょっとはひまが欲しいてなこと言うてます。

十一月も半ばに入って、にわかに忙しいなってきました。

そろそろもみじの時季になります。一年のうちで一番忙しいさせてもらうのが春のさくら。二番目がもみじどす。

お人によっては、もみじの時季が一番忙しい言わはりますけど、それはたぶん期間が長いさかいにそう思うてはるだけですわ。

さくらの見ごろは短《みじこ》おす。つぼみが開きはじめて、花吹雪が舞うころまで、せいぜい二週間ほどすやん。それに比べてもみじは、色付きはじめて、敷きもみじになるまで、ひと月以上おす。ちょっと場所変えたら、二か月近《ちこ》う愉《たの》しめるのがもみじどす。そのあいだに多少の山やら谷はおすけど、まぁ万遍《まんべん》のうお座敷が掛かります。けど、さくらは違います。ここや、ていう日はせいぜい四、五日しかおへん。そこにお客はんが集中しはりまっさかい、そらもう戦争どすわ。

お座敷に上ってるときは、さすがに涼しい顔してますけど、一歩外に出たら鬼の形相でっせ。さくらなんか見てる余裕あるわけおへん。一目散に次のお座敷に走りますねん。

たとえたら、さくらは台風の最大瞬間風速みたいなもんどす。なんぼ忙しい感じても、すぐに過ぎ去っていきます。けど、もみじは秋の長雨みたいに、しばらく続きます。長丁場どっさかい、あんじょうペース配分せえへんかったら、途中で息切れしてしまいます。

たぶん来週の連休あたりがピークになる思いますんで、その前に一日だけ、無理言うてお休みもらいましてん。

芸妓《げいこ》が休みの日に何してるか。気になるんどっしゃろなぁ。いつやったか、「週刊新潮」はんが取材させてくれ言わはったんどすけど、丁重にお断りさせてもらいました。お休みの日《ひ》ぃまで気が抜けへんて、かないまへんやん。

たいしたことしてへんのでっせ。ちょっと朝寝坊さしてもろて、ふだんできひん用事を済ましたり、本読んだり、ぼーっとしたりする間に、すぐにお昼になりますやん。そないなったら、せっかくのお休みがもったいのうおすさかい、今日は気張って早起きして、神《かみ》さん詣《もう》でどす。

ホワイトジーンズに、オレンジ色のジャケット合わせて、グリーンのサコッシュを斜め掛けしたら、宮川町《みやがわちょう》の芸妓には見えしまへんやろ。姿見に映してみたんどっけど、ちょっと若作りし過ぎやろか。神さん参りには不向きかもしれまへんなぁ。

まぁええか。着替えるのも面倒くさおすし、スニーカー履いて外に出ました。

お目当ての神さんは『護《ご》王《おう》神社』はんどす。

『京都御苑《ぎょえん》』のすぐ近くにある神社には、ありがたいご利益《りやく》がありますねん。

京都の神社はんには、それぞれ決まったご利益があるんどすけど、こちらの『護王神社』はんは、足腰の病気に効くんどすわ。

いえいえ、うちのこと違いますえ。こう見えても足腰だけは自信あります。神さんに癒《いや》してもらいたいのは、善《ぜん》さまの足の痛みどすねん。

うちは宮川町の芸妓いう仕事のほかに、『小堀《こぼり》商店』のスタッフもしてます。そのボスが善さま。小堀善次《ぜんじ》郎《ろう》はんどす。

具体的に何してるかていうたら、後世にまで残さんならんレシピを買い上げてます。ええお料理やのに、いろんな事情で消えていきそうなレシピて、世の中にはようさんあります。それを探してくるのもうちらの仕事どす。

善さまが足に怪我《けが》を負われてから、とうに三か月以上経《た》つんどっけど、いまだにときどき顔をしかめはります。弱音を吐かはる人やおへんさかい、痛いやとか辛《つら》いとか、絶対口にしはらへんのどすけど、見てるほうが辛《つろ》おすねん。

かかりつけのお医者はんは、日《ひ》にち薬《ぐすり》やてな、のんきなこと言うてはります。こうなったら神さんにお願いするしかおへんやん。

地下鉄烏丸《からすま》線の丸太町《まるたまち》駅から、歩いて行けるのもありがたいことどす。二番出口から地上に出て、『京都御苑』を右手に見ながら、烏丸通をまっすぐ北に向かって歩いたら、絶対道に迷うことはありまへん。

「ねえさん、おはようさんです」

『護王神社』はんの前で迎えてくれはったんは森下淳《もりしたじゅん》くんどす。淳くんも『小堀商店』のスタッフなんどすえ。祇園白川《ぎおんしらかわ》のたもとにある『和食ZEN』の店長してますけど、その店のオーナーが善さまどすねん。

ネイビーのチノパンに、赤いギンガムチェックのシャツを着て、茶色いローファーを履いてはる姿は、どう見ても和食の料理人さんには見えしまへん。

「おはようさん。今日は付き合《お》うてもろておおきに」

「こちらこそ誘うてもろてありがたい思うてます。今日はたいして仕込みもありませんし、夕方までに店に入ったら充分ですねん。神さん参りも久しぶりですわ」

石の鳥居をくぐる前に、淳くんが一礼してます。うちより若いけど、こういうとこはきちんとしてはります。

鳥居の前に狛犬《こまいぬ》やのうて、狛猪《こまいのしし》が居てはるのが『護王神社』はんの特徴どす。足腰の神さんは、この猪に関係あるんどっせ。

「外からは拝ませてもろてましたけど、なかに入るのは初めてですねん。あちこちに猪がいてるんですね」

淳くんがきょろきょろしてはります。

「お参りさせてもらいまひょか」

まずは手水舎《ちょうずや》で浄《きよ》めますねんけど、お水が猪の口から出てますねん。淳くんの言うとおり、猪だらけの神社どす。

浄めたあとは手前の拝殿にお参りします。こちらの前にも阿吽《あうん》の狛猪はんがやはりますねんけど、雄と雌が一対《いっつい》になってます。珍しいさかい、皆さん写真を撮ってはります。今年は亥年《いどし》どすさかい、ようけお参りに見えたらしおす。

「なるほど、そういうことやったんか。なんでここに猪がようけおって、足腰の神さんなんやろて、ずっと不思議に思うてたんですけど、やっと謎《なぞ》が解けましたわ」

神社の由緒書《ゆいしょがき》を読んで、淳くんがうなずいてはります。

「九州行って、えらい目に遭わはった和気清麻呂《わけのきよまろ》はんを、ようけの猪が助けはって、足の怪我も治ったさかいやて、うちも最近になって知ったんどす。おもしろい謂《いわ》れどすなぁ」

ほんまに京都の街はおもしろおす。世界遺産に登録されてるような、有名なとこと違うて、街なかにある、ふつうの神社やとかお寺でも、歴史の教科書に出てくるような話に、ちゃんとつながってるんどす。

故郷の若狭《わかさ》にいるときは、子どもやったせいもあって、適当に手たたいてお参りしてたんどすけど、舞妓《まいこ》になったときに、おかあはんから正式な神さん参りの仕方を教えてもろて、それからはちゃんとお参りさせてもろてます。

て言うても、きちんと身に付いてへんからやと思いますけど、つい手水でお浄めするのんを忘れたり、参道の真ん中を歩いたりしてしまいますねん。

今日は淳くんにもお手本を示さんなりまへんさかい、ちょっと緊張してます。

「ねえさん、これって風水と一緒ですやろか」

淳くんが拝殿に掛けてある額を指さしてはります。待ってました、ですねん。

ついこないだ、お客さんから四神相応《しじんそうおう》ていう話を聞いたとこです。なんとのうは知ってましたんやけど、京都いうとこは、四方を四つの神さんに護《まも》られてて、それで千年の都になったんやて教えてもろたんです。なんやおもしろい話やなぁて思うて、本も買《こ》うたりして、ちょこっと勉強しましたんや。本に出てたんとおんなじような絵が、こちらの拝殿にも掛かってます。

北には玄武《げんぶ》、西には白虎《びゃっこ》、南に朱雀《すざく》、東が青龍《せいりゅう》ていう神獣がおいやして、都を護ってくれてはるんやて、額も見んと淳くんに言うたげました。

「そうなんや。ねえさん、なんでもよう知ってはるんやなぁ」

「お客さんと話を合わさんならんし、いちおう幅広《はばひろ》う勉強しとかんと」

付け焼き刃やのに、ちょっと鼻を高《たこ》うし過ぎかもしれまへんな。

善さまのおみ足が早いこと治りますように、てふたりで念入りにお願いしました。

「ボスにお守り買うていきましょか」

「そやった。うっかり忘れるとこやったわ」

お札やらお守りを授けてくれはるとこは、売店て言いまへんわなぁ。授与所て書いてあるとこ行って、お守りを授かってきました。

お守り袋には足の裏が描いたぁります。

「ボスに足の裏て失礼なんと違います？」

「神さんの足の裏やさかい、どうもあらへんて」

たしかに気にならんことはおへんけど。

「どっかでお茶でもしましょか」

「お茶でもええけど、朝ご飯食べられるとこないやろか」

「喫茶店のモーニングやったら、この辺にも何軒かありまっせ」

「もうちょっと、しっかり食べられるとこないやろか。朝からなんにも食べてへんさかい、力が入らしまへん」

「まだ十時か。この時間にしっかり食べられるとこなぁ。どっかあったかなぁ」

狛猪の横に立って、淳くんは頭のなかでお店を探してくれてはります。

神聖な神社の境内《けいだい》で、お腹空《なかす》かして店を探してるやなんて、罰当《ばちあ》たりかもしれまへんなぁ。

「淳くんは車で来てるんやろ。とりあえず車に乗りまひょか」

「そうしましょ。車に乗って動いてたら、思いつくでしょ」

というとことで、神社の駐車場に停めてあった黄色のルノーに乗りこみました。

「淳くんの車に乗せてもらうのは、鮎釣《あゆつ》りに行ったとき以来と違うやろか」

「そうやったかなぁ。苦い思い出はすぐに忘れることにしてます」

ビギナーズラックて言うんでしたかいな。初心者の理恵《りえ》ちゃんがたんと釣ったのに、ベテランの淳くんがさっぱりやったんで、えらい悔しがってはったんを思いだしました。

「ねえさんの今日の服装にはぜんぜん似合わへん食堂みたいなとこでもよろしいか？　しばらく行けてへんのですけど、和洋中なんでもおいしい食堂が近くにありますねん」

「うちはかましまへんえ。食堂やったらがっつり食べられそうやし」

「もう五年近《ちこ》ぅ行ってへんさかい、店仕舞いしてるかもしれませんけど、とりあえず行ってみましょ」

ハンドルを握り直して、淳くんは下長者町通《しもちょうじゃまちどおり》を西に向かって車を走らせはりました。

「うちの田舎にも何軒か食堂があったけど、みな閉めてしまわはった。後継ぎがやはらへんのやろね」

「僕らみたいに夜だけの営業でもしんどいのに、朝から晩まで店やってたら大変やと思います。僕が言うのもヘンやけど、今の若い人らには無理やろね」

「今から行くとこは、なんちゅうお店なん？」

「『一条食堂《いちじょう》』です。千本出水《せんぼんでみず》の近くにあって、朝十時から夜七時まで、ほぼほぼ年中無休で開《あ》けてはるんです。古びてますけど、掃除も行き届いてるし、愛想もええ店なんです」

「和洋中なんでもて言うてたけど、名物は何どす？」

「名物ですか。特にそんなんはなかったなぁ。カツ丼《どん》とかオムライスとか、五目ソバとか、鯖煮《さばに》定食とか、何食べてもおいしいし安い」

「田舎の食堂と一緒やわ。そういう店が京都にも残ってるのは嬉《うれ》しいこっちゃね」

「そうそう。ねえさんの田舎て若狭《わかさ》ですよね。『一条食堂』の大将はあの辺の出身らしいですよ」

狭い下長者町通を、まっすぐ西に向こうてた車は千本通に出ました。千本通を南に下って、次の通りが出水通どす。右折のウィンカーを出したさかい曲がるんかと思うたら、角っこのコインパーキングに入りました。

「お店はもう少し先なんですけど、駐車場がないんで、ここからちょっと歩かんとあきませんねん」

出水通も下長者町通とおんなじぐらい狭い通りどす。一方通行やさかい、西に向こうて歩いてると、後ろから車が来るもんやさかい、そのたんびに道端に避《よ》けんとあきません。京都らしいていうたら、京都らしいんどすけど。

「この辺にもようけお寺があるんやな」

狭い通りの両側にお寺が並んでるのは、寺町通《てらまちどおり》みたいどす。

「ほんまですね。いっつも一直線に『一条食堂』目指してたんで、目に入ってきませんでしたわ」

「淳くんらしいなぁ」

たわいもない話してるうちにお店の前に着きました。

大きい看板がかかって絵に描いたような大衆食堂ていうか、舞台のセットみたいな店構えどす。

「ふう。まだやっととった。ほんまはヒヤヒヤもんやったんですわ。ご主人と奥さんとふたりだけでやってはる店やし、目立たへん場所なんで、店閉めてしまわはったんと違うかなぁ、て内心はビビッてたんです」

たしかに〈営業中〉の札が掛かってへんかったら、むかしはここに食堂があったんやで、て言いながら通り過ぎそうな気配を漂わせてはるお店どす。

「ねえさん、ひとつだけ言うときます。量多いでっせ。ふた品頼んだりせんといてくださいね。絶対食べきれませんし」

「淳くん。うちはふたつも頼むような、そんな大食い違うて知ってるやん。余計なお世話どす」

「違うんですて。この店て魔物が棲《す》んでるんと違うかて思うことがようありますねん。気がついたら、誰がこんな食べるねん、ていうほど注文してます。余計なお世話やて分かってたんですけど」

魔物が棲んでるて、さすが淳くん、うまいこと言わはるわ。うち、魔物やとか妖怪《ようかい》とか大好きどすねん。淳くんはそれを分かって言うてるんやわ。

「おはようさん」

アルミの引き戸をガラガラと引いて、淳くんがおそるおそる店に入らはります。うちもあとに続きました。

この食堂ていつからあったんやろ。ひょっとしたら明治時代からあったんと違う？そう言いたなるような古めかしいお店どす。

日焼けした壁紙は元々どんな柄やったかも分からんくらいどす。デコラのテーブルもあっちゃこっちゃ剝《は》げてて、テープで修繕したぁるのが、なんとのう微笑《ほほえ》ましい気がします。

夫婦ふたりだけでやってはるて聞いてたさかい、もっと小さいお店やて思うてたんどすけど、四人掛けのテーブルが十二ほどもある大きなお店どす。

まだ朝の十時をまわったとこやていうのに、半分以上のテーブルにお客さんがやはるのには、びっくりしました。

「えらいひさしぶりやな。奥さんか？」

厨房《ちゅうぼう》とのあいだに開いた窓口みたいなとこから、オジイチャンが顔をのぞかせてはります。

「違いますて。まだまだ独身やし、こんなべっぴんさんと結婚できるわけありませんやん」

淳くんが顔を赤《あこ》うしてはります。かわいいとこあるんです。

「今日は朝から混んどるさかい、ちょっと時間掛かるかもしれんけど、よかったらゆっくりしていって」

首にタオルを巻いたオジイチャンが顔を引っ込めはりました。

「ねえさん、これがメニューですわ。すごいでしょ、て僕が自慢するのもヘンやけど」

Ａ４サイズの透明のプラケースにお品書きが入ってるんどすけど、細かい字でびっしり書いてあります。それも裏表どすねん。まぁ思い付くメニューはぜんぶある、いう感じどすわ。しかも値段がびっくりするほど安いんどす。最初にパッと目についたんは〈すうどん二三〇円〉どす。えらい安いんやなぁと端から順に見ていったら、ぜんぶ三桁《みけた》どすねん。

「迷いますやろ？」

淳くんは舌なめずりしながら、メニューを何べんも裏返してはります。そや、裏もあったんや。裏返してまたびっくりですわ。〈ポークジュクセル六九〇円〉やとか、〈エビコキーユ五七〇円〉てな古めかしい洋食もありますねん。京都は今にわかに洋食ブームになってますねんけど、まぁ、どこもええお値段付けてはります。人気の洋食屋はんやったら、この五倍近《ちこ》う値付けしはるやろねぇ。

「やっぱり朝はお粥《かゆ》かなぁ。この店で一番高いのがお粥やて笑いますけどね」

淳くんが指ささはったとこには〈アワビ粥九八〇円〉て書いてあります。淳くんの言うとおりですわ。どんなアワビがどれぐらい入ってるのか分かりまへんけど、ほかのメニューと比べたら高ぅ感じますわな。けど中華のアワビ料理やと思うたら安ぉす。いったいどんな店やねん。お腹が減ってることもありますけど、なんやワクワクします。あれもこれも食べとぅなって、しかも安いさかい、ついふた品くらい注文してしまいそうどす。これが淳くんの言うてはる魔物やねんわ。

「シュウさん、おおきに、ごっつぉはん。勘定はここに置いとくで」

グレーの作業着きて一番奥のテーブルに座ってはったお客さんが、入口の横の青いトレーにお金を置かはりました。

「まいどおおきに」

シュウさんて呼ばれはった、さっきのオジイチャンが、お金には目もくれんと、お客さんに笑顔を向けてはります。

「シュウさん、て呼ばれてはるていうことは、大将は中国の人やったんかなぁ」

淳くんは店のオジイチャンの名前を知らはらへんみたいどす。

「違うえ。大将は北方修一《きたかたしゅういち》はん。修一やさかいシュウさんや。ついでに言うとくけど、奥さんの名前は亜津子《あつこ》」

「なんで、ねえさん、そんなこと知ってはるんです？」

「あれに書いたぁるやんか」

壁掛けテレビの下に貼《は》られたプレートに視線を向けました。

「なぁんや。食品衛生責任者の名札が貼ってあったんか。気《き》ぃ付かんかったなぁ」

「いっつもメニュー選びに必死やったさかい、目に入らへんかったんやろね」

「そうですねん。メニュー選び終わったら、ホッとして新聞広げるか、テレビ見るかやし」

ほんまに悩みます。おうどんも美味《おい》しそうやし、スパゲッティにも魅《ひ》かれるし。あれもこれも食べたいけど、量が多いて淳くんが言うんやから、ふたつ頼んだらあかんやろし。やっぱり定食にしよかしらん。

「定食頼まはるんやったら、ライスは小にせんとあきませんよ」

淳くんはええ勘してはります。

「決めた。〈サワラの西京焼《さいきょうやき》定食八三〇円〉。ご飯小で」

「ご飯小にしたら五十円引いてくれはるさかい、七百八十円ですわ。僕は〈五目餡《ごもくあん》かけ焼きそば六五〇円〉にしますわ」

淳くんが窓口みたいなとこへ行って、注文を伝えてくれてます。

食べ終わらはった三組が出て行って、入れ替わりに二組入ってきはりました。サラリーマンふうの人やら、工事現場で働いてはりそうな人やら、学生さんっぽい人もやはって、お客さんの層はまちまちみたいどす。

これを朝から晩まで繰り返さはるんやから、ものすごい重労働やろと思います。見たとこ、ふつうやったら定年退職して、完全リタイアしてもおかしない年齢やろし、よう気張らはるなぁと尊敬します。

「ねえさん、おひや」

淳くんがコップに入ったお水を持ってきてくれました。このお値段の食堂やったら、セルフサービスもしょうがおへん。

テーブルは四人掛けどすけど、たいていひとりかふたりです。ざっと数えてみたら十人ほどやろか。そのうちまだ料理が来てへんのは五人くらい。しばらく待たんとあきまへんやろ。こういうときの暇つぶしには、びっしり書きこんだぁるメニューが一番どす。どんな料理やろかて想像しながら読んでたら、絶対飽きしまへんえ。

〈鍋《なべ》焼きうどん五四〇円〉て安過ぎまっしゃろ。ちゃんと天ぷら入ってるんやろか。〈ビーフカレー三九〇円〉にはどんな牛肉が入ってるんやろ。頼んでみたら分かるんやろけど、淳くんに言われてるとおり、絶対食べ切れへんやろしね。

ふたつ隣のテーブルで、うちぐらいの年恰好《としかっこう》の女性が食べてはるのは、たぶん〈ヤキメシ四二〇円〉やと思うんやけど、量はふつうの二倍近ぅあるんと違うやろか。

「あれ大盛りやろか？」

目を向けて淳くんに訊《き》きました。

「並です」

きっぱりと言い切らはりました。丼《どんぶり》やとか、ひと皿もんにせんでよかった思うてます。半分も食べられしまへん。定食の白ご飯やったら食べ残しても、そない罪悪感おへんのやけど、ひと皿もんは残しにくいんです。

「にいちゃん、焼きそばあがったで」

シュウさんが窓口から首を伸ばしてはります。料理もセルフで運ぶみたいどす。フードコートとおんなじやさかい、ぜんぜん抵抗はありまへん。

戻ってきはった淳くん見て、びっくりしました。この店に来てびっくりするのん、何回目やろ。

「想像してはった、その上を行きますやろ」

ほんまにそのとおりです、山盛りの餡で麺《めん》が見えしまへんやん。

もうもうと湯気が上ってる餡には、豚やら小エビやら、野菜やら、たっぷり具が入ってます。淳くんが麺を掘り出してはるけど、なかなか出てきぃしまへん。

「この麺がまためちゃくちゃ旨《うま》いんですわ」

やっと掘り出さはった麺は、皿うどんみたいな細麺と違うて、ちゃんぽんに使うような太麺をしっかり焼いてあります。パリパリていうよりバリバリていう感じどす。

「熱《あつ》っ」

淳くんが顔をゆがめてはります。

中華料理の餡て、ほんまに熱《あつ》ぉすわね。けど、冷めたらおいしないし。急いで食べたら間違いのう、口のなか火傷《やけど》します。

「おにいちゃん悪いな。西京焼取りに来てくれるか」

うちの料理ができたみたいで、口をもごもごさせながら、淳くんが小走りで取りに行ってくれはりました。

「おおきに。食堂とは思えしまへんな。もっと荒っぽい定食やと思うてたけど、ええ和食ですやん。これであの値段いうのは、ほんまおかしおす」

さすがに、ちゃんとした折敷《おしき》やのうて漆《うるし》ふうの茶色いプラスチックのお盆どすけど、載ってる料理は和食屋はんに負けてまへん。長皿に横たわってるサワラの西京焼は、肉厚で大きい切り身です。ええ按配《あんばい》に焦《こ》げ目も付いてますさかい、今流行《はや》りの真空パックを湯煎《ゆせん》しただけの焼魚とは全然違います。ハジカミが添えたぁるのも本格的どすやん。

ふたつの小鉢には、赤こんにゃくの炊《た》いたんと、きんぴらごぼうが入ってます。熱々のお豆腐の味噌汁《みそしる》とご飯。大衆食堂でこんなまともな和食が食べられるとは、夢にも思うてまへんでした。

「もしもうちの店でランチにこれ出すとしたら、最低でも千五百円はもらわんと。いや、千八百円かな。めっちゃ上等のサワラ使《つこ》うてはりますわ」

うちの料理をちら見して、淳くんが首をかしげてはります。

「小鉢もんも、ちゃんと作ってはる。ごぼうもきれいにささがきして、ええごま油で炒《いた》めてから煮てはる。既製品でごまかしたりしてはらへんさかい、仕込みもたいへんなんと違うやろか」

「そこですねん。朝から晩までの通し営業で、これだけの数の料理出そうと思うたら、仕込みだけでもものすご時間掛かるはずです。客にとってはありがたい店やけど、店をやる側の身になったら……」

淳くんは、身につまされる、ていう顔してはります。

「もうちょっとメニュー減らさはってもええのに。こんだけの内容やったら、メニューの数減っても、お客さんの数は減らへんと思うけど」

お箸《はし》で持っただけでも、ええサワラやてよう分かります。白味噌のええ香りしてるし。

「ねえさん、そのサワラよう見てください。横に穴空いてるでしょ。それ、金串《かなぐし》刺して焼いた跡ですねん。ほんまに丁寧な仕事してはるわ」

淳くんが感心してはるのも当然ですやろ。

芳《こう》ばしい焼けてて、身《み》ぃもふっくらしてて、焼きたてのサワラのおいしいこと。テレビのコマーシャルやないけど、一流料亭もビックリていうとこですわ。

「この五目餡も、ちゃんと中華してるとこがすごいですわ。白湯《パイタン》スープにオイスターソース足して、強火で炒めへんかったら、こんなコクのある味になりません。ちょこっと化学調味料の味がしますけど、この値段やからええでしょう」

横からちょっと味見させてもらいましたけど、本格的なお味どすわ。古《ふる》うからある街の中華屋はんによう似た味どす。

「なんでもっと早《はよ》うに連れてきてくれへんかったん？」

お味噌汁飲みながら、ちょっと口をとがらせてみました。

「ほんまですねぇ。て言うか、失礼なことに、僕もすっかり忘れてたんですわ。むかしから通《かよ》うてて、常連風吹かしてた時期もあったんです。て言うても、ご主人の名前は知りませんでしたけど。五年ほど前、この店にしては珍しいお休みが続いてたことがあったんです。そのときから足が遠のいてしもて。この辺にはめったに来ませんし。よう思いだしたて、自分をほめてます」

たしかにお店てそういうもんどすな。通い詰めてたお店でも、なんかの理由でちょっと途切れてしまうと、頭のなかから消えてしまうんどす。それがなんかの切っ掛けで、また通うようになる。うちもそんな経験ようありまっさかい、淳くんを責められしまへん。

今日もこないして感動してますけど、二、三日したら忘れてしまいますねん。今は西京焼食べながら、明日はこれ食べよて、メニューとにらめっこしてます。

「ご飯は半分にしてて頼んだらよかったわ」

おかずのほうはなんとか食べられても、ご飯は三分の一ほどしか食べられしまへん。

「たぶん言うても一緒やと思います。僕もカレー食べたときに、ライス少なめに、て頼んで、大将もええ返事してくれはったやけど、いつもとおんなじでした。忙しいしてはるさかい、いちいち量の加減してられへんのやと思います。その代わり残った分はパックに入れて持って帰れます。あの窓口の隅にパカパカのパックとビニール袋置いてあるでしょ。自分であれに詰めるんですわ」

「なるほど。それやったら気兼ねのう残せてよろしいな」

そうは言うても、自分が残ったご飯をパックに詰めてるとこを想像したら、芸妓ていう仕事をしてる手前、ちょこっと抵抗があるんどすけど。

「パック取ってきますわ。ふく梅ねえさんが残ったご飯を詰めてはるとこは、絵になりませんしね」

ほんまに淳くんはよう気が付きます。誰にでもなんやろと思いますけど、ひょっとしたらうちのこと……と思わんこともありまへん。

「前は持ち帰りもやってはったんやけど、今は食べた残りしか持ち帰りできひんのやて。とんかつ定食買うて帰って、まかない代わりにしよと思うたんやけど」

「お店が忙しいさかい、持ち帰りの注文まで手がまわらへんのと違う？」

「そうかもしれんけど、テイクアウトで営業効率としては悪《わる》ぅないし、止《や》めてしまわんでもええと思うんですけどね」

「手《て》ぇ抜かんと、ちゃんとまかない作りなはれ、ていうこと違う？」

「痛いとこ突かれましたわ。楽しようと思うたらあきませんね」

「よう食べたわ。おなかいっぱい」

おかずは残さんといただきました。

おなかをさすってたら、淳くんが残ったご飯をパック詰めしてくれてはります。

「お茶碗《ちゃわん》一杯半くらいはありそうですね」

ていねいに輪ゴムで留めて袋に入れてくれはりました。

「おおきに。夜食のお茶漬けにちょうどええ量やわ」

「お茶はあったかいほうがいいですよね」

淳くんが、セルフサービスのお茶を取りにいってくれはったんどすけど、どうやらポットのお湯がなくなってたみたいで、時間が掛かるて言われてはります。

待ってるあいだ、もういっぺんメニューを見直します。次に来たときは何にするか、いちおう考えとかんとあきまへんしな。

それにしても、ほんまにようやらはるわ。ちょっと見たとこでは、そない広い厨房やないし、最新式の機械が備わっているようには見えしまへん。ちらちらと奥さんやろと思うおんなの人が走り回ってはるのが見えるだけで、淳くんの言うとおり、ふたりだけでやってはるみたいどす。

こないようけメニューがあっても、お客さんが注文しはる料理は、だいたい決まってますんやろな。〈メキシカンサラダ〉やら、〈豚モツのスープ〉てなもんを注文するお客さんはめったにないやろ思います。

なかなかお湯が沸かへんみたいで、淳くんはスマートフォンをいじってはります。

もういっぺん裏返して、ちょっと気になるもん見つけました。いくつもある定食のなかのひとつだけ、二重線のようにテープを貼って消してありますねん。こういうのて、無性に気になるタイプどすねん。プラケースに入ってへんかったら、そうっとテープはがしてみるんどすけど、セロテープで封をしてあるプラケースを開けるわけにはいきまへんし。透かしてみたりしたんどすけど、裏側にもメニューが書いてあるさかい、どないしても読めしまへん。いらつくわぁ。

「ねえさん、なに難しい顔してはりますねん」

淳くんがお茶を持って戻って来はりました。

「あんたやったら読めるかなぁ」

テープの貼られたとこを押さえて、メニューを渡しました。

「こういうのが気になる性質《たち》ですか？」

「淳くんは気にならへんの？」

「気になるっちゅうたら、気になりますけど。分かったからどうや、いう気もします。食べられへんのやし」

淳くんが苦笑いしてはります。

「そない言うてしもたら、身もふたもおへんがな」

「けど、こういうの、ようありますやん。あんまり売れへんやつとか、季節外れやとか、食材を仕入れられへんようになったとか。うちの店でもテープ貼りたいときありますわ」

「ふつうの店やったら、うちもそない気にしぃしまへん。けど、ここは違う。言うたら悪《わる》ぉすけど、テープ貼って消してしもてもええメニューが他にもいっぱいありますやんか。ジュクセルやとかコキーユをこの店で頼む人は、年にひとりかふたりやて。それでもテープも貼らんと残してはる。ほしたら、どんなメニューを消さんならんかったんか。ものすご気になるんやけど」

「そない言われたら、たしかに。ほな、そぅっとはがしてみますわ」

淳くんをそそのかしたんも後ろめたい気がしますし、お店が秘密にしてはることを暴《あば》いてしまうみたいで罪悪感もありますけど、見てみたいていう誘惑のほうが勝ってしもてます。

窓口のほうに背中を向けて、淳くんがそうろと爪《つめ》でプラケースの封をはがしてはります。

こういうので、スリルありますなぁ。シュウさんに気付かれて、怒鳴られるんと違うやろか、とかほかのお客さんに見つかって告げ口されへんやろかとか、ハラハラしてるんどすけど、淳くんは割と平気な顔してはります。

「ねえさん。これですわ」

テープをはがしたとこを見せてくれはりました。

「〈もみじ揚げ定食　桃太郎七二〇円　鬼殺し七四〇円〉なんやおもしろそうなメニューどすやん。こっそり写真撮っとこ」

スマートフォンでメニューを写しました。

「もみじて言うたら鹿肉《しかにく》のことやなぁ。鹿を出してはったんやろか」

淳くんがていねいにメニューを貼り直してくれてます。

「うちの勝手な想像やけど、かつては鹿を獲《と》ってくる山猟師はんが、シュウさんの友達にやはった。けど、その人が病気にならはって、猟に行かれへんようになったんで、鹿肉が手に入らんようになった。それでメニューから消した。どないです？　芸妓ふく梅の名推理」

「おみごと。僕もおんなじようなことを想像してました。けど、桃太郎とか鬼殺して何やろなぁ」

「そこまではまだ推理できてまへん」

「桃太郎は甘口の味付けで、鬼殺しは激辛と違いますやろか」

もとに戻せたかどうか、メニューを裏返してたしかめたはります。

「淳くん、冴《さ》えてるなぁ。間違いない。絶対そうやわ。甘口の味付けして揚げたんが

〈桃太郎〉で、唐辛子かなんかで激辛にしたんが〈鬼殺し〉。うん。これですっとしたわ」

どうでもええことのようやけど、謎が解けるとスッキリします。ハズレててもええんどす。まったく思いつかなんだら、夜も寝られなんだかもしれまへん。変わってまっしゃろ？

「隠れメニューの謎も解けたことやし、ぼちぼち帰りましょか」

「ふたり分でなんぼになる？」

サコッシュバッグから財布をだしました。

「千四百三十円です。ごちそうになってええんですか」

「もちろんやないの」

言いながらお金を渡しました。

この店の決まりどおり、料金を青いトレーに置いて、淳くんがシュウさんに挨拶《あいさつ》してます。

「久しぶりに来てよかったですわ。また近いうちに来ます」

「おおきに。また来てや」

うちも会釈《えしゃく》して外に出ました。

「ほんまにええお店どした」

「これから、ちょくちょく通わんとあきませんね。裕《ゆう》さんも誘うたげんと」

淳くんがスマートフォンでお店の外観を撮ってはるんで、うちも真似《まね》してます。

「あんたら今日はじめて来たんか？」

『一条食堂』の隣にあるお寺の、茶色い作務衣《さむえ》を着たお坊さんに声をかけられました。

出水通を掃除してはったみたいです。

「うちははじめてどすけど、こっちのにいさんは昔から来てはるんやそうでっせ」

ふたりとも初心者やて思われとうない、て、しょうもない意地どすけど。

「そうか。せいだい食べに来たげや。もうすぐ店仕舞いしはるさかい」

お坊さんが目を細めて『一条食堂』を見つめてはります。

「え？　お店閉めはるんですか。なんでです？」

よっぽどびっくりしたんやろね。淳くんが大声で訊き返してはります。

「そうかぁ、シュウさん、なにも言うてなんだか」

お坊さんがため息をつかはりました。

「店仕舞いやなんて、そんな様子はみじんもおへなんだでっせ」

うちがそう言うたら、淳くんもうなずいてます。

「身体《からだ》壊さはってなぁ」

ひとり言みたいに、そうつぶやかはりました。

「元気に仕事してはりましたえ」

「それならええんやが」

お坊さんはあっさりとそない言うて、山門から境内に戻ってしまわはりました。

淳くんはうちの顔を見て、首をかしげてます。追いかけていくのもなんやさかい、会釈して通りすぎました。

「あのお坊さん、僕らに何を言いたかったんやろ」

パーキングに戻って、車に乗りこむなり、淳くんは何度も首を斜めにしてます。

「直接シュウさんに訊くわけにはいきまへんしなぁ」

「めっちゃ気になりますやんか。知らんかったら済む話やけど、わざわざあの坊さんが、僕らに言わはったていうのも不思議なことやし」

淳くんの言うとおりどす。

『一条食堂』へ入るときは、影も形も見かけへんかったお坊さんが、店から出てきたときにやはって、わざわざうちらに言わはった。ほんで、それだけ言うて、また引っ込まはった。なんや、もやもやしますやん。

「ねえさん、あのお寺、なんちゅう名前でした？」

淳くんはナビの画面を操作してます。

「たしか『花伝寺《かでんじ》』て書いてあったような」

「これですね。お参りがてら、近いうちに行っときますわ」

うちも一緒に行きたいとこやけど、これから忙しなりまっさかい、お日にちの約束ができしまへん。

「なんぞ分かったら知らせてな」

うなずいて、淳くんがアクセルを踏みました。

2.『一条食堂』ふたたび

お寺参りをしようと淳から誘いがあった。

あまりに唐突だったので、木原裕二《きはらゆうじ》は即答できなかったが、話をよく聞いてみれば、興味深い話である。加えて、ふく梅から代参を頼まれたこともあって、淳とふたりで『花伝寺』という西陣《にしじん》近辺の寺を訪ねることにした。

もちろん本命は『一条食堂』なのだが、男ふたりで寺参りというのも、なんとなく照れ臭いものだ。

いつもは朝寝坊を愉しむ日曜日なのに、朝参りのために、平日とおなじ時間に起きて支度を済ませた。

ベージュのチノパンにタータンチェックのシャツを合わせ、赤いダウンジャケットに袖《そで》を通し、マンションの玄関前で待っていると、淳のルノー・カングーが見えた。

「七時半って、いくらなんでも早すぎるんじゃないか」

車に乗りこむなり、あくびが出てしまった。

「お坊さんて朝早いでしょ。出かけてしまわはらんうちに行っとかんと、話が聞けしませんやん」

ジーンズに白のパーカーを合わせた淳は寝ぐせの付いた髪を指で梳《す》いている。

「『一条食堂』は十時からしか開かないんだろ。時間が余ってしまうよ」

「時間が余ったら近所の喫茶店でも行って、暇つぶししたらええやないですか」

「かなり気合が入ってるんだね」

「気合ていうより、気になってしょうがないんですよ。シュウさんはどれぐらい悪いのか、いつ店仕舞いしはるのか、そもそも、坊さんの言うてはったんが、ほんまの話かどうかが気になって、寝られへん日もあったんです」

「気持ちは分かるよ。そのお坊さんの話も、それが事実だとすると、なんだか神のお告げみたいだしね。いや、お寺だから仏のお告げか。わざわざそのことだけを伝えるためみたいだったって、ふく梅さんも言ってたし」

「ねえさんも一緒やってよかったですわ。もし僕ひとりやったら、夢見てたんかと思うてしまいます」

「まぼろしの僧侶《そうりょ》か。小説になりそうな話だね」

たわいもない会話を交わすうち、車はあっという間に千本出水の交差点に着いた。

「さすが日曜日。一台も車停まってへんわ」

淳は迷うことなく、交差点の角にあるコインパーキングに車を停めた。

千本通から出水通に入って、しばらく歩くと両側に次々お寺が現れる。

「まるで寺町通みたいだ」

「そうでしょ。て、僕もこの前来たときにねえさんに言われて初めて気づいたんですけど。いっつもまっしぐらに『一条食堂』に向かってたんで、お寺が目に入って来《き》ぃひんかったんですわ」

左右に築地塀《ついじべい》が続く細い出水通を西に進むと、やがて『花伝寺』の前に出た。

「観光寺院とは違って、素っ気ない構えのお寺だね」

小ぢんまりした山門の隣には、塀をくりぬいた出入口があって、駐車場へと続いている。

山門をくぐろうとして足元を見ると、小さな地蔵さまが祀《まつ》られている。まだ新しいそれの台座には〈いのちに合掌〉と記されている。まずはそちらに手を合わせてから山門をくぐった。

地蔵さまの傍らには〈大毘《だいび》沙門天《しゃもんてん》〉と刻まれた小さな石標が建っている。

「毘沙門さまを祀っているお寺なんだね」

「そうなんですか。そういうことには詳しいないもんで。お寺やのにふたつも鳥居があるんですね」

淳の視線の先には本堂らしき伽藍《がらん》が建っていて、その前には石でできた鳥居と、小ぶりの朱の鳥居が建っている。

「神仏習合《しゅうごう》の名残だろうな」

「仏さんと神さんが仲良うしてはるのは、微笑ましい気がしますわ」

境内を奥へ進み、鳥居の前で二礼二拍手をした。

「お寺のなかで柏手《かしわで》を打つのは少し気が引けるなぁ」

本堂に上がり込んでご本尊さまにお参りし、次は右隣の毘沙門さまへと移ろうとすると、先客の女性がいて、熱心に祈りを捧《ささ》げている。横に立つのも、後ろからお参りするのもはばかられ、少し待つようにと、淳に目で合図を送った。

歳《とし》のころなら還暦を過ぎたあたりだろうか。黒いスウェットの上下に、エンジ色のダウンベスト。足もとは白のスニーカー。ジョギングの途中に立ち寄ったにしては、祈りが長く深い。

同じ真言を何度も小声で繰り返している。神仏に捧げる賛歌は、それぞれ文言が異なると、小堀から教わったことを思いだした。

一分ほどが過ぎ、二分経ったころにようやく祈りは終わったようだ。手を合わせたまま、深く頭《こうべ》を垂れた女性は、覚醒《かくせい》したかのように振り向いた。

「すみません、気が付かなくて。ずっとお待ちいただいてたのですね」

一心不乱に祈りを捧げていた女性は、こちらの存在にまったく気付いていなかったようで、驚いた表情で頭を下げた。

「ぜんぜんかまいませんよ。何も急いでおりませんし」

思ったままを口にした。

「ひょっとして、お隣の食堂の奥さんと違います？」

淳が女性の顔をまじまじと見ている。

「そうですが、うちのお客さん？」

「はい。僕は森下て言うんですけど、以前から何度かお店におじゃましてて、ついこないだも寄せてもらいました」

「ああ、お顔に見覚えがあります。よう来て頂いてましたなあ。最近はずっと厨房のなかに入ったきりなもんで、お客さんの顔を見ないことが多いんです」

「私は木原と言います。森下くんに誘われて、今日はおたくの食堂へ伺うつもりなんです」

「すみません。ずっと前は八時から開けてたのですが、しばらく前から十時開店にさせてもらっているので、ずいぶんお待たせすることになってしまいますね」

女性は北方亜津子と名乗って、申しわけなさそうに肩をせばめた。

「えらい熱心にお祈りしてはったみたいですけど、願掛けせんならんようなことがあるんですか？」

淳の問いかけに亜津子は戸惑いの表情を浮かべた。

「淳くん、いきなり失礼なことを訊いちゃいかんよ」

そう言って、たしなめた。

「すんません。こないだここのお坊さんからそんな話を聞いたもんで」

淳はすぐに身を縮めた。

「そうでしたか。こちらのご住職には本当にお世話になってまして。いつも心配してくださっているんです。隠さなければいけない事情もありませんので、お気になさらなくてもいいですよ」

亜津子は、渡り廊下でつながる庫裏《くり》のほうに目を遣《や》った。住職から伝わった話だと聞き、いくらか警戒心を解いたようで、口元をゆるめている。

「ほな、やっぱりほんまの話なんですね」

淳が肩を落とした。

〈京都市なんでも相談室〉の副室長を務めている木原にとっては、悩みを抱えている相談者が、心を開いているか否《いな》かを見極めるのが仕事だと言ってもいい。亜津子は後者だろうと推測した。

「よろしければあそこに座りませんか。仏さまの前で立ち話というのもなんですから」

木原は鳥居のすぐ横に並ぶベンチを指した。

腕時計をたしかめて、亜津子は木原の奨《すす》めにしたがった。開店までにまだ余裕はある。むろん仕込みに要する時間も計算に入れなければいけないだろうが。

亜津子を真ん中にして、三人で木のベンチに腰掛ける。最初に口を開いたのは木原だった。

「単刀直入にお訊《たず》ねしますが、ご主人が身体を壊されて、お店を閉められるというのは、本当の話なのでしょうか」

「はい。おっしゃるとおりです。特に貼り紙などで告知はしていませんが、常連のお客さんにはそう伝えています」

「店を閉めんならんほど、重い病気なんですか？」

淳の言葉に亜津子は無言でこくりとうなずいた。

「ぜんぜんそんなふうに見えへんかったけどなぁ」

淳が首をかしげた。

「ご主人の病気快癒《かいゆ》を願って、こちらにお参りされているというわけですか」

「はい。毘沙門天さまに毎日お願いしております。それをご覧になったご住職さまが、事情をお訊ねになったので、包み隠さずお話ししました」

「常連でもないのに、立ち入ったことを訊きますけど、お店を閉めて療養しはるていうことですか」

淳が言葉を選んでいることが伝わって来るが、突然出会ったふたりにどこまで話していものか、亜津子はあきらかに戸惑っている。当然のことだろう。

「ぶしつけなことで申しわけありません。実はわたしはこういう仕事をしておりまして」

木原は名刺を差しだした。

「〈京都市なんでも相談室〉……、そんなお仕事があるんですか。まったく知りませんでした」

「どんな小さなことでも、お困りになっていることがあれば、ご相談下さい」

「ありがたいことですけど、うちの場合はどうしようもない話なので」

亜津子が顔を曇らせた。

「なんでも相談と銘打っていますので、医学に関するご相談も少なくないんですよ。悩みを打ち明けるだけでも気持ちが楽になったとおっしゃる方もよくおられます」

口を閉じたままで、亜津子は思いを巡らせている。

「ええことやないか。この人の言うとおりや。話を聞いてもらうだけでも気が楽になる。このままやったら、奥さんまで病気になってしまうがな」

「ご住職」

背中から聞こえてきた声に、亜津子は立ち上って大きな声をあげた。

いつからそこに居たのか、池の端に屈《かが》みこんで、住職は鯉《こい》の餌《えさ》やりをしている。

「失礼いたしました。京都市役所の木原と申します。お断りもせず境内をお借りして申しわけありません」

名刺を差しだすと、住職はおしいただいて、法衣の懐《ふところ》に仕舞った。

「寺というものは、いつでもどなたでも自由に滞在していただくようになっとります。どうぞごゆるりと。奥さん、おだいじにな」

亜津子に笑みを向けてから、住職は庫裏の敷居をまたぎ、後ろ手で引き戸を閉めた。

「お隣にこんなお寺があるって、ありがたいことですね。毘沙門天さまも見守ってくださっているし」

木原は思ったままを口にした。

「お恥ずかしい話、つい最近までこのお寺のことは何も知らなかったんです。仏教のこともほとんど分かりませんし、毘沙門さまを祀っておられることを知ったのも、主人が病に罹《かか》っていることが分かってからなんです。罰当たりなことに、それまではいつも素通りしていて、お参りにくることもほとんどありませんでした。主人を助けてほしい、その一心でお参りにくるようになったんですから、身勝手もいいところですよね。今さら信心しても遅い。毘沙門さまにも見放されているかもしれません」

「神さま仏さまは広い心をお持ちですから、決して見放したりはされませんよ」

木原は言葉に力を込めた。

「人間て勝手な生きもんやていうことは、神さんが一番よう知ってはるんと違いますか。僕の店のすぐ傍にも『辰巳大明神《たつみだいみょうじん》』ていう神社があるんですけど、奥さんとおなじで、素通りしてしまうことが多いです。困ったことがあったり、願いごとがあるときくらいしかお参りせえへん。みんなそんなもんですよ」

淳が自分に重ねて言葉を足した。

「そう言っていただけると気持ちが楽になりますね」

亜津子は、ふう、と口元をゆるめた。

「お休みも取らず、長い営業時間で、メニューも和洋中たくさん揃《そろ》えてらっしゃると聞きました。長いあいだそれを続けてこられたんだから、ご主人も相当ご無理をなさったんでしょう。お察しします」

「とにかくまじめ一本の人なので、休むことがきらい。お客さんに喜んでもらうことが一番の愉しみというか生き甲斐《がい》。亡《な》くなったお義父《とう》さんそっくり」

「お義父さんも飲食業やったんですか？」

淳が訊くと、亜津子はこくりとうなずいた。

「『一条食堂』は義父のお父さんが舞鶴《まいづる》ではじめた店なんです。うちから言うと先々代に当たりますけど、夫婦ふたりで切り盛りしていたのは、先代もおなじでした。京都の老舗《しにせ》には足元にも寄れませんが、『一条食堂』も三代の夫婦で守ってきたんです」

「舞鶴やのに一条？」

「舞鶴にも一条通があるんですよ」

「それは知りませんでした」

「こちらのお店も一条通の近くにありますが、偶然だったのですか？」

木原が訊いた。

「はい。安い物件を探していて、ここを見つけたみたいです。この通りは出水通なので〈出水食堂〉にしようかと言ったんですが、お祖父《じい》さんが創業した店の屋号を、守り続けたかったんだと思います」

「舞鶴の『一条食堂』は今は――」

「六年前に義父が亡くなり、あとを追うように義母も他界してしまったので店仕舞いしました」

「そこの食堂もここどおなじ感じやったんですか？」

「うちよりもさらにメニューは多かったのですが、最後まで義父と義母のふたりで切り盛りしていました」

「筋がね入りの食堂一家なのですね」

木原がそう言うと、亜津子は少しばかり鼻を高くしたように見える。

「主人の祖父は、近くにあった帝国海軍の食堂に勤めていたそうで、そこでいろんな料理を覚えてきたみたいです」

「それで〈エビのコキーユ〉みたいなクラシックな洋食がメニューにあるんや。海軍発の食が、三代にわたって受け継がれてる食堂ということかぁ。すごいことですやん」

淳が目を丸くしている。

「そう言えば舞鶴には『海軍記念館』がありますよね。仕事で舞鶴へ行ったときに見学しました。なるほど。このお店のルーツは舞鶴にあったんですね」

木原はそう言って、何度もうなずいた。

何年前になるだろうか。『洛陽《らくよう》百貨店』の物産展に出品する地方グルメを探すべく、小堀とともに舞鶴を訪れたときのことを思いだしている。

真っ先に目を付けたのは肉じゃがだった。舞鶴が発祥の地と言われ、ご当地グルメのさきがけとなっていた。ただそれを紹介するだけでは新鮮味がないので、同じく名乗りをあげていた広島県の呉《くれ》市と、肉じゃが対決の企画を立て、お伺いをたてたところ、小堀に叱責《しっせき》されたのだ。

たとえおもしろおかしく、であっても両者の対立をあおるような企画はこのデパートの考えになじまない、というのが小堀の主張だった。

当時、テナントに順位を付けたり、同業を競わせたりする企画はことごとく小堀によって却下されていた。それを考えれば当然と言えば、当然のことだったのだが。

もしあのときに『一条食堂』のことを知っていたら――。そんな思い出を断ち切ったのは、淳のひと言だった。

「あかんかったら答えてもらわんでもええんですけど、シュウさんはどんな病気なんですか?」

淳の問いかけに、亜津子はぴくりと肩を震わせた。

「重ね重ねすみません」

木原が口をはさむと、亜津子の視線がゆっくり店のほうに向いた。

「少しここでお待ちいただけますか」

言い残して亜津子が小走りで店に向かった。

「さすがに訊いたらあかんかったですかね。すんません」

淳が肩を落とした。

「しょうがないよ。避けて通れないからね」

池の鯉が時折り水音を立て、秋風が枯葉を水面《みなも》に散らす。池に目を遊ばせて五分ほど経っただろうか。店から走り出てきた亜津子は息を弾ませている。

「まだ仕込み中ですが、よかったら店のほうへお越しください」

「いいんですか？　ご準備でお忙しいでしょうに」

「主人はともかく、わたしからご相談したいこともありますし」

亜津子が上目遣いに木原の顔を覗《のぞ》きこんだ。

淳と顔を見合わせて、こっくりとうなずいた。

相談事となれば公務である。

「分かりました。遠慮なくお伺いすることにします。差し支えがあるようなことになれば、どうぞその都度おっしゃってください」

亜津子にそう告げて、一緒に店に向かった。

店の前までくると、様々な匂《にお》いが漂ってくる。カレー、和風の出汁《だし》、中華スープなどが混ざり合い、否《いや》が応《おう》でも食欲をかきたてられる。

「おはようございます。すみませんね、突然お邪魔して」

　亜津子に続いて、店に入った。

「わざわざ来てもろておおきに。不細工な話やけど。まぁ、よろしゅう頼んますわ」

　神妙な顔つきのシュウさんが首に巻いた白いタオルには、既に汗が染《し》みこんでいるようだ。

「市役所の木原と申します。押しかけてきたようになってしまいましたが、どんなことでもご相談いただければ」

　木原は厨房との境にある窓口に名刺を置いた。

「わしは別に相談することなんかないんやで。うちのやつが言うとるだけで」

　名刺を手にしたシュウさんは、不服そうに頬を膨らませた。

「シュウさん、こないだはおおきに、ごっつおさんでした。木原さんは僕の兄貴分なんで来てもらいましたんや。余計なお世話かもしれませんけど、話だけでも聞かせてください」

「今日は奥さんは留守番か？」

「奥さんと違うて言うてますやん」

「どっちでもええけど、あのべっぴんさんも連れて来て欲しかったなぁ」

　明るく冗談を言うシュウさんは、重篤《じゅうとく》な病を得ているようには見えない。

「お茶だけしか出せませんけど、どうぞお掛けください」

厨房から一番近いテーブル席を選んで、亜津子がお茶の入ったコップをふたつ置いた。

「遠慮のう座らせてもらいます」

四人掛けのテーブル席に、淳と木原はとなり合って座った。

「奥さんもどうぞ座ってください」

淳が立って椅子《いす》を引くと、亜津子は会釈してから浅く腰かけた。

「すべてありのままに話していい。そう主人が言ってくれましたので、お話しさせていただきます。ひと月ほど前に、主人は肝臓がんで余命一年を宣告されました」

ある程度予測はしていたものの、実際に亜津子の口から余命という言葉が出ると、尖《とが》った刃物を目の前に突きだされたように感じた。それは淳もおなじだったようで、青ざめた顔を大きくゆがめている。

「どう申し上げてよいやら」

自然と口をついて出た言葉は木原にとって常套句《じょうとうく》と言ってもいい。問題解決のいとぐちさえ見えない、深い悩みを打ち明けられたときには、決まっておなじ言葉を口にしてしまう。

「誤診ていうことはないんですか？　こんな元気に仕事してはるのに」

淳が唇をかんでいる。

その言葉どおり、姿こそ見えないものの、厨房からのにおいと音でシュウさんが仕込みに精を出している様子は手に取るように分かる。

「近所の病院でそう宣告されて、わたしも主人も信じられなかったので、紹介してもらった大学病院を受診したのですが、診断結果はおなじでした」

「医学は日進月歩ですから、決してあきらめないように努めてください」

それぐらいしか掛けられる言葉がない。

亜津子も淳も黙りこくっているなかで、砂を噛《か》んでしまったような、後味の悪さを呑《の》みこもうと、木原はあわててお茶をすすった。

「ご主人はどんなふうでした？」

「最初の病院のときはショックをまぎらわすためにやけ酒を飲んでばかりいましたが、二度目の診断で覚悟を決めたらしく、以前とおなじように淡々と暮らしはじめました」

「えらいなぁ。僕やったらダメ押しされたら余計に荒れそうですわ」

「わたしもそう思います。もし自分だったらと思うと、気持ちが爆発しそうです」

亜津子の言うとおりで、窮地《きゅうち》に追い込まれ、解決する術《すべ》をなくすと、人は自爆を試みるか、他人に爆弾を投げつけようとする。もちろん、多くの者はかすかに残された理性で踏みとどまるのだが。

「ぜんぜん関係ない話なんですけど、〈もみじ揚げ〉ていうメニューはなんで止《や》めはったんですか。常連さんから聞いたんですけど、人気メニューやったそうですね」

ふく梅から聞いた話とは違う。消してあったメニューを覗き見たとは、さすがに言いにくかったのだろう。

「にいちゃん、ちょっと待ってくれたら〈もみじ揚げ〉作るで」

話はシュウさんの耳に届いているようだ。

仕込みをしながらも、こちらの会話が気にならないはずがない。

「ええんですか。めっちゃ嬉しいです」

立ち上がって、淳が厨房を覗きこんだ。

「こういう人なんです。どんなときでも、お客さんに喜んでもらうのが一番の生き甲斐なんです」

亜津子は誇らしげに背筋を伸ばした。

「お願いしておきながらお訊ねするのもおかしいかもしれませんが、なぜ好評だったメニューを表から外されたんですか？」

木原が改めて訊くと、シュウさんの顔色を窺《うかが》うように、亜津子が視線を厨房に向けた。

「聞いてもろたらええ」

包丁を止めて、シュウさんがぼそりとつぶやいた。

相談室にやって来るのはたいていひとりだが、夫婦や親子、友人などふたりで相談に訪れるケースもあり、多くは今とおなじように、片方がもうひとりにお伺いを立てる。そうしたときは決まって、暗く重い話が待ち受けているのだ。

「けど、どんな料理かは言わんときや。あとで食べてもらうときの愉しみが減るさかいな」

シュウさんは窓口から首を伸ばした。

「ご想像が付くと思いますけど、ざっくり言うとお肉の揚げもので、主人のお祖父さんが考案したメニューなんです。うちは以前、持ち帰りにも力を入れていて、その一番人気が〈もみじ揚げ〉でした。あるときそれを買って帰ったお客さんがお孫さんに食べさせたのですが、噛み切れなかったのか、喉《のど》に詰まらせて救急車で運ばれてしまったんです。クレームがあったわけではありませんし、うちの店に落ち度があったわけではありませんが、そのことがあって外しました。でもたまに、どうしても食べたいとリクエストされる、古くからのおなじみさんがいらして、そういうときは主人が相手の顔を見て決めます。今日みたいに」

どうやら、鹿肉ではないようだ。そう感じながらも、そこまでしなくてもいいのに、と思ってしまう。お正月になると、毎年決まってニュースになるのが、餅《もち》を喉に詰まらせてお年寄りが亡くなったといういたましい事故だ。だからといって、お餅を作らなくなった店など聞いたこともない。それほどシュウさんは責任感が強いということなのだろう。

「食べてもらわんと話だけですみませんねぇ。もうちょっと待ってください」

「いえいえ、お気遣いなく。それより奥さんも仕込みをお手伝いされなくていいんですか。かえってお邪魔をしているみたいで恐縮です」

「まだ大丈夫です。せっかくいらっしゃって頂いたので、肝心のご相談をしなければいけませんね」

亜津子が椅子をテーブルに近づけて座りなおした。

「心してお聞きします」

木原が姿勢を正すと、淳もそれに倣《なら》った。

「主人もわたしも、あきらめたわけではありませんが、そのあと、ということも当然考えないといけない。そう主人が言いまして、要するに自分が死んだあとに、わたしがどうやって暮らしていくかを、真剣に考えてくれています。ありがたいことではあるのですが、せっかくふたりで老後を愉しむために貯《た》めてきたお金ですから、主人が気持ちよく生きていくために使いたい。わたしはそう思って、ターミナルケアを受ける費用に使おうと提案しました。でも主人は強硬に反対するのです。文字通り死に金になると言って。どんなケアを受けようが死ぬときは死ぬのだからと」

亜津子は必死で涙をこらえている。

ターミナルケア、ホスピスといった終末医療については、考え方次第だと言ってしまえば、逃げに聞こえるだろうが、正解の見つけにくい問題であることだけは事実だ。

「ご主人はどういう使い方をしようて言うてはるんです？」

淳がそう訊ねると、亜津子は立ち上がって窓口の引き出しからパンフレットを取りだした。

「豪華客船での世界一周ツアーです。たしかに若いときからの主人とわたしの夢でしたし、そのために貯金をしようと提案したのもわたしです。でもそれは、まさかこんなことになるとは思っていなかったからで、事態が変わったのだから、その夢はあきらめるしかないとは思っています」

「両方できるくらいの貯金があったらよかったんやけど、ぜんぜん足らん。見てのとおり、こんなぼろい店やさかい、売っても大した金額にはならんやろ」

窓口から顔をのぞかせて、シュウさんが口をはさんだ。

どちらの言い分も理解できる。いずれが正しいというわけでもない。まさに、考え方ひとつなのだ。

「どっちも叶《かな》えられたら一番ええんやけど。なんとかならんかなぁ」

腕組みして考え込む淳とまったくおなじ思いだ。

さりげなくツアーパンフレットを開き、料金を確認したが、たしかに気軽に行けるようなものではない。一番安い部屋でもひとり五百万近くになるから、ふたりだと一千万円。ターミナルケアならそこまで掛からないだろうが、期間や内容によってはたいした金額になる。病状に応じて先進医療を選択するとなれば大きな負担がのしかかってくる。

老後の資金がどれぐらい必要かという相談は、最近になって急増している。不足分をどう補えばいいか、働き口はないかなど、高齢者の多くがお金の問題を抱えている。

健康であってもそうなのだから、余命宣告を受けた夫婦にとって、お金の問題がどれほど深刻かは痛いほど分かる。そしてその使途をめぐって、夫婦の意見がまっぷたつに分かれているというのだから、相談ごとのなかで屈指の難問である。

「わたしたちには子どもがいませんので、万一うちの主人になにかがあったとしても、わたしひとりが生きていく分には困ることはないだろうと思っています。仕事さえ選ばなければ、働き口はあるだろうし、働くことを苦痛に思ったことはこれまで一度もありませんでしたから。今の貯《たくわ》えを残そうとはわたしも主人も思っていないのです。ただ、その使い道について、意見が合わず、ずっと平行線のままなのです」

「けんかひとつせん、仲のええ夫婦といわれとるんやが、これだけは折り合えんのや。まぁ、わしの言うこと聞いたら間違いない思う。あんたらからもヨメはんにそう言うたって」

シュウさんが厨房から料理を運んできてくれた。

「これが〈もみじ揚げ〉ですか。唐揚げなんですね」

丸い洋皿に千切りキャベツが敷き詰めてあり、その上に茶色い揚げものが載っている。厚さは五ミリくらいだろうか、薄切り肉の揚げ物が十枚ほど重なりあっている。

「めっちゃ旨そうですやん」

キャベツが敷かれているのはおなじだが、木原の前に置かれたものとは違い、淳のほうの皿には、三センチ角ほどの揚げものが六、七個盛りつけられている。

「もともとの〈もみじ揚げ〉は、うちのジイチャンが考え出したんやけど、薄切りのほうを〈桃太郎〉、角切りのほうを〈鬼殺し〉て名付けよったんはオヤジやねん。両方とも牛のモモ肉なんやが、味付けも調理法もちょっとずつ変えたぁる」

腕組みをして料理を見下ろすシュウさんは、いかにも自信ありげだ。

三代にわたって受け継がれてきたメニューだということに驚き、事故があったということで、そのメニューをあっさり引っ込めてしまう潔《いさぎよ》さにさらなる驚きを与えられる。

「ご飯とお味噌汁を置いておきます。メニューに載せていたときは、煮物と和《あ》え物の小鉢を付けていたんですけど、それだけのほうがいいでしょ。ご飯によく合うんですよ」

亜津子もシュウさんとおなじような表情で料理を見下ろしている。

夫唱婦随という言葉が頭に浮かんだ。こんなふうに息を合わせて、長いあいだ食堂を続けてきたのだろう。年齢からいけば、まだまだ続けられるだろうに。神さまはなんと薄情なのか。

「〈桃太郎〉のほうはそのまま食べてもろたらええんやけど、〈鬼殺し〉はこのタレを付けて食うたら旨い。常連の人らは〈鬼タレ〉て呼んどるんやが、このタレだけは、わしが考えて加えたもんやねん」

シュウさんが、ガラスポットを淳の前に置いた。

「〈鬼タレ〉て言うんやから激辛なんですか?」

淳はそれを手に取って、しげしげと眺めている。

「〈鬼殺し〉用のタレだから〈鬼タレ〉。それだけの話ですよね?」

木原がたしかめると、シュウさんは笑顔でうなずいた。

「何が入ってるんやろう。これだけをご飯に掛けても美味しいんと違うやろか」

淳が手のひらに載せた〈鬼タレ〉をなめた。

「にいちゃんの言うとおりや。常連さんのなかには〈鬼タレ〉を白飯に掛けて食べる人もおった。作り方教えてくれいう客もおったけどな、企業秘密やて言うといた」

シュウさんは人懐《ひとなつ》っこい顔で笑った。

〈桃太郎〉を取ると、箸先からカリッとした揚げ加減が伝わってくる。濃い茶色をしたそれを口に入れると、芳ばしさが口中に広がり、嚙むまでもなくちぎれてしまうほどの柔らかさだ。

「まぁ、ゆっくり食べていって。店開けるまで、まだ一時間近《ちこ》うあるさかい、貸切みたいなもんや。仕込みしてるさかい、なんか用があったら声掛けてや。亜津子、煮物はまかしたで」

「はい」

ふたりは厨房に入っていき、店にふたりだけが残った。

「シェアしましょね」

淳が〈鬼殺し〉をひと切れ木原の皿に載せてくれた。

「じゃあ淳くんにはふた切れな。けっこうなボリュームだね。味噌汁も具沢山だし、ごはんも大盛り。これでは儲《もう》けは少ないよな」

「竜田《たつた》揚《あ》げと似てるようで別もんですね。唐揚げともちょっと違う。〈もみじ揚げ〉てよう名付けはったもんや」

プロの料理人がそう言うのだから、創意工夫を重ねたメニューなのだろうが、木原は逆に、家庭料理の延長線上にある素朴な味わいであることに心を動かされている。

「おなじ〈もみじ揚げ〉なのに、〈鬼殺し〉と〈桃太郎〉はまったく別もんじゃないか。見た目もまったく違う」

「ほんまですね。どっちも好きなビジュアルやなぁ。甲乙つけがたい、てこういうときのための言葉や思います。しっかり味が染みこんだ〈桃太郎〉もええけど、モモ肉をがっつり食べてるていう気分の〈鬼殺し〉もええ。ひとりやったらミックスにして欲しいわ」

食べ比べると、実によくできたメニューだということがよく分かる。やわらかく、しっかり味の染みた〈桃太郎〉はやさしい味わい。いっぽうでモモ肉ならではの肉の旨さを生かした〈鬼殺し〉は、ワイルドな食感が持ち味だ。味付けした肉を揚げると、こんなにおいしい料理になる。お手本と言ってもいい。

自然と箸が進む。コマーシャルなどでよく使われる言葉だが、それはきっとこういう料理のためにあるのだろう。

どんな下味を付けているのか、どんな粉を付けて揚げているのか。考えながらも箸が止まることはない。〈鬼タレ〉なるものも独特の味わいだ。激辛とはほど遠く、牛肉を包み込むような上品さがある。

「いつも食べてる唐揚げと似てるようやけど、全然別もんやな。ニンニクやとかスパイスをまったく使《つこ》うてない気がする」

淳の言うとおり、フライドチキンや鶏《とり》の唐揚げなどによく使われるスパイスの風味をまるで感じない。ショウガの香りはするものの、ほかの香辛料は味も香りもしない。

「裕さん、これって……」

箸を持つ手を止めて、淳がこちらをまっすぐに見た。

淳の言いたいことはすぐに分かった。

〈小堀商店〉での試食会を行わないかと無言で提案しているのだ。

阿吽の呼吸とでも言えばいいのか。木原もまったくおなじことを頭に浮かべはじめていた。

思いもかけない展開だが、もしもそんな提案をしたら、シュウさん夫妻はどんな反応を示すだろう。

清貧という言葉がふさわしい夫婦にとって、不純な相談と思われるかもしれない。

しかし、亜津子の相談に対するひとつの提案になるし、ひょっとすると、それが唯一《ゆいいつ》無二《むに》の解決法となるかもしれない。

「買取なんて言いだしたら、怒られそうな気がしますね」

淳が小声で言った。

「切りだし方が難しいのはたしかだけど、解決の道はそこにしかないような気もするんだ」

木原は〈桃太郎〉を味わいながら、道筋を探っている。

「こういうときは直球が一番ええんと違いますかね」

言いおいて、やおら立ち上った淳が窓口から厨房を覗きこんでいる。

「このお店を閉めはったあとは、どうしはるんですか？」

「どうするもこうするも、それで終《しま》いやがな。後継ぎもおらんし、こんな店を続けようてな、物好きもおらんやろから、たぶん取壊しやな」

仕込みを続けながらシュウさんが答えた。

「そしたら、この〈もみじ揚げ〉は食べられへんようになるいうことですか？」

「そういうこっちゃけど、似たようなもんはどこにでもあるがな。中華屋でもコンビニでもラーメン屋でも、なんちゃらチキンやとか、唐揚げみたいなもんやったら、どこでも食えるわ」

「似て非なるものですやんか。もしよかったら僕にレシピを教えてもらえません？　もちろんタダでとは言いません。ちゃんとお金は払いますし」

「どうせ店閉めるんやさかい、レシピてなたいそうなもんやないけど、作り方は教えたる。金なんか要るかいな。どうせ大した額と違うんやろ。大金くれるんやったら、喜んでもろとくけどな」

シュウさんが丸い笑顔を向けると、淳は木原に目で合図を送った。

「信じてもらえないかもしれませんが、場合によっては、大きな金額で買い取らせてもらう可能性もあります。もちろん、必ずというわけではありませんし、買い取れないこともあります。話だけでも聞いていただけますか？」

窓口から顔だけを厨房のなかに入れて、『小堀商店』のシステムについてひと通り説明を行った。

「冗談で言うてはるとも思えんけど、にわかには信じられん話や。見てのとおり仕込み中やで、今はゆっくり話を聞けるような状態やない。すまんけど、営業が終わるころに、もういっぺん来てくれるか。じっくり話を聞かせてもらうわ」

桃太郎七百二十円、鬼殺し七百四十円の会計を済ませると、ボスの意向をたしかめたうえで、淳と一緒に出直すことにした。

朝早く、ふたりで寺参りに向かうときは、まさか二時間後にこんな展開になるとは、思ってもみなかった。

どんな反応を示されるか不安だったが、ボスが存外すんなりGOサインを出したのは、『一条食堂』が舞鶴発祥だと伝えたからかもしれない。

肉じゃが対決の話を蒸し返され、改めて小言をくらったのは想定外だったが。

営業を終えた店で、シュウさんがみつくろった料理を食べ、淳が持ち込んだ日本酒を共に飲みながら、『小堀商店』のあらましを説明した。

最初は半信半疑だったシュウさんも、概要を理解してくれて、亜津子の後押しもあって、買取の場へ出向くことを承諾した。

その場でボスと連絡を取り、一週間後の夜に試食会を設けることになった。

3.『小堀商店』

日曜日ということもあり、紅葉狩を目論《もくろ》む観光客の人波が絶えることのない巽橋界隈《たつみばしかいわい》である。

多くの店がにぎわうなかで、『和食ZEN』には〈本日定休〉の札が掛けられ、しんと静まり返っている。

木原がドアをノックすると、すかさず淳が中へ招き入れてくれた。

「ボスとねえさんはお越しになってて、奥で待機してはります。シュウさんご夫妻は十分後ぐらいに着くと連絡がありました」

淳の表情がいつになく固いのは責任を感じているからに違いない。

もしもあの日、淳が『一条食堂』のことを思いださなかったら、夫婦ふたりで店仕舞いしたあとの処し方を、穏やかに話し合えただろうに。結果として、波風を立てるだけに終わってしまうこともなくはないのだ。

「理恵ちゃんは？」

「今日はお店休みですやん」

そうだった。この店に来るとかならず理恵がいるものと思いこんでいたが、彼女はこの店のスタッフであって、『小堀商店』の正式メンバーではないことにあらためて気付くのも、今回の『小堀商店』が異例な時間の開店だからだ。

カウンターの端っこに腰かけて待つこと数分。ゆっくりとドアが開き、シュウさん夫妻が店に入ってきた。

「ようこそ。迷われたりはしませんでしたか」

立ち上がって木原が出迎えた。

「祇園てなとこは、わしらみたいなもんには縁がない場所やさかい、きょろきょろしてばっかりでしたわ」

「地図を書いていただいてよかったです。住所番地だけではさっぱり分かりませんでした」

ふたりともふだんの作業着の上から、黒いダウンコートを羽織っている。

「さっそくですけど奥へご案内します。ボスもお待ちかねですので」

「こんな立派な店やったら、ここで作らせてもろてもええんやけど」

シュウさんがカウンターのなかを覗きこんだ。

「奥の部屋はもっと設備が整うてますよ」

「おんなじ京都やけど、わしらのとことはえらい違いや。世の中には知らんことがようけあるんやな」

シュウさんがそう言うと、興味深げに店のなかを見まわしながら、亜津子が何度も首を縦に振っている。

『小堀商店』の鉄の扉を開けると、更に驚きが増したようで、ふたりはぽかんとした顔で立ちすくんでいる。

「どうぞこっちへお越しになっとぅくれやす」

もみじをちりばめた萌黄色《もえぎいろ》の着物姿で、ふく梅が招き入れた。

「いやいや、こんなきれいな芸妓さんまでやはるやなんて、舞い上がってしまいますわ。お初にお目にかかります。北方修一です。こっちは妻の亜津子です」

「お初と違いますやん。こないだお店に伺うて美味しい西京焼をいただきましたがな」

「ああ！　あのときもべっぴんさんやと思うてましたけど、今日はまた一段と」

シュウさんが驚いた顔をふく梅に向けている。

「お初はこちらです。小堀善次郎と申します。ようこそお越しくださいました」

ネイビーのパンツにグレーのジャケットを合わせた小堀が杖《つぇ》を頼りに立ちあがった。

「北方です。せいだい気張りまっさかい、あんじょう頼みますわ」

緊張した様子もなく、変わらぬ表情でシュウさんが挨拶すると、傍らの亜津子がぎこちなく一礼した。

「ここは常は何に使うてはるんです？」

シュウさんが厨房に目を遣った。

「こういうとき以外に使うことはおへんのどっせ」

「なんちゅうもったいないことを。誰ぞに貸したら、ようさん家賃取れまっせ」

シュウさんの言葉に思わず苦笑いしてしまった。

「ほんとに。景色も最高なんですね」

窓辺に進んだ亜津子が、大きくとった窓ガラスの下を流れる白川の眺めに目を細めた。

「ほな、ぼちぼちお願いできまっか。送ってもろた食材やらは、厨房のなかに揃えておきましたさかい。言うてはったように、お肉は冷蔵庫から出して、室温とおなじぐらいになってる思います。調味料やとかお粉は調理台の上に置いときました。分からんことがあったら、うちに訊いとぅくれやす」

いつもなら理恵が淳と下準備をするのだが、今日はふく梅が代役を務めたようだ。段ボール箱が五つほど届いたと淳が言っていたから、ふたりで手分けしたとしても、準備にはけっこう手間が掛かったに違いない。ふだんから着物を着なれているからできるのだろう。

シュウさんと亜津子は厨房に入り、四人でいつものようにカウンター席に腰かけた。

木原はノートパソコンを準備する。

「ほな、はじめさせてもらいますわ。て言うても、開会宣言せんならんほど、たいそうなことやないんでっせ。肉に下味つけて、コロモをまぶして油で揚げる。そんだけのことですさかい、買い上げてもらうような立派なレシピやない思うてます。けど、まぁ、これも縁っちゅうもんやし、冥途《めいど》の土産《みやげ》にいっぺんぐらい、こんなことも経験しとくのも悪《わる》ぅないなと思うて」

ふつうなら笑ってもいいジョークだが、余命を意識しているシュウさんの口から、冥途の土産などという言葉が出ると、どう反応していいか迷うところだ。それはボスもおなじだと見えて、固く唇を結んだままで、みじんも頰を緩ませることがない。

「牛のモモ肉やけど、もちろん和牛と違うて国産牛っちゅうやつですわ。かたまりのままで寝かしてます。流行りの言葉で言うたら熟成肉ですな。これを角切りにしたんが〈鬼殺し〉、五ミリほどの薄切りにしたんが〈桃太郎〉。なんで〈鬼殺し〉かて言うと、これでガンガン叩《たた》くさかいですねん」

シュウさんが竹製の卸し器を見せた。

「鬼おろしを使うさかいに〈鬼殺し〉か。洒落《しゃれ》たお父さんやったんですね」

ギザギザに尖った刃が鬼の歯に見えることから名前が付いた鬼おろしは、本来大根を粗く卸すときに使うものだが、それを肉の繊維を切るために使う。なかなかおもしろいアイデアだ。

「角切り肉を、鬼おろしで四方八方から叩いたら、そのまま下味を付けますんや。塩コショウは使わん。醤油《しょうゆ》と味醂《みりん》、赤ワイン、ショウガの絞り汁に漬けてもみ込むだけです。そのたんびに味見して、足したりしとります。このまま五分ほど置いたら、勝手に味が染みこみますねん」

調味料は瓶から直接ボウルに入れ、亜津子が卸したショウガを手で絞り入れる。そこに肉を放り込んでしっかりもみ込んでいる。テレビの料理番組とは異なるライブ感がある。

木原はおおむねの分量を聞き出し、手元のノートパソコンに打ち込んでゆく。

「ワインはむかしから〈五一わいん〉ですか?」

小堀が訊いた。

「オヤジの代から一升瓶のこれですわ。別にこだわってるわけやのうて、たまたま使うとっただけや思いますけど」

ここからの手順が意外なものだった。

角切り肉を漬け込んであるボウルに、卵黄《らんおう》を落としいれ、そのうえから粉を振り入れる。そして手でそれをまぶし付け、指先で肉全体になじませると、粘り気のある液状のコロモが肉を覆《おお》い、その粘度をたしかめながら、シュウさんが粉を足した。

「このときに、もんだ肉をほぐす、っちゅうか、空気を入れるみたいな感じで、ふわっとさせるのが、ちょっとしたコツやな」

「粉は片栗粉《かたくりこ》だけですか?」

淳が訊いた。

「そうや。〈鬼殺し〉は片栗粉と卵の黄身をまぶして揚げる。揚げ油は大豆《だいず》白絞油《しらしめゆ》とラードを半々に混ぜたもんや。ふだんは一斗缶を使うとるけど、たいそうやさかい、今日は混ぜたもんを使うてます」

シュウさんは中華鍋に油を流しいれ、火加減を調節している。

「この火力やったら三分ほど掛かるな。そのあいだに〈桃太郎〉のほうを作ろか」

手を洗いながらひとりごちて、シュウさんはモモ肉を手早くスライスし始めた。五ミリと言っていたとおりの厚さに見える。

「これは鬼おろしと違うて、ペティナイフの先で筋切りをするんですわ。桃太郎が鬼退治をしたときの剣に見立ててるて、オヤジは言うとったけど、後付けやろ思うてます」

リズミカルにナイフの先を肉に刺しながら、シュウさんがにこりと笑った。

すっかり忘れてしまっているが、シュウさんは余命一年を宣告された病人なのだ。料理を作る手際《てぎわ》の良さといい、にこやかな表情といい、とてもそんな深刻な状況に置かれているようには見えない。

立場を置き換えてみて、こんな平常心でいられるかと自問すれば、即座に否定せざるを得ない。もともと性格が強いのだろうか。

「あとは〈鬼殺し〉とおんなじように下味を付けて揚げるんやが、薄切り肉は味が沁《し》み込みやすいさかい、もんだりせんと、さっとくぐらすぐらいで充分や。醬油と味醂と赤ワイン、ショウガの絞り汁と、梅酒をちょっと足すのが〈鬼殺し〉との違いやな」

その都度、木原はパソコンでメモを続ける。

「さっきとは違うワインのようですが」

小堀がシュウさんの手元を覗きこんだ。

「こっちは〈赤玉ポートワイン〉っちゅうて甘口ですねん。〈桃太郎〉のほうは子どもさんとか女の人向きやと思うてます」

シュウさんはワインボトルを見せた。

「梅酒は自家製みたいですけど」

「年代もんっちゅうほど大したもんやないんやが、うちで漬けとる梅酒の五年もんや。そろそろ油の温度が上がってきよったさかい、揚げるけど、すぐに食べて欲しいさかいに、準備しとってくださいや」

見とれている場合ではない。ふく梅があわてて立ちあがり、箸と箸置きを並べ、淳が湯呑に茶を注いで、それぞれの前に置いた。

「せや。おしぼりを忘れてた」

淳は厨房のなかに入り込み、保温器からおしぼりを四本取りだした。

「先に〈桃太郎〉から揚げます」

菜箸を中華鍋に入れて油温をたしかめたシュウさんは、さっきとは別のバットに薄切り肉を入れた。

「粉が違うんですか？」

「〈桃太郎〉のほうは片栗粉に、ちょっとだけ薄力粉《はくりきこ》を足す。ほんで厚めに粉を付けるんやが、卵黄は使わん。下味を付けた肉に粉をまぶして百七十度ちょいで揚げる」

淳の問いに、作業をしながらシュウさんが答えた。木原はパソコンでメモを取ってゆく。

「芸コマやなぁ」

淳が苦笑いした。

「なんのことだ？」

ボスが訊いてきたので、

「芸が細かい、というのを縮めて言ってるんです。シュウさんが細かな使い分けをしていることに淳は感心しているのですよ」

小声で答えた。

「言葉を縮めるのはいいことではない。あとで注意しておきなさい」

デパート時代から、言葉遣いにはことさら厳しいボスだった。コストパフォーマンスをコスパと言ったときには大目玉を食ったものだ。文化の乱れは言葉の乱れから、というボスの決め科白《ぜりふ》は今も変わっていない。

「お待たせしました」

木原はパソコンを片付けた。

シュウさんが四人の前に〈桃太郎〉が載った丸皿を置く。店で食べたときの半分以下の量というのは、このあとの〈鬼殺し〉を考えてのことなのだろう。

「このまま食べればいいのですか」

「そのままどうぞ」

小堀の問いにシュウさんが答えた。

「では、いただきましょう」

小堀の言葉を合図に手を合わせ、箸を取った。

店で食べたときに比べていくぶん味が薄めに感じるのは、下味を付ける時間が短かったせいかもしれない。

「思ったよりも上品な味ですね。和牛ではないとおっしゃっていたが、肉そのものの旨みも充分感じられる。なにより、このカリッと揚ったコロモが芳ばしくて旨い。木原からお店での値段を聞いておりましたから、余計に驚きます。これにご飯と味噌汁が付くんでしたね」

「店で出しとったときは、肉が十切れと千切りキャベツ、小鉢もふたつ付けてましたんや。定食っちゅうもんはご飯を美味しい食べなあかんさかい、今食べてもろてるより、濃い味を付けてました。今日はご飯なしでこれだけ味おうてもらいたいさかい、薄めに味付けしてるんですわ」

漬け込む時間が足りなかったのかと思ったが、シュウさんのほうが一枚上手だった。〈鬼殺し〉も、ちょっとだけ小ぶりにしといたんで、もうすぐ揚がります。〈鬼タレ〉を付けてみてください」

シュウさんの指示で、亜津子が〈鬼タレ〉が入った小皿を四つカウンターに並べた。

〈鬼タレ〉を指に付けてなめた小堀が即座に訊く。

「ずいぶん複雑な味がしますが、どんな材料を使ってられるのですか？」

「企業秘密てなほどたいそうなもんやおへんけど、手間と時間は掛けてます」

そう言って、シュウさんは山椒《さんしょう》と唐辛子の辛みが効いた〈鬼タレ〉のレシピを事細かに説明した。いとも簡単にレシピを教えてくれたのも、シュウさんが腹を決めたことの表れなのだろう。

たしかに『一条食堂』で出てきたものに比べると少し小さい。〈桃太郎〉と〈鬼殺し〉の両方を食べるのだからと、大きさも分量も控えるという気遣いも、三代にわたって食堂を営んできたからこそなのだろう。

「ほほう。同じ肉だとは思えないほど味が変わりますね。〈桃太郎〉が色付きはじめだとすると、〈鬼殺し〉は真っ赤に燃えて、散る寸前。さっきのが桃太郎で今度は鬼、言い得て妙とはこのことだ」

小堀が相好《そうごう》を崩した。

なるほど、そういう見方もあるのか。たかが肉の揚げ物ひとつでも、いろんな味わい方がある。ボスに教わることだらけだ。

「〈鬼タレ〉はほんまにようできてますね。下味が付いてる〈鬼殺し〉に付けても、ちゃんとバランスが取れてて邪魔にならへん」

淳の言うとおりで、そのまま食べても充分おいしい〈鬼殺し〉だが、〈鬼タレ〉を付けるとまた違った味わいになる。次のひと切れはそのまま食べようか、〈鬼タレ〉を付けようかと迷ってしまう。

隣を見ると、ボスは〈鬼タレ〉をたっぷり付けて食べている。かなり気に入ったようだ。

「〈もみじ揚げ〉て、オジイチャンはえらい風流な名前を付けはったんどすなぁ。〈竜田揚げ〉とおんなじようやけど、別もんどす」

「うちのジイチャンが食堂に勤めとった帝国海軍のシンボルは桜やったそうです。パッと咲いてパッと散る。その潔《いさぎ》えとこが好まれたみたいやけど、ジイチャンはその反対を行きよりました」

「反対と言いますと？」

小堀が身を乗りだした。

「当時は大きい声では言えなんだみたいやけど、うちのジイチャンは戦争が大嫌いで、人が亡くなることを、桜にたとえて美化したらアカン、て言うてたんやそうですわ。それで海軍の食堂でも、兵隊さんに長生きしてもらおうと思うて〈もみじ揚げ〉っちゅうメニューを作ったんやて、バアチャンが言うとりました」

「なるほど。深い意味を込めて名付けられたんですね。おばあさんも一緒にお仕事をなさってたのですか」

「ジイチャンが海軍を辞めて食堂を始めたときから、バアチャンも手伝うようになったて聞いてます。バアチャンも平和主義者やったそうです。〈もみじ揚げ〉のほんまの名付け親はバアチャンやったかもしれません。建前としては、お国のために潔く散る、て兵隊さんは言うてはったらしいけど、本音では、うちのジイチャンの心遣いに感謝しとったらしいです。せやからジイチャンが海軍の食堂を辞めるときに、兵隊さんらが手造りの勲章を作ってくれたて、えらい自慢してました。オヤジが棺《ひつぎ》に入れてやってましたけど、もみじの模様が描いてありました。わしも誇りに思うてます」

「いいお話を聞かせていただきました」

箸を置いて、小堀が一礼した。

「おそまつでした」

カウンターに両手を突いて、シュウさんが深々と頭を下げると、亜津子がそれに続いた。

「〈もみじ揚げ〉。とても美味しくいただきました。思いを込めて料理に命名する。極めて日本的なことだと思います。食文化という言葉があるように、食には文化的な薫《かお》りがなければならない。最近のお店のメニューを見るにつけ、あまりに情緒がないことに落胆してしまいます。まぁ、料理そのものが理科の実験のようなものですから、しかたがないのですが。その意味で〈もみじ揚げ〉という料理名は素晴らしいものです。レシピだけでなく、名前も一緒に買い取らせていただきたいと思っております」

カウンターのなかで、小堀の言葉をじっと聞きいっていたふたりは顔を見合わせて、笑顔を交わした。

ふく梅と淳も気持ちをおなじくしたように、満面に笑みを浮かべている。いつものように小切手帳を手渡そうとしたが、小堀が手でそれを制して口を開いた。

「しかしながら、この、〈もみじ揚げ〉という料理は、あなたご自身が考えられたものではない。あなたのお祖父《じい》さまが軍隊の食堂という特殊な環境のなかで生み出され、それをご尊父が町の大衆食堂で守り育ててこられたものです。それが痛ましい事故によって途切れてしまったのは、まことに惜しいと思っておりますので、ご自身で考案された〈鬼タレ〉だけを買い取らせていただきます」

そう言って小切手帳を手に取り、金額を書き入れたボスは、裏向きにした小切手をカウンターの上に滑らせた。

譲り合っていたカウンターのなかのふたりだったが、やがて意を決したように、シュウさんがそっと小切手を手にした。

「わしの聞き間違いやったかもしれまへんけど、買うてくれはるのは〈鬼タレ〉だけですわな？　こんな高《たこ》う買うてくれはるんでっか？　桁《けた》を間違えはったんと違いますか」

シュウさんが顔をひきつらせながら、それを亜津子に見せている。

「あなたの聞き違いでもなければ、わたしが耄碌《もうろく》しているのでもありません」

ボスがきっぱりと言い切った。

「〈鬼タレ〉にはそんだけの値打ちがあるいうことですやん。売らはったらどうどす？」

「もちろんです。こんなありがたいことはありまへん」

小切手を両手で押しいただき、シュウさんが頭を下げた。

「そこでひとつ相談があります。亜津子さんとおっしゃいましたね。奥さんからも買い取りたいものがあるのですが」

思いもかけぬ言葉に亜津子は怪訝《けげん》な顔つきをしている。

「わたしから？　わたしはなにも……」

亜津子が顔を向けると、シュウさんは首をかしげた。

「先ほど申し上げたように、〈もみじ揚げ〉のレシピを買い取らなかったのは、ご主人が考案されたものではないからです。ご主人のお祖父さんがお作りになり、それにお父さんが工夫を加え、メニューの名前もお考えになった。つまりは代々の合作なのですが、その裏には代々の主人を支えてきた、奥さまの存在があったと聞いております。とすれば〈もみじ揚げ〉は三代のご夫婦が作りあげられた料理と言っていいでしょう。その六人を代表して、奥さんの亜津子さんからレシピを買い取らせていただくということで、ご主人に異存はありませんね」

小堀が口調を強くすると、シュウさんは大きくうなずいた。

「それではこれをお受け取りください」

ボスがすらすらとペンを走らせて、小切手を亜津子に向けて差しだした。

おそるおそるといったふうに、亜津子がそっと小切手を表に向けて、唇を震わせはじめた。

「もったいないお話……、本当にいただいてもいいのでしょうか」

亜津子にそれを見せられて、シュウさんも驚きを隠せない。

「ひと皿の料理に付けられた名前。そこに平和への思いが込められていたということに、深い感銘を受けました。そしてそれを長く守り続けて来られたのに、ある事故のためにそのひと皿をメニューから消してしまわれたことにも敬意を表したいと思います。奥さんには、六人の代表としてレシピ代を受け取っていただくのですから、あの世におられる四人の方々にもご相談のうえ、使い道をお決めください」

「ありがとうございます」

両手にしっかりと小切手を持ったまま、亜津子は深々と頭を下げた。

「最後にもうひとつ。客船での世界一周を希望されていたようですが、『まほろば』

という船のクルーズを手掛けている会社の役員が友だちにおりましてね、彼にこの話をしましたら、大変興味を持ちまして、私の舌にかなえば、船内のレストランで料理人のひとりとしてお迎えしたい、という誘いがありました。レストランの設備もメニューもリニューアルするらしいんですよ。もちろんご夫妻揃ってです。

最上級とまではいきませんが、ご主人の体調を考慮し、船のスタッフが寝泊まりする船底のほうではなく、一般客室を利用できるように手配してくれるそうです。百三日間の船旅になりますが、それを目標に体調を整えておいてください。

わたしの友人に、余命半年を宣告されて三年経った今も、むかし話を思いだしてわたしにけんかを売って来るほど元気な男がいる。けっしてあきらめてはいけません。北方さん、おとなりの毘沙門天さまも、きっとあなたを護ってくださいますよ」

小堀がゆっくりと立ちあがった。

「何から何まで。どうお礼を言えばいいのか」

亜津子は流れる涙を拭《ぬぐ》おうともしない。

「食堂を続けてきてよかった。ほんまによかったな」

シュウさんは亜津子の手を取って、洟《はな》をすすった。

「大きな災害のときの炊き出しが良い例ですが、食というものはいのちを救うものです。人が生き永らえるために、食は欠かせないものであり、その根幹となっているのがレシピです。しかしごく稀《まれ》にレシピがいのちを奪ってしまうこともある。きっとそれをあなたは自覚なさったのでしょう。食、とりわけそのレシピというものは、命に直結している。たいせつなことを学ばせていただきました」

シュウさん夫妻に一礼して、小堀は立ち去っていった。

こないして、今回も『小堀商店』のレシピ買取はあんじょう終わりましたんで、『辰巳大明神』はんにお礼参りに来てます。

〈もみじ揚げ〉もほんまにおいしおしたけど、善さまのお考えには、ただただ感心するばっかりどす。

〈もみじ揚げ〉は買い取らんと〈鬼タレ〉だけを買うて言わはったときは、モヤモヤとしてたんどすけど、そのあとの展開にはびっくりどした。テレビドラマ顔負けのクライマックスどすやん。

ほんまに善さまの頭のなかていうか、心のなかはどないなってるんやろ。

不思議に思うんどすけど、なんでうちらは思いつかへんのやろ。あとからよう考えたら、善さまの決断いうか、買い取る、買い取らへんの理由に心底納得するんどすわ。

けど、その場ではぜんぜん思いも付かへんことを言いださはりますやろ。なんでやろ、とか、このあとどないなるんやろ、てハラハラするのに、最後はまるぅにおさまる。どころか、これ以上はない言うぐらいに、きれいな結末を見せてくれはる。

そうそう。善さまが毘沙門はんのことを言うてはりましたやろ。シュウさんを護ってくれはるて。あれねぇ、けっこう深い意味があったんどすえ。あとから善さまに詳しい教えてもらいました。

淳くんと『護王神社』はんへお参りに行ったときに、四方を護ってくれはる四神さんがおいやす、て言うてましたやろ。あれとおんなじように、仏はんの世界でも四方を護ってくれてはる方がおいやして、四天王て言うんどすて。ふだんなんとのう四天王て言うてますけど、三羽烏《さんばがらす》の三傑と一緒で、ただの四傑やと思うてましたんやけど、ホンモノがちゃんとおいやしたんどすて。

そのうちの毘沙門天はんは北方《ほっぽう》を護ってはるんやそうどす。ほんでシュウさんの苗《みょう》字《じ》が北方《きたかた》どすやろ。よう善さまはそんなことに気付かはった思うて、またまた感心してます。うちらみたいな付け焼き刃では、そこまで思い付きまへんわ。

信じる者は救われる。そうどっしゃろ？　『辰巳大明神』はん。どうぞよろしゅうに。

第六話

南蛮利《り》久《きゅう》鍋《なべ》

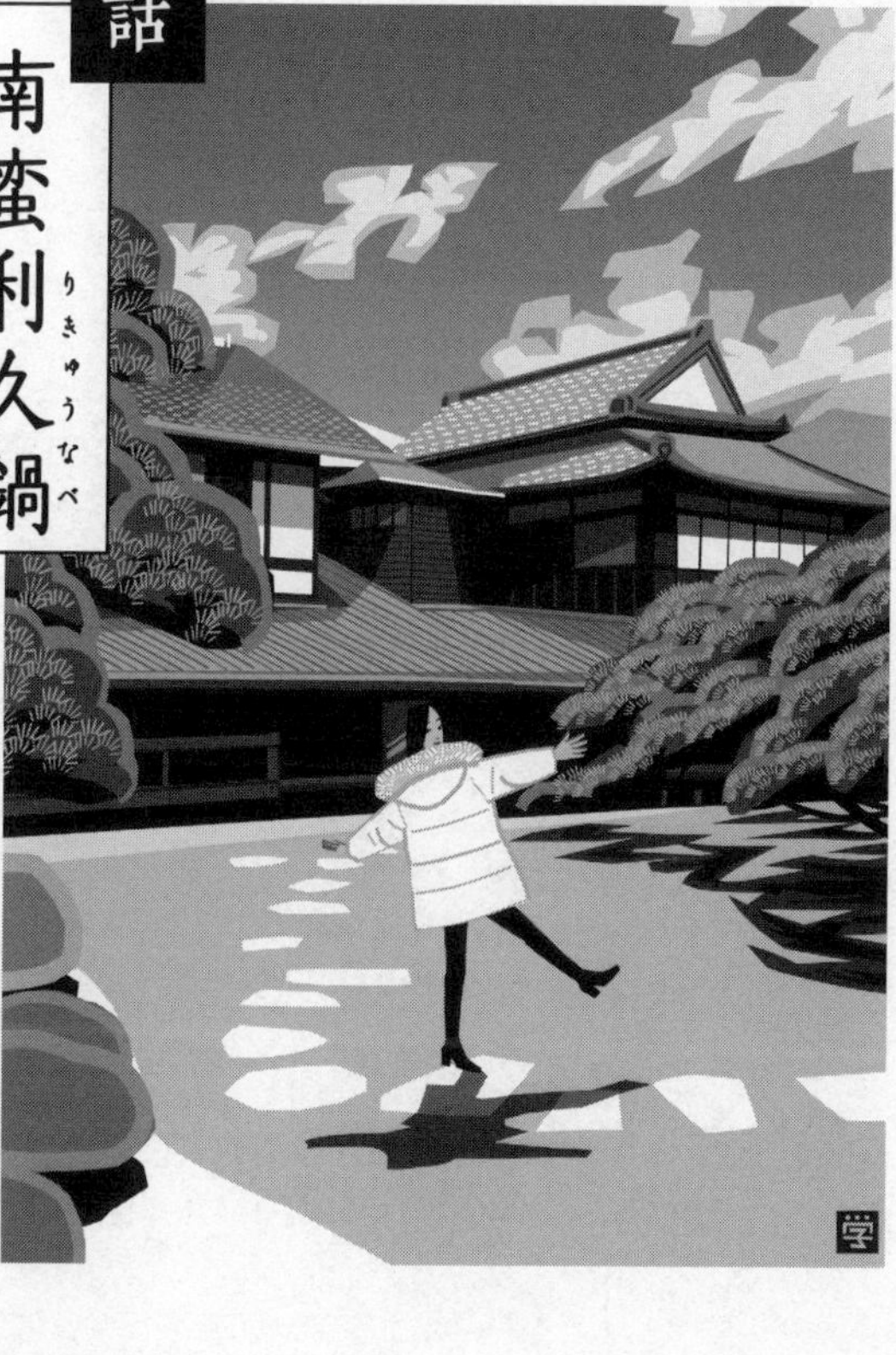

1.唐津《からつ》『陽々館《ようようかん》』

松の内も済んで、お正月気分が抜けたら、お座敷も少のうなります。『和食ZEN』もヒマになりますし、〈京都市なんでも相談室〉も相談にお見えになるかたが一番少ない時期になるんやそうです。

ということで、『小堀《こぼり》商店』の新年会を兼ねて、みんなで一泊旅行へ行くことになりました。うちは温泉に行きたかったんどすけど、善《ぜん》さまの鶴《つる》の一声で、旅行先は九州の唐津に決まりました。なんでも『陽々館』ていうお宿は、善さまのお友だちがやってはるんやそうです。

善さまのお目当てはふたつあるみたいどす。ひとつは唐津焼を買うことやそうで、こちらも作家はんが善さまのお友だちですねんて。もうひとつはこの時季に一番美味《おい》しなるアラの料理を食べることどす。器もよろしいけど、やっぱり美味しいもんに魅《ひ》かれますわ。関西ではクエと言いますねんけど、アラいうたらフグに負けんぐらいの高級なお魚どすやん。その話を聞いたら、うちも温泉よりそっちがええなぁと思いなおしました。

よう考えたら、唐津てどこにあるんか知りまへんねん。お恥ずかしい話どっけど、なんとのう九州の北のほうやろなぁ、ぐらいの知識しかおへん。

飛行機で行くんやろかと思うてたら、京都駅集合やてなったさかい、新幹線で行くんどっしゃろな。ぜんぶ善さまにおまかせどすわ。

お着物着ていこうかしらん、とも思うたんどすけど、なんやそれもたいそうやしね。お洋服にしました。九州かて寒いやろさかい、裏地にボアのついた紺色のパンツに、薄緑色のセーターを合わせて、アウターは白のダウンコートどす。足元が冷えますさかい、ロングブーツ履いてます。慣れてへんからや思いますけど、厚底のブーツて歩きにくおすわ。待ち合わせの時間まであと五分しかおへんのやけど、走ったらこけそうやし、キャリーバッグがうまいこと転がってくれへんし、気《き》ぃばっかりあせってましたんやけど、なんとか八条口の中央改札までたどり着きました。

もうみんな集まってはって、理恵《りえ》ちゃんが手《て》ぇ振ってくれてます。時計見たら三分前どすやん。滑り込みセーフてな言葉、久しぶりに思いだしましたわ。

理恵ちゃんも淳《じゅん》くんもジーンズに赤のダウンジャケットを合わしてはって、なんやペアルックみたいどすがな。

「ねえさん、うまいことギリギリに来はりますなぁ」

苦笑いしながら、淳くんが切符を渡してくれました。

「すんまへん。旅行行くのは久しぶりやさかい、忘れもんばっかりして、なんべんもバッグを開け閉めしてるうちに、こんな時間になってしもうて。おはようございます。えらいお待たせしました」

まずは善さまにごあいさつしました。

「おはよう。間に合ったんだからあやまることはないよ。わたしなんかは早く来過ぎただけだから」

黒いウールのコートを着てはる善さまが、裕《ゆう》さんに顔を向けはりました。

「ボスと一緒に旅行するのは久しぶりなので、緊張して夕べはなかなか寝付けませんでしたよ」

裕さんが生あくびを噛《か》みころしてはります。

「乗り遅れないように」

リモワのキャリーバッグを引いて、善さまが改札口に向かわはったんで、あわててそのあとを付いていきます。

うちらは普通席でもよかったんどすけど、善さまのお伴《とも》やさかい、今日はグリーン車で贅沢《ぜいたく》させてもろてます。

東京行きはいっつも混んでますけど、西向きは空《す》いてます。新大阪を通り越したら、貸切みたいになりました。

一番前に座ってはる善さまは、そのままどすけど、うちら四人は座席を回して、向かい合わせにしました。こんなことしたんて、修学旅行以来やて、理恵ちゃんが言うてはりますけど、ほんまにそんな感じどす。

抜かりのう淳くんが用意してくれはった、飲みもんやらおやつ食べながら、列車で旅するてほんまにええもんどす。近くの席にほかのお客さんがやはらへんさかい、ちょっとくらい大きい声で笑《わろ》うてもええし。

「ねえさん、『陽々館』て、えらい立派な旅館みたいですよ。こんなジーンズ穿《は》いてきたけど、失礼なんと違いますやろか」

淳くんがスマートフォンの画面を見せてくれましたけど、ほんまに格式のあるお宿みたいどす。

「心配は要らない。たしかに『陽々館』は格式ある伝統旅館だが、主《あるじ》の大河《おおかわ》はいたって気易《きやす》い男だから」

顔だけをうしろに向けて、善さまがにっこりと笑うてはります。

「それやったらいいんですけど」

ジーンズを手で撫《な》でながら、理恵ちゃんもホッとした顔をしてます。

「情が厚いというか、本当のもてなしの心を持った男でね、四十年以上も前にホームレスの男性をタダで泊めたこともあったそうだ。宿の前で行き倒れていたのを見るに見かねて、風呂《ふろ》に入れ、メシも食わせて泊めた。周囲からはいろいろ言われたそうだが、当たり前のことをしただけだと主人も女将《おかみ》さんも、あっけらかんとして笑っていた。こういうのを本当のもてなしと言うのだと教わったよ」

「僕もデパート時代、ボスと一緒に泊まらせてもらったけど、とっても気さくなご主人と女将さんだったよ。玄関に入った瞬間は、古めかしくてかしこまってしまったけど、ラウンジに通されたときから、すっかりくつろいでしまった」

「それやったら安心ですね」

淳くんがうちに目くばせしてますねんけど、ぜんぜん心配してまへんでした。

うちらも似たようなもんどす。

お茶屋ていうだけで緊張してはるお客さんも、ようおいやすけど、くつろいでもらうための場所やさかい、気楽にしてもらうのが一番どすね。お行儀悪いのは困りますけど、服装かてジャケットくらいで問題おへん。旅館かて一緒や思いまっせ。スーツ着て、ネクタイ締めて、てなことしたら、かえって旅館はんが困らはるんやないかしら。

そんなこと言い合いながら、にぎやかに過ごしてるうちに、もうすぐ博多に着くてアナウンスがありました。

「博多で地下鉄に乗り換えるからね。地下鉄っていっても、けっこう時間が掛かるし、いつの間にか地上を走ってるんだよ」

裕さんがそう言うてくれはっても、想像できまへん。博多いうたら福岡県やし、唐津は佐賀県どすやん。地下鉄で隣の県までて珍しいんと違います？

「ねえさん、何言うてはりますねん。京都の地下鉄かて、烏丸《からすま》線は奈良までつながってますし、東西線は滋賀までつながってますやんか」

「へ？　そうやったん？　知らんかったわ。うちら地下鉄乗っても、市内をちょこっと移動するだけやし」

ほんまにそうどすねん。せいぜい三つか四つ先の駅までしか、地下鉄て乗りまへんさかいに。

福岡市地下鉄空港線て言うみたいどす。空港行きと反対向きの電車に乗るんどすけど、唐津まで行くのは、お昼間やったら一時間に二本くらいしかあらしまへんねん。一時間半くらい掛かるみたいどす。のんびりしたええ旅どっしゃろ。

地上に出たら、これてほんまに地下鉄やったかいなぁて思うほど、ええ景色のとこ走ります。唐津湾やそうどっけど、きれいな海を見ながら、ゆっくり唐津へ向かいます。

博多駅で淳くんが買《こ》うてくれはった駅弁を、電車のなかで食べるんどすけど、地下鉄や思うたらちょっと気が引けます。電車はガラガラやさかいええようなもんの、満員電車やったら喉《のど》通らしまへんやろな。

〈かしわめし〉ていう駅弁は、この辺の名物やそうどす。かしわのミンチが甘辛《あまから》ぅ煮付けてあって、錦糸卵《きんしたまご》といっしょにご飯の上に載ってます。その区切りが斜めの線になってるのがかいらしおす。

そう言うたら、列車のなかで駅弁食べるやなんて、いつ以来どっしゃろ。記憶にないぐらいむかしどす。京都の仕出し屋はんのお弁当もよろしいけど、こういう素朴な駅弁もええもんどすな。

わいわい言いながらお弁当食べてたら、もうすぐ唐津に着きます。虹《にじ》の松原て言うんやて善さまが教えてくれはったけど、ほんまにきれいな海岸線ですわ。

地下鉄のはずやったのに、いつの間にか筑肥《ちくひ》線ていうJRの路線になってるのも、おもしろおす。唐津駅のふたつ手前の東唐津駅で降ります。

京都から五時間ほど掛けて、やっと着いた駅て小さいんどっせ。人も少《すく》のおすし。

改札口出たとこで『陽々館』の手旗持った人が迎えてくれてはります。

緑色のはっぴを着た人は、大河はんの跡取りさんやそうです。歌舞伎《かぶき》役者みたいな顔してはって男前どすねん。理恵ちゃんがうっとりした顔で見てるさかい、ちょんちょんと肘《ひじ》で突《つつ》いときました。

「唐津まで、ようお越しいただきました。お疲れでしょう。車を用意してますけん、どうぞお乗りください」

旅館の送迎車に案内してくれはります。五人分の荷物を、手早ぅ車に積み込まはるんどすけど、手際《てぎわ》がようて、つい見とれてしまいます。男衆《おとこし》さんてええもんどすな。

「やっかいになりますが、よろしくお願いします」

善さまが頭を下げてから乗りこまはります。

「小堀さま、お久しぶりです。京都では両親が大変お世話になりました。ごひいきいただきましてありがとうございます」

深々と頭を下げて迎えてくれはります。

奥から順番に座って、五人がシートベルト締めたんをたしかめてから、宿の跡取りはんが車を走らせはります。

「なんやウキウキしますな」

「ちょっと緊張してます。気楽にて言われても、やっぱり老舗《しにせ》の旅館に泊まると思うたら、かとうなりますやんか」

理恵ちゃんが言うとおり、歴史のある旅館どすし、えらそうなこと言うてても、うちも肩に力が入ってしもてます。

虹の松原を横目にして、川沿いを走ります。ええ景色やなぁと思うてたら、あっという間にお宿に着きました。駅からは近いんどす。

淳くんがスマートフォンで見せてくれはったとおり、渋い構えのお宿です。善さまを先頭に、順番に車を降りました。

玄関前に横付けしてくれはった車を降りた瞬間、お城が目に入りました。むかしやったら、お侍さんが天守閣からこの辺を見下ろしてはりましたんやろねぇ。

姫路城やとか彦根《ひこね》城は、ときどき見かけますけど、もっと大きいような気がします。せやから、お城てえらそうに見えるもんやと思いこんでましたけど、唐津城はえらいかいらしいお城ですやん。

むかしの祇園《ぎおん》にもこんな旅館があったような気ぃがします。通りに面した窓には、細かい縦繁格子《たてしげごうし》がはめてあります。夜になったら、この格子の間から明かりが洩《も》れて、きっときれいなんやろなぁ思います。

玄関の造りも、むかしながらの小ぢんまりした感じがよろしいなぁ。奥の上り口まで続く敷石が打ち水で黒光りしてます。

「どうもどうも」

満面の笑顔で玄関先から駆け寄って来はったんがご主人やろうと思います。善さまとハグしてはるさかい、よっぽどお親しいんどすやろな。

「今日はわたしのだいじな仲間を連れてきました。こちらが木原裕二《きはらゆうじ》。京都市に勤めております。こっちがふく梅《うめ》。宮川町《みやがわちょう》の芸妓《げいこ》です。そして森下淳《もりしたじゅん》。祇園白川の和食屋の店長をしております。その店のスタッフの山下《やました》理恵。どうぞよろしく」

こないていねいに、善さまが紹介してくれはると余計に緊張しますわ。よろしゅうお願いします、ていう声が裏返ってしまいました。

「ようこそお越しくださいました。どうぞお上がりください」

上品な女性がご主人のうしろから出て来はりました。女将さんやと思います。

「当館の主をしております大河明夫《あきお》と申します。こちらは家内の晴子《はるこ》、駅までお迎えに上がったのが正弥《まさや》でございます。ご滞在中のお世話をさせていただきますので、何なりとお申し付けください」

見たとこ、細面《ほそおもて》の明夫はんは学者はんみたいで善さまより年上や思いますけど、オシャレやし、言葉もしっかりしてはります。フラノのパンツに、グレーのツイードのジャケットがよう似合《にお》うてはります。ふっくらとしてはる女将さんも、地味やけどええ着物着てはります。

明夫はんについて、皆ぞろぞろと玄関からお宿に入って行きます。年季の入った立派な建物は、京都の数寄屋《すきや》造りとはまた違《ちご》うて、しっとりした風情《ふぜい》があります。細い格子がええ感じどす。

玄関で靴脱いで上がり込む宿も長いことごぶさたしてました。何もかもがめずらしい見えるいうのも、旅の醍醐味《だいごみ》ですやろなぁ。

玄関から上がり込んで、真っ先に目に入ってくるのは、大きな花生けどす。これは唐津焼なんやろか。大きな土もんの壺《つぼ》に、藪椿《やぶつばき》の大きな枝が生けてあります。

「若女将の菜穂《なお》が活《い》けるんですよ」

女将さんが花の横で立ち止まらはりました。

そうかぁ。若女将はんもやはるんや。理恵ちゃんががっかりしてますわ。

うちのお座敷もそうどすけど、季節のお花はほんまにだいじどす。料亭さんに伺《うかご》うて、お花屋はんからそのまま引っ越して来はったような、派手なお花が生けてあったら、正直情けのうなります。その時季だけしか愉《たの》しめへんような和花が、品のええ花器に生けたぁったら、それだけでええお店やて分かります。

こちらのお宿も間違いおへん。ええ枝ぶりやし、お花の付き方も品があります。若女将てどんな人なんやろ。こないセンスよう活けはるんやさかい、きっと感じのええ人やろ思います。立派な壺を花器に使《つこ》うたはるのもすごいですわ。さすが善さま、ええお宿を知っとぉいやす。

板敷の廊下もよう手入れしてはって、ピカピカに光ってます。掃きだし窓のガラスは、微妙に波打ってますさかい、たぶん古いもんや思います。

「こちらでお茶を差し上げますので、どうぞお入りください」

ラウンジていうんどすやろか、うちらで言う待合に通してくれはります。ようけ本も置いてあって、書斎みたいな感じどすわ。

「夕食まではまだ時間があるから、好きに過ごしなさい。立派なお庭や器のギャラリーもあるから、宿のなかでのんびりしてもいいし、唐津城を見物に行くのもよしだ」

「善さまはどないしはるんどす？」

「わたしは風呂にでも入って、のんびりさせてもらうよ」

善さまの答えを聞いて、みんなで顔を見合わせてます。

「お風呂の準備もできておりますし、うちでお過ごしになるんでしたら、館内をご案内させていただきます。どうぞお好きなように過ごしてください」

お茶を淹《い》れながら、正弥さんがそない言うてくれはったんで、うちも善さまとおんなじように、お宿でのんびりさせてもらおかしらん。

「いっぷくされましたら、お部屋のほうへご案内させていただきます。お荷物はこちらでお部屋までお運びします」

鍵《かぎ》の束を手にした仲居さんは着物姿どす。こういうのを見たら、日本旅館てええなぁ思います。高級なとこは別どすやろけど、うちらが泊まるようなホテルは、フロントで鍵あずかって、たいてい自分で荷物持って部屋まで行かんなりまへん。

鍵を三つ持ってはるいうことはお部屋は三つなんや。善さまがひと部屋、裕さんと淳くんでひと部屋。もうひと部屋がうちと理恵ちゃん。そんな部屋割ですやろね。

理恵ちゃんと布団《ふとん》並べて寝ることになったら、たぶんいろんな話が出て、なかなか寝付けしまへんやろな。そういうのも久しぶりやさかい、ワクワクします。

それはええんどすけど、ひとつ気になってることがありますねん。

仲居さんのやはる旅館て、心づけを渡さんなりまへんやろ。今の時代はそんなん要らん、て言わはる方もようけおいやすけど、やっぱりそんなわけにはいかしまへんやん。善さまに恥かかせてもいけまへんしな。

そのつもりでポチ袋と新券は用意してますねんけど、いつ渡したらええんやろ。お部屋に案内してもろてすぐに渡したほうがええのか、チェックアウトのときに渡したほうが品があるやろか、とか迷いますやん。

「心づけはわたしがまとめて渡しておくから、みんなは気を使わなくてもいいよ」

仲居さんが離れはったすきに、善さまが小さい声で言わはりました。

なんや心のなかを見透かされたみたいどすけど、ほんまに善さまはよう気がつかはるお人ですわ。

理恵ちゃんと淳くんは若いさかい、宿でじっとしてられへんのはよう分かりまっけど、裕さんまで外へ出て行かはったんは意外どした。若旦那《わかだんな》ていう言葉がぴったりの正弥はんと一緒に、唐津見物に出かけはりました。

いややわぁ。善さまとふたりきりになりますやん。善さまは気にも掛けてはらへんやろけど、どうしても意識してしまいますわ。

それを察してくれはったんやろか。お部屋でまったりしてたら、明夫はんが館内電話でお誘いしてくれはりました。お庭から唐津城が見えるんやそうどす。

せっかくやさかい、お浴衣《ゆかた》に着替えてお庭に出ました。

お寺の日本庭園と違うて、なんとのう伸び伸びしてます。さいぜん通ってきた虹の松原と続いてるんやろか。ようけ低い松が植わってます。明夫はんの先導で、三人で枯れた芝生の上を歩いていきます。

「ふく梅は唐津に来るのは初めてなんだね」

下駄《げた》ばきの善さまいうのも、かいらしおす。素足やけど冷えへんのやろか。

「善さん、京都の芸妓さんは、こんな田舎まで来られなくて当然ですよ」

明夫はんはダンディでっせ。襟元に巻いてはるスカーフは、エルメスや思います。

「何を言うといやすね。うちらのほうが田舎もんですがな。こない立派なお庭のある宿に泊めてもろたら気後れしますわ」

「ふく梅さんのことは、いつも善さんから聞かされてます。聞きしに勝るとは、こういうことなんだな、とさっきから感心してます。ちょっとしたしぐさだとか、物言いがとても艶《つや》っぽい」

歴史ある老舗旅館のご主人にそない言うてもろたら、くすぐったい気になります。

そうそう、京都では、くすぐったいて言いまへん。こそばい、とか、こちょばい、て言うんどっせ。京都らしおっしゃろ。

「これだけのお庭だと、手入れが大変でしょう」

善さまは老松《おいまつ》の太い幹をさすってはります。うちも善さまとおんなじことを思うてました。こない海に近かったら、潮風に当たって枯れたりもするやろし、旅館てお休みがおへんさかい、いっつもきれいにしとかんとあかんし。

「ありがたいことに、古い付き合いの植木屋さんがていねいに手入れしてくれますので、なんとか庭のほうは維持できております。僕も近ごろは庭の手入れが一番の仕事です」

明夫はんが善さまに向けはった視線には、なんとのう深い意味がありそうどす。

「宿を守っていくというのは並大抵のことではありませんね。ただ守っていくだけではなくて、進化させてゆかねばなりませんから」

善さまが返さはった視線も、なんや意味ありげどすねん。なんどっしゃろ。

おふたりの視線が絡《から》んでるのを見ると、うちが邪魔なんと違うやろかと思うてしまいますねん。

芸妓ていう仕事してると、気ぃが走り過ぎてこまることがあります。うちらは、お相手の心の内側を読んでなんぼ、ていう仕事どすさかい、ついつい深読みしてしまいますけど、めったにはずれしまへん。明夫はんは『陽々館』の行く末を案じてはって、善さまに相談したいことがあるんやないかしら。ひょっとしたら、今回の旅行の目的には、それもあったんかもしれまへん。

「唐津という地名はどこからきているか、ふく梅は知ってるかい？」

突然善さまが訊《き》いてきはりました。

「ぜんぜん分からしまへん。なんぞ謂《いわ》れがおすのんか？」

「唐津の唐はむかしの中国のことで、津は港を表す言葉なんですよ」

明夫はんが教えてくれはりました。

「つまり唐津は中国との出入口だったんだ。ふく梅の故郷の若狭《わかさ》は、行き来するという意味の朝鮮語が語源だという説もあるから、朝鮮半島との出入口だろう。異国との接点という意味では、若狭と唐津はよく似た土地なんだよ」

「そうどしたんか。そんなこと考えたこともおへなんだけど、そう言われてみたら、そんな気ぃもしますなぁ」

「さすが芸妓さん。じょうずに話を合わされるんですな」

明夫はんは、褒めてくれてはるのか、茶化してはるのか、よう分かりまへん。

「しぜんとそういう術《すべ》が身に付いているんでしょう」

善さまの口調は冷ややかどすわ。

「若狭のお生まれとは意外でした。お言葉から察して、てっきり京都で生まれ育たれたのかと」

「今の舞妓《まいこ》ちゃんらも、ほとんど地方の出身どすえ。うちもそうどしたけど、田舎にいてたら憧《あこが》れますねん。あんなきれいなおべべ着て、白塗りのお化粧してみたいなぁて」

「最初の動機はみな、そんなたわいもないことですが、いざ舞妓になると、それはそれはたいへんな修業が要ります。たまに途中で棒を折る子もいますが、たいていは芸妓になるまで舞妓をまっとうする。たいしたもんだと思いますよ。なにごとも続けるというのは並大抵ではありません」

また善さまが意味ありげな話をしはりました。おふたりのあいだでは、これで通じてるんどすやろなぁ。

「ちょっと冷えて来ましたから、ギャラリーのほうにご案内しましょうか」

「そうしてもらえるとありがたい」

急に浜風が吹いてきて、善さまも身震いしてはりますけど、浴衣一枚やとうちも寒《さぶ》ぅ感じます。丹前着てきたらよかったやろかと思いますけど、丹前てもっさりしまっしゃろ。男はんは似合わんことおへんのやけど、女性の丹前姿て色気がおへんやん。なんぞあれに代わるもんないんかしらん。

「やあやあ」

顔じゅう白ヒゲだらけのおじいさんが、ギャラリーの前で迎えてくれはりました。

「お久しぶりです。わざわざお越しいただいたんですか」

善さまがびっくりしてはるいうことは、サプライズどしたんやろか。

「小堀《こぼり》の善ちゃんが来ると聞かされたら、顔を見せんわけにいかんだろう」

むかしふうの言い方したら、ヒッピーみたいな風貌《ふうぼう》してはります。

「こちらは唐津焼の第一人者として知られている、中垣忠《なかがきただし》さんだ。忠《ちゅう》さん、彼女は宮川町で芸妓をしているふく梅だ」

「おお。芸妓さんだったか。道理できらきらしとる。善ちゃんのコレか」

忠はんが右手の小指を立てはりました。

「そんなわけないだろうが。仕事仲間といったところだよ」

善さまがめずらしい、顔を赤《あこ》ぅしてはります。

「ふく梅さん、まずは忠さんの作品をご覧になってください」

明夫はんが笑いながら器のギャラリーに案内してくれはります。

唐津焼てこんなんやったて思いだしましたわ。お座敷で使わしてもろてる仕出し屋はんやと、めったに土もんの器は使わはらしまへんし、最近の割烹《かっぽう》屋はんも派手な器がお気に入りみたいどっさかい、備前《びぜん》やとか唐津の器はめったにお目に掛かりまへん。どっしりして、ええもんどすわ。

ある料亭のご主人に聞いたんどっけど、土もんを使うのはそうとう気ぃ遣うそうどす。磁器は釉《うわぐすり》のおかげもあって、汚れやとかを弾《はじ》いてくれるけど、土もんの器は染《し》みこんでしまうこともようあるんやそうどす。ちょっとした当たりでも、ぽろっと欠けてしまうこともあるさかい、目《め》ぇの届かんとこで出すのは怖いて言うてはりました。

ぐい飲みやら小鉢やらが、ずらっと並んでますけど、さすがのお値段が付いてます。このおじいさんは、よっぽどの大御所どすんやろなぁ。けど、息子はんの作品やったら充分『和食ZEN』でも使える金額どす。息子はんだけやのうて、お孫さんも陶芸家やそうどす。ほんでお嬢さんの作品は別のギャラリーに置いてあるみたいどす。

「しかし忠さんはしあわせもんだねぇ。息子さんや娘さん、お孫さんまでが、こうしてちゃんと跡を継いで、いいものを作ってる。うらやましい限りだ。なぁ明《あき》さん」

「ほんとうにそう思います。最近ではお孫さんも腕を上げてこられましたし。もういつ死んでもいいな、忠さん」

明夫はんが音を立てて、忠はんの背中をはたかはりました。

「いやいや、まだ死ぬわけにはいかん。来年にはニューヨークで個展を開かんといかんし、まだまだ息子や孫に負けられんからな」

善さまもそうどっけど、この年代のおじいちゃんらは、今の若い男はんらより、よっぽどパワーがありますわ。

三人とも背筋もしゃんと伸びてはるし、言葉もはっきり聞きとれます。何よりお顔のツヤのええこと。

「正弥くんもがんばってるし、唐津はみんなうまくバトンタッチできそうですね」

今度は善さまが明夫はんの背中を軽《かる》ぅにはたかはりました。

どうやら今回の旅先に、善さまが唐津を選ばはった理由はふたつやのうて、みっつあったんは間違いありまへん。

きっと、跡取りはんがあんじょうやってはるかを、自分の目ぇでたしかめに来はったんどすわ。善さまらしおすなぁ。

「わたしもこの歳《とし》ですから、家内ともどもそろそろ引っ込もうと思って、敷地の隅っこに小さな隠居小屋を建てたんです。皆さんとご一緒に、晩メシのあとは食後酒でも愉しみに来てください」

「そうですか。着々と代替わりを進めてられるんですね。どんな建物なのか愉しみにしております」

そうどす。代替わりいうのは、先代が引っ込んでもらわんとあきまへんしなぁ。みんな天皇はんを見習わんとあきまへんのやけど、いつまでも居座ってはると、なかなかうまいことはいきまへん。京都はそういうとこ多いんでっせ。

そうそう。こないだはテレビの番組でも、京都の老舗料亭はんの跡取り騒動が取り上げられて、祇園スズメがよう鳴いてましたわ。あれ、なんやのん、からはじまって、うっとこの家もあないなったらどないしよう、て。

そらまぁ、あないむけむけに、跡取りはんご夫婦のふるまいを見せつけられたら、人ごとやないて思いますわな。明日は我が身、て言いますさかいに。

由緒《ゆいしょ》ある老舗料亭はんが、あない裏側まで見せんでもええやろ思いますけど、それぐらい跡取り問題は深刻やいうことどっしゃろなぁ。うちらみたいな芸妓にでも相談持ちかけてきはるお店が少のうないんやさかい、みんな悩んではるんどすわ。

京都でそんなんをイヤていうほど、見てきはった善さまやさかいに、大河家のことも案じてはったんや思います。けど、正弥はんがしっかり跡を継いではるのを見て、ホッとしはったんか、善さまはそれからすぐに器選びをはじめはりました。

真剣な目ぇで眺めたり、手で触ったりして、ひと山ていうてもええくらいの量の器を、小さいテーブルに積み上げはりました。ぜんぶでいくらになるんやろ。て、すぐ下世話なこと考えてしまいます。

「あとで森下淳という、うちのスタッフを見に来させます。彼が気に入ったぶんを買い上げようと思いますのでよろしく」

なるほど、そういうことやったんか。店で使う器を選んではったんやわ。

うちも酒器やとか小皿やらをちょこっとだけ、買わしてもらいましたけど、ずいぶんお値打ちやと思います。

そんなこんなで、うちと善さまはお宿のなかで、あとの三人は唐津の街で、それぞれのんびり過ごしてるうちに、あっという間にお陽さんがかたむいてきました。ほんまに冬は日が短こぉすなぁ。

温泉やおへんけど、大浴場は広々としてて、ええ気持ちどす。理恵ちゃんに背中流してもろて、さっぱりしたところで、お待ちかねの晩ごはんどす。

ご主人の明夫はんや、跡取りの正弥はんも一緒にお食事することになりましたんで、お部屋やのうて、お食事処《しょくじどころ》でいただくみたいどす。

お客さんと同席するやなんて、て明夫はんも最初はきつう遠慮してはったんどすけど、善さまがぜひにて強《つよ》う言わはったんで、最後は折れはったんやそうどすねん。

このお宿がいつごろ建ったんか分かりまへんけど、そうとう古いことだけはたしかどす。そやけど、じょうずに改装してはるさかいに、お宿のなかは、ちっとも古びてしまへん。お手洗いやとかの水回りは最新式やし、快適に過ごせます。

ふだんは朝ご飯だけていうお食事処も、板の間にテーブルと椅子《いす》ていう、レストランみたいなスペースどす。夜のお庭も見えて、ええ気分でお食事がはじまりました。

うちらはみんな旅館の浴衣どすけど、やっぱり一番似合うたはるのは善さまどすわ。やせ型の男はんは、浴衣が似合わへんと思いこんでましたけど、きれいに着こなしてはります。羽織着てはるさかいかしらんけど、お殿さまみたいな威厳があります。

裕さんも按配《あんばい》よう着てはりまっけど、淳くんと理恵ちゃんは、着なれてへんいうのが、よう分かります。

お仕事中の正弥はんはあとから来はるんで、とりあえずシャンパンで乾杯します。明夫はんのお心遣いやそうで、ほんまにありがたいことです。

「今夜は善さんのリクエストもあって、アラ尽しの料理にさせていただきました。今年はどちらかというと不漁なんですが、漁師さんにがんばってもらって、いいものが入りました。どうぞごゆっくり召しあがってください」

明夫はんがあいさつしはると、善さまが拍手しはじめはったんで、みんな真似《まね》します。なんやちょっと照れ臭《くそ》おすけど、新年会いうのは、こんな感じなんどすやろねぇ。

「関西でもそれほど一般的ではないが、東京だとアラと言ってもほとんど通じない。以前に銀座の割烹で、アラがないかを訊《たず》ねたら、鯛《たい》のアラならあると言われたんだよ。わたしは白身魚のなかでは、アラが女王だと思っているくらいなんだが」

善さまがお箸《はし》を伸ばさはったんは、アラのお造りどす。

薄造りどすけど、フグのてっさほどは薄《うす》ぅのうて、程よぅ透き通ってます。

「うまい」

淳くんが大きい声をあげはったんで、理恵ちゃんがびっくりしてお箸を落とさはりました。

「気持ちは分かるけど、そんなに大きな声を出しちゃいかんよ」

裕さんがたしなめはったら、淳くんはペコペコと頭を下げてます。たぶん日の暮れを待たんとお酒を飲んでたんや思います。

「うちも叫びとうなりましたわ。ほんまにおいしおすな。グジみたいにねっとりしてるか思うたら、フグみたいにくにゅっとした歯ごたえやし、嚙みしめたらお鯛さんみたいな旨《うま》みがじゅわーっと口いっぱいに広がります」

「ねえさん、テレビのレポーター顔負けですやん。うまいこと言わはるわ」

淳くんは薄造りを三枚ほど束ねてポン酢に付けてます。やっぱりだいぶお酒がまわってるんやわ。

「アラが女王さまなら、白身の王さまは何ですか？」

善さまにそう訊いてはる裕さんも、けっこう酔うてはるみたいどす。町なかで飲んではったんやろうなあ。

「それはやっぱり鯛だろう。見た目からだと、赤い鯛が女王で、黒々としたアラが王さまだろうけどね」

善さまが一気にシャンパンを飲みほさはりました。旅先やいうことで、みんな気が大きいなってるんどす。うちもしっかり付いていかんと置いていかれそうどす。

「お煮つけをお持ちしました」

仲居はんが大きな鉢を持ってきはりました。

「おお。アラの煮つけやなんて、めっちゃ贅沢ですやん。おねえさん、すんませんけど生ビール持ってきてもらえます？」

「僕もお願いします。できれば大ジョッキで」

淳くんに続いて、裕さんもビールを注文してはります。煮つけにビールて合うんやろか。けど、男はんて、ちょっと濃いめに味付けした煮つけが好きなんどっしゃろね。

「お若いかたはお肉でもないと頼りないんじゃないですか」

明夫はんが理恵ちゃんのグラスにシャンパンを注いではります。男はんらの勢いに押されてしもて、キョトンとしてた理恵ちゃんを気遣うてくれてはるんです。

さすが老舗旅館のご主人やと感心してるだけではあきまへん。しっかり勉強させてもろて、お座敷に生かさんと。

「いえいえ、どっちかて言うたら、お肉よりお魚が好きですから、とってもおいしくいただいてます。アラのお造りには感動しました。ポン酢も自家製なんですか？」

「もちろんです。わたしと家内とで何度も試作をして、ようやくたどり着いたのが、このポン酢なんです。お気に召して何よりです」

「ポン酢て難しいですよね。酸味がきつすぎてもあかんし、甘ったるいと食べ飽きるし。わたしもいろいろやってみてるんですけど、なかなかこんなまろやかな味になりません」

理恵ちゃんは、指でポン酢をなめて味をたしかめてます。えらい熱心やわ。

「あなたも料理を作るんですか？」

明夫はんがまたシャンパンを注いではります。奨《すす》めじょうずどす。注ぐことはあっても、注がれることはめったにないさかいか、理恵ちゃんは、注がれたらすぐに飲みほしてしまいます。

「店長の助手ていうても、足れまといれすけど」

理恵ちゃんが巻き舌になってきたら、酔うてきた証拠どす。早めにブレーキ掛けんとあきません。

「生でも煮ても美味しい。アラて凄《すご》い魚なんですね」

淳くんがまじめに感心してます。酔うてても、料理人魂ていうのが、ちゃんと湧《わ》き上がってくるのはさすがです。

「アラ料理のなかで、わたしが一番好きなのは煮魚なんだよ。九州らしい、ちょっと甘めの醬油《しょうゆ》を使ってこってり煮たアラは格別旨い。でも甘すぎるとご飯が欲しくなるからね。ここの煮つけはちょうどいい塩梅《あんばい》だ」

「このあとはちり鍋です。それに合わせて地元のお酒も用意しました」

明夫はんが善さまに日本酒を奨めてはります。グリーンの四合瓶《よんごうびん》にオレンジ色のラベルが貼《は》ってあるのんどすけど、見たことのないお酒です。

「〈鍋島《なべしま》〉ですか。わたしは初めてですね。器は唐津だけど、酒は鍋島という遊びかな」

「そこを分かってもらえると愉しいのですが。実は佐賀には〈古伊万里〉っていう酒もあるんですよ」

「それはぜひ本物の古伊万里で飲んでみたいもんだねぇ。初期伊万里の猪口《ちょこ》なんかだと最高でしょうね」

「うちはこんな宿ですから、器の好きなかたも多いんですが、なかにはまるで興味のないお客さんもいらっしゃいましてね。それも仕方ないんですが、ちょっとがっかりします」

「器というものは、にわかに勉強して分かるものじゃない。長いあいだ器に親しんで、愛《め》でて使って、やっと器のなんたるかのカケラが分かる。そういうものですからね。今どきの若い料理人たちは、こぞって高価な器を使いたがりますが、身に付いていないものだから、まったくバランスが取れていない。そもそも二十代の料理人が永楽だとか乾山《けんざん》だとかを使いこなせるわけがないんですよ」

力説してはる善さまを見て、明夫はんが何度もうなずいてはりますけど、うちもそのとおりやと思います。

「忠さんもおなじようなことを言ってました。京都や東京の若い料理人が器を買いに来るんだけど、なんの知識もなく、ただ中垣忠という陶芸家の名前だけが目当てで来ているとすれば、情けない。どんな料理を盛りつけるかなんて、まるで考えもせずに、札束だけ握りしめて来るような料理人には意地でも売らないんだって」

明夫はんの言うてはる、忠はんの話には思い当たることがようけあります。

「あんまりアラばっかりだと飽きちゃうでしょ。ちょっとお口直しにこんなのをお持ちしました」

仲居さんが運んできはったんは、染付《そめつけ》のお皿に盛られたローストビーフどす。藍色《あいいろ》の唐草模様が大皿の一面に描きこんであって、うちみたいな素人《しろうと》でも、高価なお皿なんやろなぁて分かります。

どっちかて言うたら唐津焼は地味やさかい、ところどころで華やかな古伊万里の染付をはさんできはると、ホッとしますわ。

「ミヤコさん、飽きるって言い方はないだろう。余計なこと言わんでよろしい」

明夫はんがミヤコはんをにらんではりますけど、そないキツイ視線と違うて、しゃあないやっちゃなぁ、ていう感じどす。

うちらも若い舞妓ちゃんらに注意することは、ようありますけど、真剣に怒らんならんときと、そうでないときは視線で区別してますねん。こちらのお宿では、ご主人と仲居はんの関係が、あんじょういってるのがよう分かります。

「これは佐賀牛ですか」

淳くんが料理人の顔で訊いてます。

「いえ。むかしは佐賀牛一本だったのですが、サシが入り過ぎていると言われるお客さんも少なくないので、最近では産地を決めずにベストの状態の黒毛和牛を使っています。今日は豊後牛《ぶんごぎゅう》ですが」

明夫はんがそう答えながら、淳くんにお酒を注いではります。

「ちょっと前までは真っ白な霜降りが喜ばれましたけど、最近はみんな赤身をリクエストしはるようになりました。健康志向が高まったんでしょうかね」

注がれたお酒を一気に飲みほして、淳くんが返杯してます。

「最近の極端な傾向は、ぼくはあんまり好きじゃないなぁ。熟成肉もそうだけど、みんなが一斉におんなじ方向を向いて走りだす。なんでもそうなってきたでしょ。赤身が好きな人もいれば、霜降り肉を好む人だっている。二者択一ではなくて、どっちも選べるのが一番いいと思うんですよ」

裕さんはいっつも優等生です。

「なるほど。勉強になります」

そう言いながら、明夫はんは裕さんにもお酒を注いではります。

一緒にお食事をて言いながら、明夫はんはほとんど食べてはらへんのどす。ホスト役に徹してはるんやけど、まぁ自然とそうなりますわね。

「アラもええけど、お肉も好きやなぁ」

淳くんはけっこうな肉好きどすねん。

シャンパンからはじまりましたけど、だんだん日本酒が増えてきた思うたら、お肉に合わせて赤ワインも出てきて、えらいテーブルの上がにぎやかになってきました。

京都組もお酒には強いほうや思うてましたけど、唐津のお方には敵《かな》いまへん。明夫はんは顔色ひとつ変えんと、ぐいぐいいかはりますし、お仕事の合間にちょこちょこと顔を出さはる正弥はんも、お水みたいにお酒を飲んではります。善さまが奨めはったら、ミヤコはんも受けて立たはりますし、みなさん、そうとうお強いんやと思いまっせ。

ええ調子で飲んでたら、明夫はんと善さまが、ひそひそ話をしてはるのに気が付きました。みんなに聞こえたらあかん話どすにゃろなぁ。おふたりともお互いの耳もとで、小声のやり取りをしてはります。

明夫はんはむずかしい顔してはりますさかい、なんぞ悩みごとがおありなんや思います。

「ちょっと外の空気を吸ってくる」

明夫はんに目くばせして、善さまが席を立たはりました。

「寒ぉすさかい、あったこうしていかんとあきまへんえ」

余計なこと言うて、ちょっと世話女房みたいやろか。

「これをお召しになってください」

すかさず丹前を用意しはるとこなんか、やっぱりベテランの仲居はんには敵いまへん。気遣いいうのは行動が伴《ともの》うてなんぼです。口だけではあかんのどすわ。

おふたり連れだって、お食事処から出ていかはりました。

2.『おとひめの間』

丹前を着て庭に出、しばらく明さんと立ち話をしていたが、松林を通り抜けてくる浜風のあまりの冷たさに悲鳴をあげてしまった。

「なかに入りましょう。このままだと風邪をひいてしまう」

明さんの提案に乗らない理由などない。

「年寄りの冷や水になってはいけないしね」

京都だとこんなおろかなふるまいはしないのだが、つい九州は南だというイメージがあって油断してしまった。

「この部屋なら庭から入れるし、今日は使う予定がないからちょうどいい」

そう言って明さんが庭から上がり込んだのは『おとひめの間』という離れの部屋だ。

日本旅館の部屋で、何が愉しみかと言えば、それは床の間の設《しつら》えだ。

以前にもこの『おとひめの間』でお茶を飲んだことがあったが、部屋の造りはまったく変わっていない。そのときの床の間には〈松壽千年翠《しょうじゅせんねんのみどり》〉と書かれた一行ものの掛け軸が掛かっていて、春先だったので白梅が生けてあった。

今日の掛け軸は〈山雲海月情《さんうんかいげつのじょう》〉で、中垣忠の唐津南蛮小壺には侘助《わびすけ》椿が生けてある。軸の禅語は〈話し尽す山雲海月情〉という意だから、明さんはこの時間をあらかじめ想定していたのかもしれない。

「暖房を入れれば、すぐにあったかくなる。それまでは丹前を脱がないほうがいいです」

明さんの言うとおりで、むかしながらの日本家屋で建具も古いものだから、部屋のなかは冷え切っている。

「お酒で少し身体《からだ》が火照《ほて》っていたから、つい調子に乗って外で話を、なんて言ってしまったけど、無謀だったね」

明さんから、折り入って相談がと耳打ちされて、みんなに内緒にすることもない話だと付け加えられたが、盛り上がっているところに水を差すような気がして、外へ出たのだが。

「善さんは日本酒でいいかな？」

「むかしこの部屋でしこたま飲んだお酒があったね。たしか〈松ら菊〉という酒だったと思うんだが」

「よく覚えてるねぇ。残念ながら廃業してしまったんだよ。時流に合わなくなったんだろうな」

ついさっきまで硬かった明さんの口調が、この部屋に入った途端、自然なものになっている。つられておなじようになるのがおもしろい。なんだか幼馴染《おさななじみ》と話しているようで、気の置けない間柄の差し向かいというのは実にいいものだ。

「日本酒らしい日本酒だったのに、惜しいことだね」

「〈宮の松〉という酒があるから、それを持ってきてもらおう」

明さんが館内電話を掛け、酒とつまみを持ってくるように指示しているあいだに、ちょうど部屋があたたまってきた。

「今はその、らしさっていうのが、あまりうけないらしい。こないだも出入りの酒屋さんが、ワインのような日本酒というものを奨めてきたんだが、そんなの要らんと断ったよ。旅館だってそうだ。ホテルのような日本旅館ってのが流行《はや》っているそうだが、だったらホテルに泊まればいい。そう思うだろ?」

「明さんの言うとおりだ。作り物のらしさ、っていうのも困ったもんなんだよ。最近の京都の店が典型なんだがね」

「この前京都へ行ったときにそれは感じたな。町家《まちや》造りの店で、おいでやす、とか言って呼び込みをしてる料理屋があったが、表に出てたメニューを見ると、京風ステーキだとか、京風天ぷらだとか、なんでも京風が付いてたから、あきれてしまったよ」

「またそういう店が流行ったりするから始末が悪い。京都からどんどん本物の店がなくなっていくのは、間近で見ていて本当に辛《つら》いよ」

「失礼します」

若い男性スタッフが、酒瓶とふたつのぐい飲み、そして小さな重箱を運んできた。

「ありがとう。ふたりで適当にやるから、その辺に置いておいてくれ」

明さんは本当にフットワークが軽い。ひょいひょいと入口まで足を運んで、ちゃっちゃっと座敷机に並べてくれた。

「あらためて乾杯しようか」

「じゃあ。唐津の夜に」

土ものの器だから音を立てるわけにはいかない。唐津焼のぐい飲みをそっと合わせる。

中垣忠の若いころの作品だという絵唐津は、釉の下に鉄絵で紋様を付けている。水辺の葦《あし》が風に揺れているさまを伸びやかな筆致で描いている。欠けもひびもなく、たいせつに扱われてきた様子がうかがえる。

重箱のなかには何が入っているのか気になるが、亭主を差し置いてふたを開けるわけにはいかない。

「気持ちのいい人たちだね。むかしからそうだけど、善さんのまわりには、いつも素敵な人たちが集まってくる」

「明さんとこもじゃないか。あのミヤコさんも長いよな」

「ミヤコも身体を壊したので、いつまで居てくれるか。仲居という仕事は重労働だから、なかなか成り手がいなくて」

「AIだのなんだのと言っても、サービス業っていうのは、生きた人間にしか務まらないと思うんだ」

「血の通ったもてなしというものが、どんどんなくなっていく。もうこの流れは止められないね」

歳を重ねた男の話は、どうしても愚痴っぽくなってしまうのが難点だ。

明さんとの付き合いはもう三十年以上になる。当時、デパートの地方物産展争いは熾烈《しれつ》を極めていた。ダントツ人気の京都をはじめ、おなじ地方に人気が集中した。そのころ三羽烏《さんばがらす》と呼ばれていた、北海道、沖縄、九州のなかで、うちが最も苦手としていたのは九州だった。知己も少なく、なんとなく相性も悪い。出店者の選別に腐心していたときに、助けてくれたのが明さんだ。たまたま泊まったこの宿で言葉を交わすうち意気投合し、九州一円に広がる明さんのチャンネルを通じて、多くの人気店を集めることができた。この人のおかげで他店の後塵《こうじん》を拝せずに済んだのだった。

さほど深刻そうには見えないが、困りごとというか、悩みごとがあるのであれば、恩返しをするいい機会になる。

「おかげさまで仕事のほうは順調なので、業績がいいうちに正弥に代を譲ったんだよ」

「それはめでたい話だねぇ。これだけの宿を次の世代に引き継げるなんて、明さんも果報者だよ。日本旅館の多くは後継者難に陥っているらしいから」

もう空になっている明さんのぐい飲みに酒を注いだ。

明さんのほうは、おなじ絵唐津でも鳥のような絵柄だ。空に向かって飛び立つ鳥は、雁《かり》のようにも、鴨《かも》のようにも見える。こちらは鉄分が多いせいか、絵が黒っぽい。いや、明さんの指が白いからそう見えるだけなのかもしれない。

「本当にありがたいことだと思っている。僕の宿に対する考えかたと言うか、姿勢をちゃんと受け継いでくれるのが何よりうれしいんだ」

「正弥くんのためにも、出しゃばらんようにしないと」

「分かってるよ。わずかでも助けになればいいと思ってのことだ」

明さんは目を細めて旨そうに酒を飲んでいる。美酒とはこういうときのための言葉かもしれない。

「理想的だな。うらやましい」

「善さんだってとっくに第一線から身を引いてるが、愉しそうな仕事をしているじゃないか。後世に残す価値のあるレシピを集めるなんて、善さんでなきゃできない仕事だ」

「ブームを作ってはこわす。文字通り食を食いつぶす今の食事情を見ていると、がまんできなくなってね。その一因を作ってきたことへの贖罪《しょくざい》もあってのことなんだが」

「善さんだけじゃない。みんなそうだよ。高度成長の時代は、とにかく売ることばかり考えていたから。旅館だって似たようなもんだった」

明さんが注いでくれたが、あっという間に四合瓶が空きそうだ。少しペースダウンしないと眠くなってしまいそうだ。

「代替わりを済ませて、隠居場所も近くに作って万々歳。どんな悩みがあるというんだ？」

本題に迫った。

「悩みというか、折り入って善さんに頼みごとがあるんだ。そうだ、つまみがあることを忘れていた」

明さんがやっと重箱のふたを外してくれた。

二段重に入っているのは、つまみというより、オードブルというほうがふさわしい。

「これはまた旨そうなものばかりじゃないか」

思わずなかを覗《のぞ》きこんだ。

「釈迦《しゃか》に説法を承知で、中身をちょっと説明しておこう。クジラの軟骨を酒粕《さけかす》に漬け込んだ『松浦漬《まつらづけ》』、焼鯖《やきさば》の味醂漬《みりんづけ》、佐賀牛のしぐれ煮、呼子《よぶこ》のイカの塩辛、クジラの大和煮、シラスの玉とじ、塩ウニ、コハダの酢漬。みんなこの辺りのものだ」

「歳を取ると、こういうのが一番のご馳走《ちそう》だな。遠慮なくいただくよ」

真っ先に箸を付けたのは『松浦漬』だ。当時の物産展ではこれとイカシュウマイに人気が集中したのを思いだす。酒のアテとしてもだが、炊《た》き立てご飯に載せて食べると美味しいとアピールしたのが成功のもととなった。

「なつかしいだろう?」

「何年ぶりかな。ときどき無性に食べたくなって、取り寄せようかと思うんだが。こういうものは現地で食べないと味が半減するからね」

「なんでもかんでも取り寄せればいいというものじゃない。近ごろの取り寄せブームは度を越している」

「また話がそっちに行ってしまったじゃないか。肝心の頼みごととはなんだい?」

「善さんと話してると、ついつい横道にそれてしまうんだよな。特に食いもののことになると話が合うから。でね、頼みごとというのは、その食いもののことなんだ」

明さんは酒で口を湿らせているようだ。

「食いもののことならなんとかなりそうだ。というか、それ以外のことでは頼りにならんだろう」

「他ならぬ料理のことなんだ。さっき食べてもらったように、アラをはじめとしてオコゼだとか、魚料理がうちの名物になっているし、それを目当てにいらっしゃるお客さんがだんぜん多い。だが、いつまでもそれだけではいかんだろうと思っている。魚食離れが進んでいるようだし、特にこれからの若い世代には、肉料理もアピールしないといけない。そう考えて佐賀牛のしゃぶしゃぶを名物料理にしようとしてきたんだが、ありきたり過ぎるかなと思うようになってきたんだ。アラやオコゼと違って、牛肉のしゃぶしゃぶなんて、どこでも食えるじゃないか。肉料理を改革できんかなと思って、頭に浮かんだのが、善さんがやってる『小堀商店』だ。これまで集めたレシピのなかで、これからの『陽々館』にふさわしい肉料理があれば売ってもらえんだろうか。そういうレシピがあれば、孫の代まで安泰だろうから」

話し終えて、明さんがぐいっと杯をあおった。

「なるほど。そういうことだったのか。たしかにありきたりではあるけど、牛肉のしゃぶしゃぶというのは、よくできた肉料理だし、何より日本旅館によく合うと思うんだが」

「僕もそう思って続けてきたんだが、もうひと工夫しないと、と思うんだよ。焼くとか、蒸すとか調理法を変えてもいい。いずれにせよ、ほかの宿や店と差別化できる料理にしたいんだ」

「蒸す、はともかく、焼くのは難しいだろう。この旅館は部屋出しがメインだよね。部屋のなかで肉を焼いたら、どうしても匂《にお》いが残る。その部屋で寝るのはつらいんじゃないか。北陸の温泉宿で焼き蟹《がに》をしたことがあったんだが、匂いが気になってよく眠れなかったよ」

「やっぱりそうか。焼くなら食事処に来てもらわないとダメだな」

「部屋でのんびりくつろいで食べるというのも、日本旅館の大きな魅力だろ。食事処もいいけど、湯上りに浴衣がけで、あぐらかいて部屋で食事するのが、醍醐味なんじゃないか」

「そこが一番の悩みどころなんだ」

明さんは腕組みをして首を傾《かし》げている。

「食事の話からは少し離れるが、最近増えてきている旅館の和室にベッドっていうのも、どうなんだろうね。たしかに寝起きはベッドのほうが楽なんだが、畳敷きの部屋にベッドが置いてあるのは、どうにも違和感があって」

「そうそう。そこも大きな問題なんだ」

　とうとう明さんがうなりだした。

「明さんとこの宿は、インバウンドなんていう言葉がないころから外国人客が多かったよね。すごくいいことだと思ってたんだ。外国人に日本文化を理解してもらうには、真っ当な日本旅館に泊まってもらうのが一番だからね。お寺や神社に行っても、そこにあるのは日本文化の一部でしかない。そこへいくと旅館では、日本人の暮らしの一端に触れることができる。この部屋なんかが典型だよ。床の間、掛け軸、生け花、障子、畳。これをひとつずつ説明するだけで、自然と日本文化の紹介になる。旅館というものは貴重な文化施設だと思うよ。残念ながら日本旅館の仮面だけかぶった、旅館もどきは増える一方だけど」

　少しばかり熱弁をふるい過ぎたかもしれないが、常々感じていることを述べたまでだ。

「善さんにそう言ってもらうと勇気が湧いてくるよ。最近はテーブルに椅子でないと嫌だ、とか、ベッドを入れてくれと言われることが多いんだよ。僕自身も、長時間畳に座っていると苦痛になるし、朝、布団から起き上がるときに難渋することもあるから、気持ちはよく分かるんだ。だからできるだけお客さんの希望は叶《かな》えるようにしているのだが、やっぱりどこかで違和感が残る。どうすればいいのかねぇ」

本筋からは少し外れているが、どこかでつながりそうな気もするので、この話を続けてみよう。

「この秋にね、修善寺の『あきば』に行ってきたんだ。離れを新しく作ったので泊ってみてくれと誘われてね。それはそれは素晴らしい部屋だったよ。部屋の造りから露天風呂、庭の眺めなど百点満点を付けたくなったよ」

「辛口の善さんが満点を付けるのは珍しいじゃないか。よっぽどいい部屋だったんだね。近いうちに行かなきゃ」

「夕食はもちろん部屋食だったんだけどね、寝るのは布団敷じゃなくてベッドなんだ。最高の寝具を使っているから、寝心地は抜群だったし、なにも文句はないんだが、帰り際に主人と少し話してみた。これからの日本旅館はベッドの時代になるのだろうか、と。やっぱり彼も相当悩んでいるみたいだった。テーブルじゃなく、畳にじかに座って食事をすることと、畳の上に布団を敷いて寝るのが、日本旅館の正しい姿だという考えは少しも変わっていないが、時代の流れも少しずつ取り入れていかないとダメだとも言っていた。この矛盾をどう解決するか、折り合いを付けていくかが日本旅館最大の課題だろう」

「いやはや、すべて善さんの言うとおりだ。正弥とも常々そのことを話し合っている。

どっちがいい悪いということではなく、和室と西洋式の家具をどうマッチングさせるか、が問題なんだ」

『あきば』の主人とおなじぐらい、明さんの語り口も熱い。

「その一端としての肉料理なんだよね」

日本旅館論が永遠に続きそうになってきた。さすがにこのあたりで本筋に戻さないと夜が明けてしまう。

「そうだった。そこを相談してたんだ。つい熱くなってしまうのが、僕の悪いクセだ。どうだろう。何かいいレシピはないかな？」

明さんが酒を飲みほした。

「残念ながら『小堀商店』にはそういうレシピはない。焼肉のタレならあるんだが。でも心当たりはある。『陽々館』にふさわしい肉料理のレシピ」

「そのレシピをぜひうちに売ってくれ」

「そうできればいいのだが、そのレシピを考えた男が変わった人でね。果たして売ってくれるかどうか」

「どれくらいかは分からんが、できるだけのことはする。老後にと思っていた貯《たくわ》えを取り崩してもいい。もうすでに老後に入ってしまっているからな」

そう言うと、声をあげて笑った。

「中身も分からないうちから、そんな大胆なことを言っちゃいかんだろう。女将さんに怒られるぞ」

「大丈夫。晴子は僕のことを信頼してくれているし、僕は善さんに全幅の信頼を寄せているから」

「お金で動くような相手じゃないから、金額についてはそれほど心配しなくてもいいよ。気が向きさえすれば、頼みを聞いてくれるはずだ」

「なんだったら僕もその店へ一緒に頼みに行こうか。三顧《さんこ》の礼を尽せば、その料理人も折れてくれるだろう」

「いやいや、一筋縄ではいかない男なんだ。それに料理人じゃないから店は持っていない」

「料理人じゃない？　本当に大丈夫なのか」

明さんは不安になってきたようだ。

「さっき、わたしに全幅の信頼を寄せているって言ったじゃないか。あれは出まかせだったの？」

少しいじわるをしてやったりするのも、気心が知れた間柄だからである。

「そういうわけじゃないけど。京都の有名料理人のレシピだとばかり思っていたから」

「明さんらしくないなぁ。有名料理人だからって、必ずしもいいレシピを持っているとは限らん。市井《しせい》の人が傑出したレシピを持っていることだってよくあるよ。いや、そのほうが多いかもしれん。わたしは常々そう思っているんだけどね」

「まいったな。善さんには敵わんよ。これ以上いじめんでくれ」

明さんが大げさに土下座を真似た。

「まずは先方に頼んでみる。それでＯＫが出たら、『小堀商店』で買取の場を設ける。そのときは明さんも立ち会ってくれるかな」

「もちろんだ。僕がその場にいてもいいなら。ついでに京都で旨いものも食いたいからな。淳くんって言ったっけ。彼の料理も食べてみたい」

「レシピについては、わたしが太鼓判を押すから心配要らない。何度も言うようだけど、あの男がそれを売ってくれるか、そこだけが問題なんだ」

「そんなに偏屈な人だと、僕が買取の場にいればへそを曲げたりするんじゃないか」

「それもなきにしもあらずだ。向こうの反応を見ながら、明さんに同席してもらうかどうかを決めさせてもらうよ」

「よろしく頼みます」

正座して、明さんは深々とお辞儀をした。

少しのあいだのつもりが、ずいぶん長く中座してしまった。だが、若い人たちだけのほうが気楽だろう。急いで戻ることもない。彼らとはいつでも話せるが、明さんとの時間は貴重だ。ふたりでの話をもうしばらく続けることにしよう。冬の夜は長いのだから。

3. 愚忘斎《ぐぼうさい》

善は急げとばかり、唐津から戻って三日目に、茶人というより奇人といったほうが似つかわしい愚忘斎宅を訪ねることにした。

『陽々館』から依頼された牛肉料理のレシピ買取を依頼するためだ。

枕草子で清少納言が―岡は船岡―と書いた船岡山のふもとに愚忘斎の住まいがあって、それはまさに市中の山居と呼ぶにふさわしい佇《たたず》まいである。

平屋建ての家は白壁造りで、ほぼ正方形をしている。ところどころ葺《ふ》き替えた跡が残る瓦屋根《かわらやね》や、壁土の色褪《いろあ》せ加減を見ると、築後数十年はゆうに経《た》っているだろう。

春には見事な花を咲かせる枝垂《しだ》れ桜《ざくら》の木が、寒風に枯れ枝を揺らしている。山茶花《さざんか》の垣根に囲まれた家の入口は、竹を組んだ枝折戸《しおりど》だけで、インターフォンなどはない。小さな前庭を抜けて、格子戸の横に〈在釜《ざいふ》〉と墨書された木札が掛かっていれば戸を開ける。掛かっていなければ引き返す。

ふたつにひとつなのだが、今日は掛かっていてホッと胸をなでおろす。まずは第一関門突破だ。

「おあがりやす」

ガラガラと引き戸を開けると同時に、野太い声が奥から聞こえてくる。

勝手知ったる他人の家とばかりに、上がり込んでふすまを開けると、釜前《かままえ》に愚忘斎が座っていた。

デニム地の作務衣《さむえ》は洗い晒《ざら》したもので、ところどころ褪色《たいしょく》した藍色がいい風合いを見せている。その上から織田信長が着ていたような、派手なマントを羽織った姿で茶を点《た》てている。長い髪を後ろで束ね、金銀の水引で縛った髪型もまた、特異な雰囲気を醸《かも》しだしている。

「ごぶさたしています。この度は無理なお願いをお聞きとどけいただき……」

「まだ願いをきくとは言うとらん。茶の一服も飲みに来なはれて言うただけやで」

愚忘斎の背中から低い声が響いてくる。

先制パンチを食らったが、ここでたじろぐようでは、この男とは付き合えない。

「失礼しました」

頭を下げてからふすまを閉めた。

小間でもなければ広間でもない。六畳ばかりの座敷は三方を庭に囲まれていて、一方に床の間が設えてある。掛け軸は現代アートだろうか。ポップなイラストが目立ち、竹の花活けには黄水仙が生けられている。凡人がこんな設えをすると目も当てられないが、愚忘斎の手に掛かると、小粋《こいき》な床の間になるから不思議だ。

対照的に、型どおりに切られた炉に掛かる鉄釜からは淡い湯気が立ちのぼっている。おそらく大西家八代浄本《じょうほん》の手になる釜だろう。草庵向きの釜が愚忘斎によく似合う。

やはりただの茶人ではない。

「そないせっかちなことでは、お茶は愉しめまへんで」

振り向いて愚忘斎がニヤリと笑った。

山奥に住む仙人のような風貌も愚忘斎の大きな特徴だ。伸び放題のひげ、顔中にきざまれた深いしわ、いつも笑っているせいで八の字に下った眉《まゆ》。一見すると穏やかな表情なのだが、茶を点てているときの眼光は、思わずたじろいでしまうほど鋭い。

厳しい言葉とは裏腹に、いつもと変わらぬ笑顔に、愚忘斎と知り合う切っ掛けになった『洛陽《らくよう》百貨店』の駐車場での出来事を思いだした。

駐車場に停めてあった軽トラの荷台の上で、老人が悠々と茶を点てているという。それをうちの社の警備員が見つけ、どう対処すべきかと訊ねてきた。客である以上、やみくもに制止するわけにもいかず、かと言って人だかりが増えていくのを静観もできないということで、対応に苦慮していた。

野次馬根性で覗いてみると、なんとも異様な光景が目に入った。興味本位で一服よばれてみると、その茶が心に深く沁《し》みいったのである。

旨い。思わず叫ぶと愚忘斎は満面に笑みを浮かべた。

仕事柄あちこちの茶会や茶席で茶を喫する機会は少なくないが、これほどの感銘を受けたのははじめてのことだった。何がどうとかではなく、理屈抜きでただただ一服の茶に酔いしれたのである。

その感動をありのままに伝えたことから付き合いがはじまり、今日《こんにち》に至っている。

「けど小堀はんも物好きやなぁ。わしみたいな素人料理のレシピを買いたいやなんて、認知症がはじまったんと違うか」

釜の湯をひしゃくで掬《すく》い、抹茶碗《まっちゃわん》にそそぐ。

「おかげさまで、まだもうろくはしておりません」

緋《ひ》毛氈《もうせん》の上で正座すると、愚忘斎が高笑いした。

この奇人とも言える茶人が気まぐれに作る料理は、そこいらの料理人では思いつかない独創的なもので、わたしのような酔狂な人間を、いつも心底から愉しませてくれる。

料理屋ではないから、もちろん料金など取らない。気が向いたときにだけしかふるまってくれない。気まぐれに招く客のなかには、政財界で名の知れた人物も少なくない。しかし多くは市井の人々で、その選択基準は本人にしか理解できないものだろう。

「今日の菓子は『瓦屋』はんの〈初うぐいす〉や。黒文字では食いにくいやろさかい、手づかみでええ」

一礼してから、縁外に置かれた菓子皿を縁内にいれた。螺鈿《らでん》細工を施した黒塗りの漆器は輪島だろう。きっと名のある職人の作に違いない。

「ちょうだいいたします」

愚忘斎の言葉にしたがって、薄緑色の練りきり菓子を手でつかんだ。

茶だけでなく、料理をふるまわれるようになったのは、出会いから数年後のことだったように記憶する。

会社宛《あ》てに招待状らしき封書が届き、そこには必ず空腹で来るようにと記してあった。

どんな鈍感な人間でも、そう書かれていれば、食事が用意されているのだと分かる。茶だけならいいとして、食事をよばれるのに手ぶらというわけにはいかない。かと言って現金など持っていこうものなら、塩をまいて追い払われるに違いない。一計を案じ、金繕《きんつくろ》いを施した高麗《こうらい》茶碗を持参した。そのころ家人が金直しを趣味としていて、先祖伝来の欠けた高麗茶碗を繕ったばかりだったのだ。

結果として、これが絆《きずな》を強めることとなった。そうとうな名品だと聞かされてはいたが、愚忘斎に使ってもらえるなら微塵《みじん》も惜しくない。そう思わせる人物なのだ。

高麗という国が今も存在していたのなら、つつしんで返却すべき名品なのだそうだ。そんな希少なものを我が家に置いておいても、豚に真珠だ。価値の分かる茶人の手元にあるほうが、器もしあわせだろう。その思いは奇人愚忘斎に通じた。

その日ふるまわれたのは茶懐石だった。

千家《せんけ》御用達《ごようたし》の『辻富《つじとみ》』直伝だという、本格的な懐石料理には、ただただうなるしかなかった。

それ以来、何度か招きに応じ、さまざまな食を愉しんできたが、すべて愚忘斎の手料理で、そのほとんどは和食だ。

最初に茶懐石をふるまってもらったあとは、独創的な料理が続いている。ときに中華料理を作ったりもするなかで、もっとも強く印象に残っているのが、牛肉のしゃぶしゃぶだ。と言ってもありきたりのそれではなく、茶人ならではの発想で編み出された趣向とレシピなのである。

明さんから頼まれたとき、真っ先に頭に浮かんだのが、その牛しゃぶだった。愚忘斎が名付けた料理名も、茶人ならではの趣向も、代替わりした『陽々館』にふさわしいものだと思っているのだが、問題は愚忘斎という奇人が、快くレシピを売ってくれるかどうかだ。

「どや。旨い菓子やったやろ。まぁ一服いきなはれ」

愚忘斎が点ててくれた薄茶から、ほんのりと湯気が上がり、芳《こうば》しい香りが漂う。

「お点前《てまえ》ちょうだいいたします」

うやうやしく一礼して抹茶碗を手に取る。

黒の楽《らく》茶碗はしっくりと手のひらになじむ。これもきっと楽家の何代かが焼いたものだろう。武骨なようで優雅な、味わいのある逸品だ。

茶そのものが異なるのか、それとも点て方によるのかは分からないが、愚忘斎が点てくれる薄茶は実に甘い。もちろん抹茶そのものは苦いのだが、あと口に残るのは典雅な甘さなのである。

「けっこうなお点前で」

音を立てて飲み切り、抹茶碗を畳の上に置いた。

「もう一服どないや」

「ちょうだいいたします」

「さぶいときは黒の茶碗にかぎるな。茶が縮まらん」

そう言いながら、愚忘斎は替茶碗に天目《てんもく》を用意している。

あらゆることに通じているのだろう。愚忘斎が発する言葉には、いつもハッとさせられる。おそらくは彼の造語だと思うが、茶が縮む、というのは言い得て妙だ。

愚忘斎との付き合いは長いが、いまだに本名は知らないし年齢を聞いたこともない。どんな経歴か、家族がいるのかなど、何ひとつ知らない。

愚忘斎がどういう人物なのかについて、知る者は少なかろうが、酔狂な茶人だということだけは、広く知られている。三千家《さんせんけ》はもちろんのこと、茶の道に通じている人間で、目の前の男の存在を知らない者は、ほとんどいないはずだ。

いっぽうで愚忘斎が茶人であることを知らない人たちには、ただの奇人にしか見えないので、その奇矯な行動に眉をひそめる者も少なくない。

今でこそ鴨川の河原で、朴訥《ぼくとつ》な姿で茶を点て、居合わせた人たちにふるまう茶人をときおり見かけるが、愚忘斎は何十年も前から、街なかの一角で茶席を開いていた。

時折り歌を吟じながら、袱紗《ふくさ》をさばく様子はたしかに奇矯ではあった。

その道具立てに誰もが驚いた。釜はアルマイトのヤカン、水指《みずさし》はブリキのバケツと、およそ侘《わ》びた茶道には似つかわしくない道具を使うのだが、その見立ては愚忘斎一流の皮肉である。それが証拠に棗《なつめ》や袱紗、茶杓《ちゃしゃく》、茶碗などはどれも超が付くような一級品ばかりなのだ。

更には点前も完璧《かんぺき》で、そのしなやかな動きには家元も見惚《みと》れてしまうほどなのである。

二服目の茶を点てる動きは、一服目に比べて、より繊細になっているように映る。

愚忘斎が茶を点てている姿には、いつも名刹《めいさつ》『相国寺《しょうこくじ》』に伝わる〈宗旦狐《そうたんぎつね》〉の伝説を重ねてしまう。

千宗旦に化けて茶を点てていたという狐は、本物の宗旦が驚くほどみごとな点前だったというが、愚忘斎もおなじで、硬くなく、やわらか過ぎず、しなやかという言葉がぴたりとはまる。

「ちょうだいします」

油滴天目《ゆてきてんもく》の茶碗はずっしりと重い。

「おあがりやす」

愚忘斎は黒楽の茶碗に柄杓《ひしゃく》で湯を注いだ。

茶そのものは一服目と変わりないはずだが、まるで別ものに感じてしまう。二服目は甘みより苦みが勝ってはいるのだが、角のない苦みには甘露という言葉がぴたりとはまる。

「茶碗っちゅうもんは、茶の味を変えよる。天目の茶は、禅宗の坊さんが悟りを開いたときみたいな味がしよるな。そう思わんか」

こういう譬《たと》えは、わたしのような凡人には直ちに理解できるものではないが、言葉を反芻《はんすう》するうち、じわじわと胸に伝わってくる。

「そう言われてみればそんなような気が……」

「無理に話を合わさんでもええ。わしはそう思う、っちゅだけの話やさかい」

この手の返しにも最近は慣れてきたが、最初のころはムッとしたものだ。

「ほな、肝心の話を聞きまひょか。小堀はんが、のちのちまで残さんならんレシピを集めてはるっちゅうことは、ようよう存じてまっけど、わしの料理はそんな値打ちのあるもんと違いまっせ。ましてや牛しゃぶなんぞ、どこにでもある代《しろ》もんや。なんぞ魂胆がおありやろう思いまっさかい、先にその話から聞かしてもらえますかいな」

　釜前に座ったままで、愚忘斎が身体の向きを変えた。

「さすが、すべてお見通しですね。愚忘斎さんに隠し立てしても仕方ありません。正直にお話しさせていただきます」

「そのほうが話が早《はよ》ぉっしゃろ。回りくどい話はむかしから苦手なんや」

　愚忘斎があぐらをかいたので、それにならった。

「ご承知のように、わたしども『小堀商店』は、後世に残すべきすぐれたレシピを集めておりますが、今回は、とある方の依頼でレシピを買い取らせていただこうと思っております。いわば代理の買受に伺った次第です」

「おおかたそんなことやないかと思うてた。どなたや知らんけど、その人はわしの料理をいっぺんでも食うたことがおありか？」

「いえ。残念ながら」

「それやのに、わしの料理を買い取りたい、っちゅうのは妙な話やないか。もうちょっと詳しい経緯を聞かしてもらわんと。なんやめんどくさい話みたいやさかい、一杯やりながらにしよかいな」

立ちあがって愚忘斎が水屋から一升瓶を取りだした。

「お水屋にお酒を置いておられるとは、いかにも愚忘斎さんらしい」

「車やないんやろ？ まぁ一杯やりなはれ」

手渡された杯は、どう見ても初期伊万里だ。それに注ぐ酒が大手メーカーの普及酒というのも、愚忘斎ならではの粋というものだろう。

「遠慮なくいただきます」

白磁に秋草の図柄を藍で染め付けた杯は、手のひらにも唇にもしっくりとなじむ。茶とおなじく、酒もまた器で味が変わる。ラベルを見ていなければ、名だたる銘酒だと思っていただろう。

「食うたこともないわしのレシピを買い取りたいていう、酔狂な人はどんなお方や？」

「わたしどものような小さな商いでも、いちおう守秘義務は守らないといけません。相手のお名前だけはご勘弁を」

もしも買取がスムーズに運ぶのなら、『陽々館』の名を出してもいいのだが、不調に終わったときのことを考えると、伏せておいたほうが賢明だろう。

「近ごろよう聞く、個人情報っちゅうやつでっか。けど、ちょっとおかしいのと違うか」

「と言いますと？」

杯を畳に置いた。

「レシピの買取を仲介しようとしてはるあんたはんは、言うたら仲人《なこうど》や。わしにとってレシピは可愛《かわい》い娘みたいなもんやがな。どんなとこに嫁入りするのかも分からんと、見合いさせるわけにはいかんわな」

「おっしゃるとおりだと思いますが」

はて、どうしたものか。

お説はごもっとも。だからと言って『陽々館』の名を出してしまって、あとあと厄介なことにならないという保証もない。

「仲人はんを困らせる気は毛頭ないんやが、嫁ぎ先がまったく分からん状態で、見合いさせるわけにはいかん。せめて、どんな料理を出しとる料理屋かだけでも言うてくれんか」

「料理屋ではありません。古くからある日本旅館なんです」

「旅館？」

杯を持つ手が止まった。

「ええ。わたしの友人の旅館なんです」

「それやったらお断りや。わしのだいじなレシピを旅館てなとこに嫁がせるわけにはいかん。あきらめてくれ」

思ってもみなかった言葉が愚忘斎の口から出た。

「旅館とひと口に言っても、いろいろありますし、わたしの友人の——」

場所と名前は伏せ、代替わりにあたって当代の主人が次代の主人へ、名物料理を伝えたいと思ってのこと。すでに牛肉のしゃぶしゃぶは宿でも出しているということを伝え、あらためてレシピの譲渡を依頼した。

「どんな旅館でも旅館は旅館や。むかしはまともなとこもあったやろけど、今の日本旅館てなもんは、ろくなもんやない。なんべんも懲《こ》りとる。ここだけは別格やて言われて、有名な旅館に泊まったこともあるんやが、そらひどい料理やった。旅館にわしの料理？　考えただけでも虫酸《むしず》が走るわい」

愚忘斎がすっくと立ちあがった。けんもほろろ、とはこういうことを言うのだろう。何があったのかは知らないが、翻意させるのは難しそうだ。ここは一旦引き下がって、作戦を練りなおしたほうがいいと判断した。

「分かりました。今日のところはあきらめることにします」

「今日だけやない。出直してきても無駄やで。すっぱりあきらめなはれ」

顔のしわが深くなり、目つきが険しくなった。早々に退散するしかなさそうだ。

「そうですか」

落胆の色は隠せなかっただろう。

「小堀はんにはすまんこっちゃけど、最近の旅館の料理には失望しとるんや。名の知れたとこに泊まっても、旨いもんが出てきたためしがない。そのくせ、金だけはしっかり取りよる。口では、もてなしだのなんだのと言うとるが、ちっとも心がこもっとらん。もう旅館にはこりごりなんや」

愚忘斎の旅館不信はそうとう根深そうだ。

「承知しました。あきらめることにします。お茶をご馳走になるために伺ったみたいなことになってしまい、申しわけありません。せめて手みやげだけでもお受け取りください」

「なんや、みやげ持ってきてたんかい。先に出してくれとったら、話が変わったかもしれんのに」

そう言って、皮肉っぽい笑みを浮かべる。

「ご冗談を。あなたがそんな方ではないことは、よくよく存じております。話がまとまったら、お礼代わりにお渡ししようと思っておりましたが、まとまりそうにないのでお渡ししておきます。今さら先方にお返しするわけにはいきませんし」

明さんから預かった紙袋を縁内に置いた。

「えらいたいそうなもんやな。その袋やと菓子折やなさそうや」

愚忘斎が紙袋を手にする。

「よかったら開けてごらんください」

「ほな遠慮のう。この持ち重りからすると、どうやら土もんやな」

紙袋を捧《ささ》げ持って、愚忘斎が目を細めている。

中身が器だと感づき、さらにはその重量感から、磁器ではなく陶器だと察知するのは、器に造詣《ぞうけい》が深い愚忘斎ならではだ。

「わたしの友人でもある旅館の主が自ら選んだものです。以前に旅館でも使っていた、とっておきのものだと聞いております」

「器を手土産にするてな、粋な主人がおるとは思わなんだな」

桐箱《きりばこ》を手にすると、慣れた手つきで真田紐《さなだひも》を解《ほど》いた。

「旅館とひと口に言っても、さまざまですから。見識を持ったご主人も少なくないですよ」

「ほう」

包みを解き、中垣忠の茶碗を両手に持った愚忘斎は小さく声をあげた。

桐箱に唐津三島と書いてあるとおり、みごとな三島茶碗だ。

高麗茶碗のひとつに数えられ、李朝《りちょう》の初めころに慶尚南道《けいしょうなんどう》で焼かれたとされる三島手は、鉄分を多く含む鼠色《ねずみいろ》の素地《きじ》が特徴である。そこに印や櫛《くし》、ヘラなどを使って紋様をつけるのが見どころだ。白い化粧土を塗ってから焼きあげた白象嵌《しろぞうがん》の茶陶は、いかにもこの茶人が好みそうなものだ。

鼠色の茶碗を手にした愚忘斎はじっとそれを見つめている。一分ほども経って、ようやく畳に置いたと思えば、畳に手を突き、ためつすがめつ眺めている。

「眼福《がんぷく》っちゅうのは、こういうもんのためにある言葉や」

熱い視線は茶碗から片時も離れない。

「お気に召しましたか?」

おそるおそる訊いた。

「小堀はん。あんた、わしを試そう思うたんと違うか? まぁ、それはええとして、さいぜんの話やけどな、こんな茶碗を使う旅館やったら、わしのレシピを嫁がせてもええ」

愚忘斎はまさに破顔一笑。それを見てわたしも思わず声をあげて笑ってしまった。

「ただし」

顔つきを険しくして、大きな声をあげた。

「なんでしょう」

身体を固くして次の言葉を待つ。

「いくらで売るか、値段はわしが決める。それが条件や」

思いがけない言葉が出たが、この男ほどの人物なら、法外な金額を吹っかけてくることもなかろう。

「承知しました。先方にはそのように伝えます。お願いをしておきながらですが、わたしのほうからも条件をひとつ付けさせてください」

「なんや？」

きらりと目が光った。

「愚忘斎さんに『小堀商店』へお越しいただき、料理を作っていただきたいのです」

「料理を作るっちゅうても、タレを調合するだけやがな」

「はい。あのタレを作っていただき、それを先方の主人にその場で食べさせたいと思っております。その上で価格をお決めいただき、売買の仲介をさせていただきたい」

「分かった。なんやしらんけど、料理教室みたいで、おもろそうやないか」

「おそれいります。先方に伝えまして日程をご相談させていただきます。どうぞよろしくお願いします」

善は急げ。素早く席を立った。

あとは愚忘斎が当日どんな値付けをしてくるかだ。愉しみなような、怖いような、複雑な気持ちを抱きながら茶室をあとにする。

ある程度は予想していた展開ながら、目の当《あ》たりにすると、いくらかの不快感も残る。たしかに名品ではあるが、それを手にしたとたんに手のひらを反《かえ》すとは。物欲の張った俗物に過ぎぬのか。それとも天真爛漫《らんまん》な愚忘斎の本領発揮といったところなのか。当日になればその答えも出るのだろう。

明さんに連絡してから、『小堀商店』のみんなとも打ち合わせをしよう。

いつしか早足になっていることに気付き、苦笑いした。

4. 『小堀商店』

唐津旅行から帰ってきて、二週間が経ちました。おいしいもんをようけ食べて、お酒もたんと飲ませてもろて、ええお部屋に泊めてもろて、ほんまにええ骨休めになりました。善さまに感謝どすわ。

ほんで今日は『小堀商店』に全員集合どす。

うちらが愉しい夜を過ごしてるあいだに、善さまと明夫はんのあいだで、『小堀商店』の商談いうか、相談ごとをしてはったやなんて。びっくりどすわ。

いっつもは、うちらが捜してきたり出会《でお》うたりしてきたレシピを売買するんどっけど、今回は善さまおひとりで奮闘して来はったお話どす。なんや勝手が違うと戸惑うもんどすなぁ。

いつもどおり、裕さんと淳くんとうちの三人で立ち合いますけど、今回は当事者の明夫はんも一緒どす。愚忘斎はんが料理しはって、それを五人で試食するいう段取りですわ。

お肉料理のなかでも、しゃぶしゃぶは一番の好物どす。ポン酢で食べたり、ゴマダレでいただいたり、味を変えたらなんぼでも食べられそうな気ぃがします。

愉しみにしてますねんけど、そんなんわざわざ買い取る値打ちがあるんやろか、いうことも気になってます。口が裂けても言えしまへんけど、善さまの買い被《かぶ》りと違うかしら、て淳くんとも言うてたんどす。

こんなん言うたらなんどすけど、売らはるほうも、買う側の明夫はんも、仲立ちしはった善さまも、お三方ともお歳を召しといやすさかいか、早《はよ》ぅからお越しになってます。愚忘斎はんなんか、お約束した時間の一時間以上も前にお見えになって、早すぎたさかい散歩してくる言うて出掛けてしまわはったんどす。明夫はんと善さまは『小堀商店』で支度してはりますねん。売る側と買う側が逆と違うかしらん。

噂《うわさ》には聞いてましたけど、愚忘斎はんのいで立ちには驚かされました。デニム地の作務衣着て、その上から黒いマントを羽織ってはります。ユニフォームみたいなもんやそうどす。足元見たら素足に下駄履いてはるし。ほんまにお茶人さんなんやろか。

エンジ色のジャケットを着てはる、ダンディな明夫はんとはえらい違いどすわ。あんじょうマッチングできるんやろか。それに今日はいつもと違うて、売り手の愚忘斎はんが値段決めはるて聞いて、心配でたまりまへん。

善さまがあいだに入ってはるさかい、めったなことはない思いますけど、明夫はんは純朴なお人やさかい、無茶な値段付けはっても、よう断らはらへんのと違うやろか。人を見かけで判断したらあかん。そう自分に言い聞かせてますけど、ほんまにあの愚忘斎はんを信用してええんやろか。ようけ疑問がありますねん。

噂をすればなんとやら。愚忘斎はんが戻って来はりました。

「お帰りやす。どうぞ奥のほうへ。みなさんお揃《そろ》いです」

「さよか。ほな連れて行ってくれるか」

「どうぞこちらへ」

お顔の色つやもええし、お声にも張りがあります。そこそこのお歳やろうに、足もともしっかりしてはる。

「えらい立派な看板がかかっとるやないか。ええ字や」

『小堀商店』のドアを開けます。

「どうぞお入りやしとぅくれやす」

「おお。これはまた、たいそうな。表の店よりこっちのほうが広うて、設備も整うとる。入れ替えたらどないや」

なかに入るなり、愚忘斎はんはあちこちを見て回ってはります。

「ようこそお越しくださいました。ご紹介させていただきます。こちらがお話ししておりました旅館の主人です」

善さまが明夫はんを紹介してはります。

「はじめまして。大河明夫と申します。ご無理を申しました。なにとぞよろしくお願いいたします」

明夫はんはえらい緊張してはるみたいどす。

「わしが愚忘斎ですわ。わしの素人料理を買《こ》うてくれはるとは、えらい奇特なお方やと思うてます。気に入ってもろたら買うてもろたらええし、気に入らなんだら買うてもらわんでもええ」

ぶっきらぼうにそう言うてはる愚忘斎はんに、善さまがうちのメンバーを紹介しはりました。

まぁ、見てのとおり、愛想のええ人やおへんけど、ちょこっと頭下げてはるのんが、かいらしいようにも思えます。

「それじゃあ早速お願いしましょうか」

今日は善さまが仕切ってはります。

愚忘斎はんは厨房《ちゅうぼう》のなかに入らはって、うちらはいつもどおり、カウンター席に座ります。

「さっき来たときに用意しといたさかい、すぐにできるで。ほんまは肉も自分でしゃぶしゃぶしてもろたほうがええのやが、土鍋がひとつしかないさかい、こっちでわしがやる。タレの器だけをそれぞれの前に置いてくれるか」

持ってきはった小鉢を五つ、カウンターの上に並べました。

「これは」

明夫はんが大きい声をあげはると、善さまも顔を見合わせて、にこっと笑うてはります。

「タレの器はこれやないとあかんのや」

愚忘斎はんはうつむいたままで、ボウルに入ったタレを混ぜてはります。

つい二週間前のことやさかい、この器には見覚えがあります。中垣忠はんのもんやろ思います。そう言うたら、なんとのうどすけど、中垣先生と愚忘斎はんはよう似てはります。お顔立ちやとか体格は全然違いまっけど、ぜんたいの雰囲気がよう似といやす。

「タレの中身は練りゴマ、ピーナツバター、塩、ミルク、醬油、柚子《ゆず》の絞り汁、おろしニンニク、ダイダイの果皮を粉末にしたもん。これをよう混ぜたもんが、このボウルに入っとる。これを大きめの片口に移すと」

愚忘斎はんが、ひとり言みたいにブツブツつぶやきながら、ステンレスのボウルから陶器の片口にタレを流し込んではります。明夫はんの目が細《ほそ》うなってるとこ見ると、これも中垣忠はんの器や思います。となると偶然やおへん。善さまは『陽々館』の名前は出してないて言うてはったけど、愚忘斎はんは買い手が誰かいうことに気付いてはったんと違うやろか。

「器っちゅうのは不思議なもんでな。この片口に移してしばらく置いとくと、味がまろやかになるんや」

愚忘斎はんがスプーンで味見してはります。

「練りゴマはゴマを擂《す》って作るんですか？」

淳くんが訊ねてます。

「煎《い》りゴマを擂ってもええんやが、よっぽど根気ようあたらんと、舌触りが滑らかにならん。無精して最初から練ったゴマを使うとる」

「ピーナツバターも既製品ですか？」

淳くんはさらに食い下がってます。

「既製品をバカにしたらあかん。無農薬の落花生を渋皮のまま焙煎《ばいせん》して仕上げたピーナツバターてなもん、手造りできん。なんでもかんでも手造りが最高やと思うとるアホがようけおるけど、こういうもんを上手に使うたらええんや。ましてや旅館やったら大勢の客を相手にせんならんのやから」

愚忘斎はんが瓶入りのピーナツバターを堂々と見せてはります。

「おっしゃるとおりです」

善さまがうなずいてはります。

「ぼちぼちええやろ。ええ感じに落ち着いてきよった。これをそれぞれの器に注ぎ入れてくれるか。そうろと、やで」

愚忘斎はんに言われたとおり、ゴマダレをそうろと五つの小鉢に分けて入れます。もっと濃厚なんか思うてましたけど、意外とさらっとしてます。お薄とお濃茶の中間ぐらいですわ。

「ひとつ訊くけど、みなお茶を点てたことはあるか？」

愚忘斎はんが順番に五人の顔を、じろっと見まわさはりました。

「ご心配なく。深くはありませんが、みないちおう茶の心得はあります」

善さまが代表してくれはりました。

「ほな、これで何をするかは分かってもらえるな」

愚忘斎はんが取りださはったんは、お茶を点てるときの茶筅《ちゃせん》です。て言うことはひょっとして——。

「この茶筅でゴマダレを？」

明夫はんが目を白黒させはったら、したり顔でうなずかはりました。

「鍋料理っちゅうもんは、食べるほうも手を掛けんとあかんのや。ただ与えられたもんをそのまま食うんやなしに、茶を点てるように、こうして茶筅をゴマダレのなかで泳がす。美味しいタレになれよ、と念じながらな。わしみたいな茶人もどきでも、茶を点てるときは、その一心で茶筅を使うとる。旨い茶になれよ、とな」

おもしろいこと考えはるもんどすなぁ。さすが奇人はん、いやお茶人はんですわ。こんなこと、ふつうは思いつかへん。

「なんとのう、ゴマダレのきめが細こうなってきた気がする」

淳くんが熱心に茶筅を動かしてます。

「子どもでも愉しめそうどすな。お茶の入門にもええんと違いますやろか」

「ねえさん。ええこと言うな。そのとおり。わしの狙《ねら》いもそこにあるんや。お茶っちゅうもんは、むかしみたいな花嫁修業のひとつでもないし、数寄者《すきしゃ》だけのもんでもない。誰でも気軽に点てて愉しむもんなんやが、みなえろう堅苦しい考えよる。メシ食うときに、茶筅持ってこないしてタレをかき回しとったら、ちょっとは茶に興味を持つんやないか。そう思うてこんな遊びを思いついた」

人は見てくれで判断したらあきまへんなぁ。愚忘斎はんはたいした人ですわ。

「茶道というと、誰もが習い事だとか仰々しい教室を思い浮かべてしまって、ハードルが高いものだと決め込んでしまう。実にもったいないことで、ほんとうは愉しいものなんだ。そのとっかかりにもなるね」

善さまも慣れた手つきで愉しんではります。

「牛しゃぶにどんな鍋がええか。銅鍋やら鉄鍋やら、いろいろ試してみたんやが、やっぱりこの土鍋が一番や。水が七、酒が三の割合で土鍋に入れて、利尻昆布《りしりこんぶ》を一枚浮かべる。これを熱するんやが、いったん沸騰《ふっとう》させてアルコール分を飛ばしたら、温度を下げる。別に計らんでもええんやが、六十五度から七十度くらいまで下がったら、肉をそうろと泳がす。……ほんまに料理教室みたいやな」

実演しながら、愚忘斎はんは愉しそうに笑顔を振りまいてはります。

「野菜とかは入れないんですか」

裕さんが訊ねはりました。

「そこまではわしは関知せん。豆腐入れるなと野菜入れるなと好きにしたらええ。旅館で出すんやったら、いろんな具があったほうがええやろ。さぁ、みなタレの器を持ってや。端から順番にいくさかい」

薄切りの牛肉を菜箸で持って、愚忘斎はんがかまえてはります。ええ感じに霜が入ってますわ。

裕さん、明夫はん、善さま、うち、淳くんの順番どす。ステーキで言うたらミディアムレアどっしゃろか。生まれたての赤ん坊の唇ぐらいの色になったとこを、タレのなかに入れてくれはります。すぐに口に運ばんとあきまへん。親鳥に餌《えさ》を与えてもらうみたいにして、お箸を持ってみんな待ってます。

「今日はたまたま近江牛《おうみぎゅう》の按配《あんばい》がよかったさかいやが、別に産地はどこでもかまわん。A５でも４でもな。霜が入り過ぎるとしつこうなるんで、赤身が多いのがええな」

ようやくうちの順番どす。ゴマダレをしっかり絡ませて口に運んだら、そらもう、天まで昇ってしまいそうなほど美味しおす。こないまろやかなゴマダレは初めてやけど、やっぱり茶筅が効いてますのやろか。

「これは実に美味しい。タレのきめが細やかなせいか、肉に味が染《し》みこんでますな」

明夫はんもえらい満足してはります。あとは愚忘斎はんがどんな値段を付けはるか、どすな。

「茶筅をこんなふうに使うとは思ってもみませんでした」

裕さんが茶筅を持って、しみじみと見てはります。

「わしらのようなもどきやのうて、ほんまの茶人さんには怒られるやろけどな」

「いやいや、お茶には見立てという発想がありますから。本来のお茶はもっと自由なものです。まぁ、わたしも茶人もどきですから、えらそうに言えませんがね」

うちから見たら、愚忘斎はんも明夫はんも、もどきどころか、立派なお茶人さんや思います。お仕事でお茶席にもよう呼ばれますけど、形にばっかりとらわれて、お茶の心を失《うしの》うといやす方も、ようお見かけします。てな、えらそうなことを言える立場と違いまっけど。

「これだけのこっちゃで。たいしたことやあらへんけど、ほんまにこんなもんを買《こ》うてくれるんかいな」

愚忘斎はんが明夫はんに笑いかけてはります。

「もちろんです。小切手も用意してきました」

明夫はんが胸を張ってはります。

さぁ、いよいよでっせ。いくらの値付けをしはるかで、愚忘斎はんの本性も見えまっしゃろな。

「決まりましたらこちらに書いてください」

善さまが合図しはったら、裕さんがメモ用紙とペンを渡さはりました。

「こういうことはわしも初めてやさかい、緊張するなぁ。はて、なんぼにしよか」

腕組みして愚忘斎はんが考えこんではります。事前に決めてはらへんかったんやろか。それとも手の込んだお芝居かもしれまへん。

五人の目ぇが愚忘斎はんの手元に集まってます。

「まぁ、こんなとこやな」

さらさらとペンで書いてはる感じやと、けっこうな額みたいでっせ。書き終えたメモをふたつに折りたたんで、明夫はんに渡さはりました。

固唾《かたず》をのんで見守る、いうのは、こういうときのことでっしゃろな。みんなに見つめられて、心なし明夫はんの手が震えてるみたいどす。

「………」

メモを開いて見はった明夫はんは、一瞬びくっとしはりましたけど、ひと息ついてからそれを善さまに見せてはります。

善さまも明夫はんとおんなじような反応を見せはったとこみると、かなり高額やったんと違うやろか。

「いつものあれを」

善さまが手を差しださはると、すぐに裕さんが小切手帳を手渡さはりました。それを見て明夫はんは、あわてて押しとどめて自分の小切手帳を出してきはりました。

「わたしが買わせていただくのですから」

「ここは『小堀商店』ですから、いったんわたしが」

「いやいや、それは筋が違います」

ふたりで押し問答してはるのを見て、愚忘斎はんが高笑いしださはりました。

「すまん。わしもうろくしたもんや。うっかり書き間違うてしもた。ちょっとそれを返してくれるか」

明夫はんは善さまと顔を見合わせてから、おそるおそるメモを返さはりました。

「わるいこっちゃな」

メモにちゃっちゃっと書き足して、また明夫はんに手渡してはります。

「これはどういう？」

それを手に取って明夫はんは、目ぇを見開いて、あんぐりと口も開けてはります。

横から覗きこんだ善さまも首をかしげてはります。

「―《マイナス》という意味が、わたしにもよく分かりませんが」

「小堀はんでも分かりまへんか。見てのとおりやがな」

愚忘斎はんはさらっと流さはりました。

マイナス？　見せてほしいけどあかんのやろなぁ。

「大河はん。あんたは憶《おぼ》えてはらへんやろけど、こちらはあんたのこと、よう憶えてまっせ。わしは命の恩人を忘れるような罰当《ばちあ》たりやない」

愚忘斎はんの目ぇがきらっと輝いてます。

「命の恩人？　わたしがですか？」

明夫はんが愚忘斎はんの顔をまじまじと見てはります。

「施した恩を忘れるいうのも善人の証拠や。これはわしのレシピを嫁入りさす支度金兼、四十年前の礼やと思うてもろたらええ。わしは小切手てな洒落《しゃれ》たもんを持っとらんさかい、無粋やけど受け取ってくれ」

貴重品袋て書いてある、古びた茶封筒に入ってるのはたぶん現金や思います。厚さからして中身が一万円札やったら二百万円くらいと違うやろか。

「四十年前と聞いて、ようやく思いだしました。あのときの……。立派な茶人になられて何よりです」

明夫はんのお顔見て、うちも分かってきました。そう言うたら、そんなエピソードを善さまから聞かせてもろてました。

「あのとき、あんたに助けてもらわなんだら今のわしはない。すぐにでも礼をせんといかんと思うたんやが、それもなんや決まりが悪い。無一文のわしを泊めてもろた帰りに、忘れもんやて言うてこの貴重品袋を渡してくれはった。電車賃までもろてほんまにありがたい。泣きながら京都まで帰ったことは一生忘れん。小堀はんから中垣忠《ちゅう》はんの茶碗を受け取ったときに、すぐ分かった。神《かみ》さんが恩返しするチャンスをわしに与えてくれはったんやな。ほんまにありがたいこっちゃ」

愚忘斎はんは、涙を浮かべて手を合わしてはります。ほんまにこんな偶然てあるんどすなぁ。やっぱり神さんはおいやすんやわ。

「お気持ちはありがたいのですが、こんな大金を受け取るわけにはまいりません。たいせつなレシピをいただけただけで充分です」

明夫はんが封筒を返してはります。

「いやいや。それではわしの気がすまん。いったん出したもんを引っ込めるてな、そんな不細工なことができるかいな。中垣忠はんの茶碗ももろてることやし、これでは足らんぐらいや」

茶封筒がカウンターの上を行ったり来たりしてます。

「おふたりとも頑固だから、いつまで経ってもおさまりが付かないでしょう。いったんわたしにあずけていただけませんか？」

　善さまがふたりの顔を見比べはったら、どっちもうなずかはりました。

「実はね、まだ計画中なんですが、京都市のほうで、子どもたちが茶道に親しめるような茶室を作ろうとしているらしいんです。木原がその担当に任じられたようで、現在、寄金を募っている。そうだね？」

　善さまが裕さんに話を振らはりました。

「子ども向けと言っても、本格的な茶室にしたいので、かなりの建築費が掛かります。お家元やお茶屋さん、茶道家の方々などにお声を掛けているところです」

「わたしもすでに寄金を約束しているのですが、愚忘斎さんもご協力いただけませんか」

「もちろんや。大河はんさえよかったら」

「異存はありません。大賛成です。わたしの宿からも寄付させていただきます」

　言うが早いか、すっと小切手帳を出して金額を書き入れてはります。

「では、わたしのほうでおあずかりしておきまして、間違いなく。わたし自身が領収証ということでよろしいですか？」

「こないなったら、うちらも寄付せんわけにはいきまへんやん。あとからみんなで相談しときますわ。

「そうそう。さいぜんのタレを使うた牛しゃぶやけどな、〈南蛮利久鍋〉っちゅう名前にしたらどうやと思うとる。中垣忠はんの唐津南蛮の器と、茶筅を使うて、ゴマダレを自分で作りあげるんやから、ぴったりの名前やと思うで」

「なるほど。ゴマを使《つこ》うた料理には利久ていう名前を付けますしね」

うちは知らんかったけど、淳くんもちゃんと知ってるんや。

「息子の正弥も喜ぶでしょう」

明夫はんは晴れ晴れとした顔してはります。

「どうですか、愚忘斎さん。唐津へご一緒しませんか。嫁入り先を訪ねる旅をしましょう」

「ぜひお越しください。正弥に直伝してやってください」

三人で笑顔を向け合《お》うてはります。

めでたしめでたしどす。

こないして、『小堀商店』始まって以来の買取仲介も無事に終わりました。〈南蛮利久鍋〉があんじょういくように祈ってます。

解説

澤木政《まさ》輝《てる》

柏井壽《ひさし》さんの名前が気になり始めたのは、今から十七、八年も前だろうか。雑誌の京都特集などでしばしば見かけるようになった柏井さんの記事は、通り一遍のグルメガイドではなく、プライベートで気に入っている店を紹介し、料理の素晴らしさを情感ゆたかに綴《つづ》った飲食店ルポで光っていた。その後、京都の食や旅に関する数々の著作を送り出し、ミステリーや小説でも才能を発揮して、あっという間に人気作家になっていった。

現在の京都の食の状況には、良くも悪くも、平成二十一（二〇〇九）年から刊行されている『ミシュランガイド京都・大阪』が影響を与えているわけだが、発刊から一年を機に、私が企画して毎日新聞で柏井さんに論評を書いてもらったことがある。柏井さんが「柏木圭一郎」の名前で「名探偵・星井裕の事件簿」シリーズの作品を次々に発表し、人気を博していたころのことだ。柔らかな語り口で食べることの楽しさ、食を語ったものを読む面白さを綴りながら、ランキングに振り回されて長い行列に加わり、食事を楽しむためではなく、ブログなどで「書くために食べる」馬鹿馬鹿《ばかばか》しさを突いた鋭さに、大いに共感させられたものだった。

そんな柏井さんの小説は、京都を舞台に、食を軸にして、人情味にあふれる物語が展開されるのが特徴であり、魅力である。

先ごろ七作目が刊行された「鴨川《かもがわ》食堂」は、刑事をリタイアした鴨川流《ながれ》が東本願寺近くの正面通で、娘のこいしと二人で営む食堂が舞台だ。ただの食堂ではなく、店の奥が探偵事務所になっていて、料理雑誌の一行広告を頼りにたどり着いた依頼人の「失われた思い出の味」を探し、再現することで、依頼人が抱える人生の問題を解決するのである。

「京都下鴨なぞとき写真帖《ちょう》」は、下鴨の老舗《しにせ》料亭「糺《ただす》ノ森《もり》山荘」に婿《むこ》入りして八代目当主となった朱堂旬《すどうしゅん》が主人公である。綾小路室町《あやのこうじむろまち》のマンション一階に支店の「ショップタダス」があり、その最上階が彼の秘密の隠れ家だ。独身時代に地元でカメラマンとして活躍した経験をもつ旬は、ここで写真家・金田一ムートンに変身し、撮影を通じて出会った人たちの悩みに寄り添っていく。

本作「祇園《ぎおん》白川　小堀商店」は、祇園を舞台に展開される。末吉町にある割烹《かっぽう》料理店「和食ＺＥＮ」は、店の奥にもうひとつ、白川の流れに面して大きく窓を取った秘密の厨房《ちゅうぼう》があり、ここを拠点として、後世に残すべき料理のレシピを買い取る「小堀商店」が活動を繰り広げている。

ボスは洛陽《らくよう》百貨店の経営者を引退した小堀善次郎《こぼりぜんじろう》。メンバーは、かつて小堀の下で敏腕バイヤーとして知られ、現在は「京都市なんでも相談室」の副室長を務める木原《きはら》裕二《ゆうじ》、「和食ＺＥＮ」の料理人・森下淳《もりしたじゅん》と、宮川町《みやがわちょう》の芸妓《げいこ》・ふく梅《うめ》である。

物語のきっかけは宮川町のお座敷であったり、「なんでも相談室」への相談であったり、「和食ＺＥＮ」への来店であったり、あるいは「和食ＺＥＮ」のスタッフ・山《やま》下理恵《したりえ》やふく梅が訪れた先での出来事であったり、とさまざまだ。人生に行き詰まったり、トラブルを抱えたりした料理人たちから、問題解決の手助けを兼ねて、唯一無《ゆいいつむ》二《に》のレシピを買い取っていく。料理人はいったんレシピを売却すると、二度と作ってはいけないという決まりになっているが、買い取られたレシピがどのように使われるのかは、今のところ謎《なぞ》に包まれている。ただし、単に困っている人がレシピを売って金銭的に助けられる、というお話ではなく、人生の機微に立ち入った展開が秘められているのが身上である。

「なぞとき写真帖」には、京都に実在する名店が数多く実名で登場するのに対し、「鴨川食堂」の調査先は全国に広がり、モデルがある店も仮名で描かれる場合が多いようだ。一方、「祇園白川 小堀商店」に出てくるのは「和食ZEN」を含めてほぼ全《すべ》てが架空の店であり、テーマとなる料理も、ちょっと聞いたことがないような独創的なものばかりであるのが興味深い。

それぞれが舞台とする店や主人公に、普通ならあり得ないもう一つの顔があること が、物語の鍵《かぎ》になっているわけだが、ひょっとしたら本当にそんな店があるかもしれない、と思わせるのは、京都という町の奥深さだろう。何より唸《うな》らされるのが、巧みなロケーション設定だ。選ばれた土地柄が、物語の背景となってリアリティーをもたらしているのである。

「鴨川食堂」がある正面通は、東西本願寺の門前に位置する。この辺りは江戸時代には「本願寺町《ほんがんじまち》」と呼ばれた寺内町《じないちょう》であり、呉服業界を中心に構成された五条以北の下《しも》京《ぎょう》とは、少し肌合いの異なる町だった。珠数屋町《じゅずやまち》や花屋町といった通り名のとおり、本願寺と関わりの深い職種が集まり、現在でも法衣や仏具、仏壇などを扱う店が軒を連ねる。比較的細い通りが多いこともあってビルが少なく、昔ながらの住民が多く居住して、庶民的な近所付き合いが色濃く残っている。「鴨川食堂」の世界に漂う家族的な温かさは、正にこのロケーションそのものの温かさでもあるのだ。

一方、「なぞとき写真帖」の空気感は、スタイリッシュな都会性だ。料亭のある糺の森は、賀茂川《かもがわ》と高野川の合流点に広がる広大な原生林であり、市民に親しまれる憩《いこ》いの場でもあるわけだが、なんといっても下鴨神社のご神域であり、祭祀《さいし》の場であるという清らかな品格に満ちている。また、秘密基地がある綾小路室町は、オフィス街の中心部である四条烏丸《しじょうからすま》から、西にも南にも一筋入った地点にある。七月になれば白楽天山《はくらくてんやま》や綾傘鉾《あやがさほこ》が建つ祇園祭の山鉾町でもあるが、四条通の喧噪《けんそう》とはすこし温度差があって、住民同士が干渉し合わない高層マンションに似つかわしい立地だ。撮影を通じて知り合った相手と深く関わりながら、相手の気持ちを慮《おもんぱか》って容易に踏み込まないムートンの人との距離の取り方は、四条烏丸と綾小路室町の距離感でもあるように思うのである。

「祇園白川　小堀商店」の舞台は祇園である。財界人に元バイヤー、料理人に芸妓というそれぞれの道のプロが集まり、美味の追究という、もうかるわけでもない余技に打ち込んで、そのついでに、関わった人たちを幸せにしていく。どこか浮世離れして粋《すい》な作品世界は、やはり花街《かがい》・祇園にふさわしいものだろう。

もっとも、京都五花街の中でも祇園甲部の南側や上七軒《かみしちけん》、宮川町はお茶屋の割合が高く、本来さほど人通りの多いところではないから、こんな場所があったら早晩、ご近所にばれてしまうだろう。また祇園東はバブル期に林立した奇抜なビルのために夜の街のイメージが強く、先斗町《ぽんとちょう》のように狭い通りに始終人があふれているところでは、メンバーが人知れず集まることなど不可能だ。「小堀商店」が存在するとしたら、どう考えても祇園甲部の四条より北側、そう、末吉町辺りしかないのである。

ロケーションに唸らされるのは「小堀商店」だけではない。前作なら八条東寺町《とうじちょう》の焼肉屋や、松原若宮のおでん屋台。また、京都を飛び出して若狭小浜《わかさおばま》や信州贄川《にえかわ》に広がったレシピ買い取り先もそうだった。物語の核となる店は実在しないし、おそらく明確なモデルも存在しないと思われるが、この場所ならいかにもそんな店がありそうだと思わせる、最適な舞台を選んで描かれているのが、京都案内の匠《たくみ》であり、旅の先《せん》達《だつ》である柏井さんの真骨頂だろう。

今作では例えば、「もみじ揚げ」に登場する「一条食堂」が挙げられる。京都の町は豊臣秀吉による都市改造「天正の地割」の結果、東の寺町通、北の寺之内通の名のとおり、旧市街の周縁部に寺が集中している。西側では、上京《かみぎょう》の千本通周辺や、下京の堀川通を西に入った辺りがそうだ。明治以後に廃された寺も多く、今ではむしろ、住宅地の中に寺院が点在しているように見受けられるが、千本出水の角から西に入ると、狭い通りの両側に白壁が並ぶ、昔ながらの「寺町」の姿が良く残されている。

実は私の家の菩提寺《ぼだいじ》の一つが、正に千本出水を西に入ってすぐの場所にあるのだが、付近にはかつて、割烹着に姉《あね》さんかぶりをした愛想のいいおかみさんが人気の饅頭《まんじゅう》屋があり、今も寿司《すし》屋やうどん屋、定食屋など庶民の店が健在で、懐《なつ》かしい下町風情《ふぜい》を漂わせている。私も墓参りのたびに昭和にタイムスリップしたような感覚を覚えるのだが、淳とふく梅のように千本から出水通を西に歩いて行くと、今にも「大きい看板がかかって絵に描いたような大衆食堂」が建っていそうな気がするのである。

「なぞとき写真帖」では実在する店と料理を媒介としてストーリーが展開し、「鴨川食堂」は料理に秘められた依頼者の思い出に力点が置かれてドラマが浮かび上がっていく。これに対して「祇園白川　小堀商店」が特徴的なのは、料理そのものが主役であることだ。読み手は登場人物が織りなす物語を味わいながら、料理人が「小堀商店」の厨房で作る類例のない料理の数々を味わうような疑似体験を楽しむことができる。

前作に登場した「鱧《はも》の源平焼」は、普通なら鱧の白焼きと照焼きを盛り合わせ、源氏の白旗と平家の赤旗に見立てた料理であるが、「小堀商店」が買い取ったレシピの「平家」は照焼きではなく、柴漬《しばづ》けの漬け汁を使った付け焼きだった。照焼きの茶色よりも、鮮やかな赤紫色が平家にふさわしいことはもちろんだが、天満宮を連想する梅肉ではなく、建礼門院に由来する柴漬けを使ったところも行き届いている。「源氏」もただの白焼きではなく、みりんと白味噌《しろみそ》を混ぜた練りごまを塗り込んだものだという。負けた平家は酸味を効かし、勝った源氏は甘くするという対比が、料理に物語性を取り込む京料理の伝統に則《のっと》ったものであることにも感服するが、われわれが馴染《なじ》みのある焼き鱧からは想像できない味に舌を刺激され、文字を追いながらよだれが出るような感覚におそわれるのである。

今作に並ぶ六品も、甲乙付けがたい逸品ぞろいである。タイトルから最も想像がつかないのは「うどんカレー」だろうか。レシピの売り主は、下京の膏薬辻子《こうやくのずし》にある「くうやうどん」の店主、垣山時雄《かきやまときお》であるが、「うちのうどんは出汁《だし》の香りを食べてもろてるんや」と語るように、絶品の出汁を引く名人である。蕎麦《そば》や丼物《どんぶりもの》のないうどん専門店ながら、メニューはおよそ三十種類と充実しているが、献立表に赤字で大書しているように、淡い出汁の香りを邪魔する「カレーうどん」は絶対に作らないという信念の持ち主である。その人物が売る「うどんカレー」とは一体どんな料理なのか。

息子の傑《すぐる》が苦心して考案したというカレーの使い方にも唸らされるが、何より味のポイントとなっているのは、これまで時雄が作ってきたうどんとは全く異なる出汁だ。その出汁がまた大きな鍵となって買い取りを左右し、思わぬ結末につながっていくのである。

余談ながら出汁については、印象的な思い出がある。料理のプロの技を紹介する連載企画で、京都を代表するイタリア料理店のシェフに定期的に取材していた時のことだ。彼は冷製パスタを締める氷水に、前夜から八時間かけて水出しにした昆布出汁を使っていた。いわく、「東京の店なら水が硬水だから、蕎麦屋と同じでパスタがよく締まって伸びにくいけれど、軟水の京都ではそうはいかない。でも、京都の軟水は、出汁を引いたり旨《うま》みを含ませたりするのには最適だ。もしイタリアに〝京都州〟があったらどんなイタリアンになるか、と考えたら、パスタを締めるついでに旨みを染《し》み込ませるというアイデアに行き着いた」という。

料理は文字通り、理をはかって作るものである。そして土地ごとの「味」を育《はぐく》むものは、気候や水、特産物などの地理的条件にほかならない。よく京料理は薄味だと言われるが、京都の人間が「味の薄い」食べ物を好むというわけではなく、餃子《ギョーザ》も食べれば焼肉も食べるし、濃厚なデミグラスソースも好物だ。京都弁に、味が薄いことを「水くさい」とけなす表現があることでも明らかなように、薄味とは薄い味のことではなく、塩や醤油《しょうゆ》、砂糖などの調味料をひかえて、溶け出る食材や出汁の旨みで食べさせる料理であることを意味している。与えられた地理的条件のもとで料理しようとした結果、軟水の京都には自然と、調味料を多用しない、薄味の出汁文化が育まれた。イタリアンシェフの工夫は、そんな事実をよく表しているエピソードであるように思う。

「祇園白川 小堀商店」でもう一つ注目すべきなのは、虚業化が進む今の京都の「食」のあり方に対する風刺が織り交ぜられている点だ。

シリーズ第一話である「鱧の源平焼」は、祇園下河原の老舗料亭「八坂楼《やさかろう》」で長らく料理長を務めた玉村貞夫《たまむらさだお》が、三年ぶりに訪れた宮川町のお茶屋「たけよし」に仕事仲間やかつての部下を招いて、豪勢な宴会を開くシーンから始まる。やがて、ふく梅と座敷を抜け出した玉村が告白するのは、六代目の若主人に逆らって店を辞めた経緯だ。

「雇われの身やからと、たいていのことは辛抱した。けどな、椀《わん》もんがフカヒレスープはないやろ」
「フカヒレやたらトリュフ、フォアグラみたいな高級食材さえ使《つこ》うたら喜ぶ客も客や
が、それに媚《こ》びとるようでは日本料理は守れん」
「食」に真摯《しんし》に向き合おうとする料理人の叫びは悲痛だ。

今作の「まる蕎麦」では、祇園花見小路《はなみこうじ》のとある割烹が登場する。食通を気取る東京の小説家と、取り巻きのグルメライターたちが囃《はや》し立てる料理は、芸妓のふく梅から見ると「盆と正月がいっぺんに来たような派手なお料理」であり、おそらく高価な物には違いないが「分かりやすい絵柄どすけど、情緒もなんにも」ない塗りの器に、これ見よがしに盛り付けられた「あんまり上品やおへん」代物《しろもの》だ。

　そんな京都の「今の食のあり方に嫌気がさし」て、御所《ごしょ》の近くにあった割烹店を閉めた別の料理人は、木原たちを前に、一気呵成《いっきかせい》に思いを吐露する。
「一匹の鯛《たい》を、造りにするのか、焼くのか煮るのか」、その時の客の好みに応じて「臨機応変に料理する」のが割烹の醍醐味《だいごみ》のはずだが、「今では大半の店が、おまかせコースだけにしてしまって」いる。客の方も「それが割烹だと思いこんでしまって」いて、アラカルトだと「いちいち注文をするのが面倒だ」と言ってしまう。本物の料理人なら、これではやっていられない、と思うのも道理だろう。

私が生まれ育ったのは祇園町北側の東富永町で、実家は明治から五代続いたお茶屋だった。「小堀商店」があるのは一筋上の末吉町で、知り合いのお茶屋や和菓子屋、料理屋が並ぶご近所さんである。末吉町から切り通しを曲がり、巽橋《たつみばし》を渡って新橋から新門前へ路地を抜ける道筋は、毎日ランドセルを背負って通った小学校の通学路でもあった。帰り道にはしばしば、巽橋から白川に下りて水遊びをしたり、本作にも度々登場する「辰巳大明神《たつみだいみょうじん》」で下駄《げた》隠《かく》しや鬼ごっこをしたりしたものだった。

京都の家は概して日常の食べ物に質素なものだが、よろず贅沢《ぜいたく》なお茶屋のことで出前や外食が多く、父が早く帰ってくる土曜の夜は、近くの割烹に連れて行ってもらうことが多かった。お仕着せのコース料理などなく、もちろん一見《いちげん》さんお断りではないけれど、ガイドブックを見てくるような客はいない。常連客それぞれの注文に応じて、その日その季節の食材をさまざまに、手早く調理して提供する主人の鮮やかな手つきを、飽きることなく眺めていたことを覚えている。店側はもちろんだが、客の側も、また客同士も、お互いを尊重して気を遣い合い、アットホームではあるが凛《りん》とした緊張感の感じられる空間だった。

「祇園白川 小堀商店」を読んでいると、そんな懐かしい情景を思い出す。新型コロナ騒動で、全国の飲食店が打撃を受けている折りであり、京都の「食」の状況も、これから大きく変わっていくだろう。同じことならば、「小堀商店」に買い取られるような独創的なレシピを持つ店が数多く生き残り、「和食ZEN」のように心の機微を心得た店が主流になっていくことを、祈るような気持ちでいる。

（二〇二〇年六月、毎日新聞記者・京都芸術大学非常勤講師）

初出一覧

第一話　祇園白川　小堀商店　レシピ買います　うどんカレー　「小説新潮」二〇一九年三月号
第二話　鯖飯茶漬け　「yom yom」ｖｏｌ.56
第三話　明石焼　「yom yom」ｖｏｌ.57
第四話　まる蕎麦　「yom yom」ｖｏｌ.58
第五話　もみじ揚げ　「yom yom」ｖｏｌ.59
第六話　南蛮利久鍋　書き下ろし

「yom yom」連載に「小説新潮」掲載の短編を加えた。

柏井　壽　著

祇園白川　小堀商店
レシピ買います

食通のオーナー・小堀のために、売れっ子芸妓を含む三人の調査員が、京都中からとびきりの料理を集めます。絶品グルメ小説集！

阿川佐和子著

娘の味
―残るは食欲―

父の好物オックステールシチュー。母のレシピを元に作ってみたら、うん、美味しい。食欲優先、自制心を失う日々を綴る食エッセイ。

井上理津子
団田芳子　著

ポケット版
大阪名物
―なにわみやげ―

筋金入りの大阪人が五感を総動員させて選び抜いた極上の品々。旅行、出張、町歩きのお供に。「ほんまもん」にきっと出逢えます。

太田和彦著

ひとり飲む、京都

鱧《はも》、きずし、おばんざい。この町には旬の肴と味わい深い店がある。夏と冬一週間ずつの京都暮らし。居酒屋の達人による美酒滞在記。

久住昌之著

食い意地クン

カレーライスに野蛮人と化し、一杯のラーメンに完結したドラマを感じる。『孤独のグルメ』原作者が描く半径50メートルのグルメ。

杉浦日向子著

杉浦日向子の食・道・楽

テレビの歴史解説でもおなじみ、稀代の絵師にして時代考証家、現代に生きた風流人・杉浦日向子の心意気あふれる最後のエッセイ集。

千松信也著
ぼくは猟師になった
山をまわり、シカ、イノシシの気配を探る。ワナにかける。捌いて、食う。33歳のワナ猟師が京都の山から見つめた生と自然の記録。

高野秀行著
謎のアジア納豆
—そして帰ってきた〈日本納豆〉—
納豆を食べるのは我々だけではなかった！タイ、ミャンマー、ネパール、中国。知的で美味しくて壮大な、納豆をめぐる大冒険！

パラダイス山元著
読む餃子
包んで焼いて三十有余年。会員制餃子店の主にして餃子の王様が、味わう、作る、ふるまう！全篇垂涎、究極の餃子エッセイ集。

平松洋子著
平松洋子の台所
電子レンジは追放！鉄瓶の白湯、石釜で炊くごはん、李朝の灯火器……暮らしの達人が綴る、愛用の台所道具をめぐる59の物語。

山口瞳
開高健著
やってみなはれ みとくんなはれ
創業者の口癖は「やってみなはれ」。ベンチャー精神溢れるサントリーの歴史を、同社宣伝部出身の作家コンビが綴った「幻の社史」。

渡辺都著
お茶の味
—京都寺町 一保堂茶舗—
旬の食材、四季の草花、季節ごとのお祭りやお祝い。京都の老舗茶商「一保堂」女将が綴る、お茶とともにある暮らしのエッセイ。

新潮文庫最新刊

中島京子著
樽とタタン
小学校帰りに通った喫茶店。わたしはコーヒー豆の樽に座り、クセ者揃いの常連客から人生を学んだ。温かな驚きが包む、喫茶店物語。

藤田宜永著
わかって下さい
結婚を約束したのに突然消えた女。別の男と結ばれてしまった幼馴染み。人生の秋を迎えた男たちの恋を描く、名手による恋愛短編集。

加納朋子著
カーテンコール！
閉校する私立女子大で落ちこぼれたちを救済するべく特別合宿が始まった！　不器用な女の子たちの成長に励まされる青春連作短編集。

山口恵以子著
毒母ですが、なにか
美貌、学歴、玉の輿。すべてを手に入れたりつ子が次に欲したのは、子どもたちの成功だった。母娘問題を真っ向から描く震撼の長編。

霧島兵庫著
信長を生んだ男
すべては兄信長のために――。弟は孤独な戦いの道を選んだ。非情な結末、最期に通じ合う想い。圧巻の悲劇に、涙禁じ得ぬ傑作！

柏井　壽著
祇園白川　小堀商店
いのちのレシピ
伝説の食通小堀が唸り、宮川町の売れっ子芸妓ふく梅が溜息をもらす――。美味、人間ドラマ、京の四季。名手が描く絶品グルメ小説。

祇園白川 小堀商店
いのちのレシピ

新潮文庫　か－86－2

令和二年九月一日発行

著者　柏《かし》井《わい》壽《ひさし》

発行者　佐藤隆信

発行所　株式会社新潮社
郵便番号　一六二―八七一一
東京都新宿区矢来町七一
電話　編集部(〇三)三二六六―五四四〇
　　　読者係(〇三)三二六六―五一一一
https://www.shinchosha.co.jp

価格はカバーに表示してあります。

乱丁・落丁本は、ご面倒ですが小社読者係宛ご送付ください。送料小社負担にてお取替えいたします。

印刷・株式会社光邦　製本・株式会社大進堂
© Hisashi Kashiwai 2020 Printed in Japan
ISBN978-4-10-121642-3 C0193